FRIDA Y LOS COLORES DE LA VIDA

Planeta Internacional

CAROLINE BERNARD

FRIDA Y LOS COLORES DE LA VIDA

Traducción de
María José Díez Pérez

 Planeta

Obra editada en colaboración con Editorial Planeta - España

Título original: *Frida Kahlo und die Farben des Lebens*

Caroline Bernard
© 2019, Aufbau Verlag GmbH & Co. KG, Berlin
Publicado de acuerdo con Aufbau Taschenbuch; Aufbau

© 2021, Traducción: María José Díez Pérez

Canciones del interior:
Página 68: © *Paloma negra*, 1966, Peer International Corporation, Editorial
Mexicana de Música Internacional, S. A., creada por Tomás Méndez Sosa.

© 2021, Editorial Planeta, S. A. – Barcelona, España

Derechos reservados

© 2021, Editorial Planeta Mexicana, S.A. de C.V.
Bajo el sello editorial PLANETA M.R.
Avenida Presidente Masarik núm. 111,
Piso 2, Polanco V Sección, Miguel Hidalgo
C.P. 11560, Ciudad de México
www.planetadelibros.com.mx

Primera edición impresa en España: abril de 2021
ISBN: 978-84-08-24124-9

Primera edición en formato epub en México: junio de 2021
ISBN: 978-607-07-7723-3

Primera edición impresa en México: junio de 2021
ISBN: 978-607-07-7694-6

Impreso en los talleres de Litográfica Ingramex, S.A. de C.V.
Centeno núm. 162-1, colonia Granjas Esmeralda, Ciudad de México
Impreso en México - *Printed in Mexico*

PRÓLOGO

Diciembre, 1939

A media mañana Frida entró en su estudio a buen paso. A esa hora siempre era cuando más efecto surtían los analgésicos. El sol, denso y dorado, entraba por la ventana e iluminaba el caballete. «Buenos días, hermanita», saludó al esqueleto de papel maché, que había pintado de vivos colores y al que había vestido con una combinación suya, que la esperaba en una silla en un rincón. En un viejo banco de carpintero estaban las pinturas, en tarritos de cristal, listas para ser utilizadas. Al lado, los recipientes de barro con los pinceles: los finos, cuyo pelo no era mucho más grueso que sus pestañas, y los más gordos, que eran como la brocha de afeitar de su padre.

Las paredes se encontraban llenas por completo de fotos, dibujos y máscaras antiguas, que con la luz del sol daban la impresión de cobrar vida. En varias mesas y mueblecitos bajos, de pie y tendidas, sus muñecas y las criaturas fabulosas que había ido realizando a lo largo de los años; sus libros, libretas, flores en voluptuosos ramos e infinidad de cosas más que le gustaban y le encantaba contemplar, además de servirle de inspiración. A los extraños esa estancia tal vez les pareciera desordenada y llena de trastos, pero para Frida todo estaba en su sitio. Los libros, clasificados por temas en los libreros; las carpetas con artículos de periódico y correspondencia, debidamente etiquetadas. Diego a veces le tomaba el pelo con ello, pero Frida decía que lo había heredado de su padre, alemán. Necesitaba ambas cosas: esa cantidad de trastos a su alrededor y un orden en ellos.

Se empapó de todo con una sonrisa y se alegró de estar en ese entorno familiar, cuidadosamente dispuesto.

Expectante, se situó delante del caballete y retiró la tela con la que había cubierto el cuadro la víspera. Por primera vez se había decidido por un formato a tamaño natural; en esta ocasión no podía ser de otra manera. Todos sus cuadros eran importantes para ella, pero ese significaba más que los demás. Hizo a un lado la tela y aparecieron las dos cabezas. Sus propios ojos, con las gruesas cejas que se unían en el ceño y recordaban a las alas extendidas de un pájaro, la miraban por partida doble. Y, sin embargo, esas dos Fridas eran distintas: la de la izquierda tenía la tez más blanca y luminosa que la de la derecha, cuyo rostro era oscuro como el de una india. La mujer de la izquierda estaba maquillada con discreción y llevaba el pelo trenzado primorosamente; la de la derecha tenía un indicio de bigote y el cabello en un recogido severo y menos brillante. Esas pequeñas diferencias resultaban enigmáticas, y había que fijarse bien para verlas.

Frida contempló el cuadro un buen rato y después echó mano del pincel y siguió trabajando en el fondo, que era un cielo con nubes blancas, pero sus pensamientos estaban con las dos Fridas del lienzo. «Estas son las dos mujeres que habitan en mí —reflexionó mientras aplicaba toques blancos en el lienzo—. La mujer que quiere vivir como le gusta y la mujer que carga con el peso de la tradición y de la historia.»

Tenía la sensación de que en su pecho batía las alas con fuerza un ave de gran tamaño, de que el corazón se le saldría del pecho de repente y la asaltaría en cuanto volviera a escuchar las palabras de Diego, en concreto la palabra que le cambiaría la vida. El pincel se detuvo en el aire. Debía concentrarse en el cuadro, debía encontrarse en las dos Fridas del lienzo, porque estaba a punto de perderse.

Se quedó mirando el cuadro; faltaba algo, algo decisivo. Y de pronto supo lo que era. Tiró el pincel a la mesa con impaciencia, sin molestarse en lavarlo, y tomó otro. Mezcló un tono rojo que contenía algo de magenta, su color preferido, el que para ella representaba todo cuanto era México: la vida y el amor. Sin apartar la vista del cuadro, sacó de un librero uno de sus numerosos libros de anatomía. Encontró la página que buscaba tras hojearlo un instante y a continuación bosquejó su idea con trazos rápidos: pintó un corazón en cada una de las blusas de las dos Fridas. Los ventrículos y los vasos sanguíneos estaban a la vista, y las arterias rojas corrían por la ropa. Una acababa, abierta, en el vestido blanco de la Frida europea; en la falda caían gotas de sangre, y ella intentaba en vano detener la hemorragia con unas pinzas quirúrgicas.

Frida observó de nuevo las manos de ambas mujeres, entrelazadas. No, la unión entre ambas era mucho más fuerte y debía hacerse más patente. Pintó una línea fina, delgada: una arteria que unía ambos corazones. Era la misma sangre la que corría por ambas, los mismos latidos los que le daban impulso. Juntas, las dos Fridas que vivían en ella encontrarían la fortaleza suficiente para sobrevivir, pasara lo que pasase.

PARTE I
La columna rota, 1925-1930

1

Septiembre, 1925

—No seas floja, vamos.

Alejandro agarró la mano de Frida para arrastrarla. Esta sintió que un escalofrío le recorría la espalda, como pasaba siempre que se tocaban. Sin embargo, se zafó de él.

—Un momento. Olvidé el cuaderno.

Cuando volvió, Alejandro la estaba esperando con Miguel, un amigo común, al final del pasillo. Frida fue despacio para mirarlo sin que se diera cuenta. Alejandro Gómez Arias era atractivo, alto, tenía el pelo brillante y llevaba el traje con desparpajo. Le había llamado la atención desde el primer día. Iba tres grados por encima de ella y formaba parte de un grupo de amigos que se hacían llamar «los Cachuchas», por las gorras que llevaban. Los Cachuchas eran inteligentes, estaban al día en literatura y amaban la pintura. Su gran referente era el revolucionario José Vasconcelos, que como secretario de Educación había iniciado una campaña de alfabetización y sentado nuevas bases artísticas. Antes de que Frida se uniera a ellos, en el grupo solo había hombres, claro que a fin de cuentas no eran muchas las chicas que asistían a la Escuela Nacional Preparatoria.

Pese a las objeciones de su madre, Frida aspiraba a estudiar Medicina. Quería ser médica. Pero, sobre todo, para Frida la preparatoria era un ámbito en el que se respiraba libertad. Allí por fin podía huir de las limitaciones de su familia y de la vigilancia de padres y vecinos. Tomaba el tranvía a diario para ir del adormecido barrio de Coyoacán al centro.

Frida se subió los calcetines de lana hasta hacerlos desaparecer bajo la oscura falda plisada y salió corriendo. Al pasar por delante de Alejandro le dio con el codo.

—¿Qué estás esperando? —preguntó, y acto seguido bajó corriendo la escalera.

—¡Frida, espera! Eres imposible.

Frida tomó la curva de la escalera con demasiado impulso y la falda aleteó alrededor de sus piernas. Se agarró con fuerza a la barandilla y sorteó volando la mitad de los escalones.

—¡Frida! —la llamó él de nuevo—. Vas a echar a perder la reputación de las mujeres de esta escuela.

Frida puso los ojos en blanco. Quería a Alejandro con toda el alma, pero ¿por qué se negaba a entender que el movimiento, de cualquier tipo, formaba parte de ella? A pesar de la poliomielitis que había padecido de pequeña y de tener la pierna derecha más corta, no era capaz de concebir la vida sin rapidez, sin trepar ni bailar. Y eso era algo que a esas alturas él ya debería saber. ¿Por qué todo el mundo le exigía que bajara las escaleras recatadamente, sin quedarse nunca sin aliento? ¿Porque era una mujer? Pues claro que era una mujer, ¡y tan impetuosa como le diera gana!

Se detuvo de golpe en mitad de la escalera y Alejandro chocó con ella.

—Pero es que me gusto como soy. Tú lo que tienes es miedo de que sea más rápida que tú —replicó.

Respirando hondo, Alejandro se quedó un escalón por encima, con el cabello oscuro cayéndole por la frente y los labios de un rojo vivo. Se inclinó hacia ella y la besó en la boca. Frida se dejó besar y después se escurrió entre sus brazos, siguió bajando a la carrera y cruzó el umbroso patio interior.

En la calle la recibió el bochorno de la tarde. Era septiembre, la estación lluviosa tocaba a su fin y el aire estaba cargado de humedad. Por la mañana habían caído cuatro gotas y los edificios estaban relucientes.

Bajaron por la calle República de Argentina hacia el Zócalo. El Zócalo era la enorme plaza central de la ciudad, donde se encontraban la catedral y el Palacio Nacional. Allí se daban cita prestidigitadores y mariachis, vendedoras y estafadores, políticos y gente corriente. Frida daba rodeos porque no quería ir a casa. Coyoacán era el sitio más aburrido del mundo. La única distracción era la polvorienta plaza Hidalgo, frente a la iglesia, pero allí se conocía todo el mundo, siempre se estaba bajo la mirada vigilante de los vecinos y el cura. En las calles de la capital la gente se agolpaba en los mercados y los cafés. En el Zócalo había música y personas con pancartas o haciendo trucos de magia. Siempre había algo que ver, y allí podía besar a Alejandro sin que nadie dijera nada.

Con el tiempo que hacía, ese día las terrazas de los cafés no estaban muy concurridas. Pese a todo, las mujeres indias habían montado sus sencillos puestos hechos de tablas de madera. Frida abrió el pequeño paraguas que llevaba y se paseó despacio por delante de los puestos. Las vendedoras, sentadas ante la reja de hierro que rodeaba la catedral o al amparo de las paredes, ofrecían frutas y verduras, bordados y cerámica. Incluso se veían ya las primeras coloridas calaveras de azúcar, aunque aún faltaban unas cuantas semanas para el Día de Muertos.

—¿No tienes que ir a ver a Fernando? —preguntó Alejandro, intentando esquivar el paraguas de Frida—. No sé por qué llevas esto, si no llueve.

—Pero es precioso, ¿no crees? —Frida lo hizo girar en la mano, de manera que los flecos que lo bordeaban se movieron—. Y no, hoy no voy a ver a Fernando.

Fernando Fernández, grabador y amigo de su padre, le daba clase de dibujo dos días a la semana a cambio de que ella le echara una mano en su imprenta.

Frida se detuvo en su puesto preferido, que vendía amuletos y pequeñas imágenes votivas pintadas en chapa. En esas tablillas, que servían para dar gracias o para pedir algo a los santos patrones, se narraban las historias más alocadas sobre las necesidades y preocupaciones de la gente de a pie. Frida pasó el dedo por cada uno de los retablos y leyó las inscripciones. «Son casi como expresar con pintura el alma del pueblo mexicano», pensó fugazmente. La anciana india la reconoció.

—Mire —le dijo—, mire estos, son nuevos. —Le señaló unas tablillas del tamaño de una postal.

—Mire, en este una mujer da gracias por que su marido no la atrapó cometiendo adulterio y jura que a partir de ahora siempre le será fiel. Podría ser tuyo a la perfección —comentó Alejandro.

—Pero yo te hablé de Fernando y, además, no hemos llegado hasta el final. La próxima vez que te engañe, pediré antes ayuda a los santos para que no me atrapes. —Maldita sea, ¿por qué había dicho eso? Frida le tomó la mano deprisa y se la besó—. Era broma —musitó despreocupada.

Un amuleto del tamaño de la palma de su mano le llamó la atención. Era de un rojo vivo y tenía puntitos amarillos. Al lado de este había un pequeño corazón de chapa con un vistoso reborde esmaltado. En el corazón se veían un hombre y una mujer de perfil, a todas luces una pareja de enamorados.

Frida los tomó y se los enseñó a Alejandro.

—¿Cuál de los dos? —le preguntó.

—Toma ese. —Señaló el amuleto.

—Ay, pero es que yo prefiero el corazón... —Le dirigió una mirada significativa—. Ya nos podemos ir —le dijo con una sonrisa, y se agarró de su brazo después de guardar con sumo cuidado el corazón en el bolsillo de la falda.

A su lado pasó un tranvía tirado por caballos, apenas más rápido que ella. A Frida le llegó el penetrante olor de los sudados animales.

—Es el nuestro —observó Alejandro, haciendo ademán de subirse a él.

—¡Espera, olvidé el paraguas en el puesto! —exclamó—. Voy por él, ahora mismo vuelvo.

Sin embargo, cuando se unió de nuevo a Alejandro, el tranvía ya se había ido.

—Bueno, pues tomaremos el autobús, que por lo menos no huele tan mal —propuso.

No hacía mucho que los nuevos autobuses circulaban por la ciudad. La mayoría de los vehículos eran viejos modelos de Ford de Estados Unidos reconvertidos, pero se consideraba de buen tono ir en autobús. En ese mismo instante el autobús rojo que decía «Coyoacán» dio la vuelta a la esquina. Frida fue corriendo junto al vehículo hasta situarse a la altura de la puerta abierta.

—¡Pare! Suben —pidió al conductor, y saltó al estribo. El conductor frenó y la estampa de la Virgen de Guadalupe se movió a un lado y a otro, enloquecida, ante la luna delantera—. Y mi amigo también —añadió, sin aliento. Le tendió la mano a Alejandro, que también dio un brinco.

Frida se abrió paso entre los pasajeros, sentados a ambos lados en los bancos de madera alargados, para ir a la parte de atrás. El autobús arrancó de nuevo, dio una sacudida y lanzó a Frida contra un hombre barrigudo. Logrando mantener el equilibrio a duras penas, Frida se agarró a una de las barras. Alejandro se situó a su lado. Al notar su cuerpo tan cerca del suyo, Frida lo miró y le sonrió. Por la hilera de ventanas entraba el olor a tortillas. El conductor tomó una curva con brío y ella se pegó aún más a él. Sentía los latidos del corazón de Alejandro y un cosquilleo agradable en el bajo vientre.

—Perdona —se disculpó él, pero ella vio en sus ojos que también disfrutaba del roce.

En la parada siguiente se subieron dos hombres, con una tosca chamarra llena de manchas de pintura. Frida percibió el olor a aguarrás cuando se detuvieron cerca de ella. Llevaban botes, y uno de los dos sostenía una bolsa de papel enrollada. El sol arrancaba destellos al borde de la bolsa. De vez en cuando asomaba un polvo dorado.

—¿Es oro? —preguntó Frida, picada por la curiosidad.

El hombre asintió.

—Para los frescos de la ópera. —Le enseñó la bolsa y ella vio las minúsculas partículas doradas.

Frida oyó fugazmente el chirrido del tranvía que venía en sentido contrario con su atención todavía centrada en el brillante polvo de oro. Unas partículas salieron volando y se enredaron en el vello de su antebrazo. Intentó agarrarlas con la punta del dedo. De pronto sonó un pitido estridente, y el autobús se ladeó y dio un bandazo. Desvalida, Frida trató de agarrarse de nuevo a la barra, que había soltado para agarrar el polvo de oro.

Tras un crujido y un estrépito ensordecedores, una lluvia de polvo dorado cayó sobre Frida. La violenta colisión hizo que sus pies dejaran de tocar el suelo.

—¡Dios mío! —oyó exclamar a la señora que tenía al lado, presa del pánico.

Frida vio las partículas doradas suspendidas en el aire, sintió los estremecedores chasquidos, los gritos de la gente. De repente tenía los brazos debajo del cuerpo y las piernas levantadas. Ya no veía nada, solo el oro que brillaba en sus brazos. A él se añadieron astillas plateadas, que a Frida le recordaron a los diamantes. En ese momento se estrelló contra el suelo. El vivo sol la iluminó, haciéndola brillar como si ella misma fuese de oro. ¿Dónde estaba Alejandro? Hacía un instante iba pegado a ella. A continuación algo fue volando hacia ella, algo brillante, pero esa vez no era oro, sino algo largo y puntiagudo. Y entonces llegó el dolor.

2

Cuando despertó, Frida vio el reluciente polvo de oro. ¿O acaso era una luz deslumbrante que le daba en la cara? Quería mirarse el cuerpo, pero no podía levantar la cabeza. Era como si la tuviese clavada a la almohada, como el resto del cuerpo, que notaba completamente ajeno, caliente y helado al mismo tiempo y como envuelto en algodón. Se dio cuenta de que estaba en una especie de caja que le imposibilitaba cualquier movimiento. Intentó mover los dedos de los pies, pero no pudo hacerlo. Sintió una oleada de pánico. La asaltó un recuerdo vago: ruido, astillas, chirridos. «Estoy muerta —pensó desesperada—. Estoy muerta y en un sarcófago.»

—Frida. Estoy aquí, contigo.

Alguien se inclinó sobre ella y acercó su cara a la suya. ¿Por qué estaba Matita allí? Aunque Frida quiso pronunciar el nombre de su hermana mayor, su boca se negaba a abrirse. Pero si Matita se había fugado hacía años con un hombre y desde entonces no la había vuelto a ver nadie de la familia... ¿Significaba eso que Matita había muerto y ella también?

Ahora Matita se pegó más a ella, Frida vio las lágrimas en sus ojos.

Intentó hablar otra vez, pero tenía la lengua pegada al paladar y no logró proferir más que un gemido. Entonces regresó el dolor. Un dolor atroz, que le recorría el cuerpo en oleadas, que gruñía y daba tirones, se replegaba ligerísimamente solo en apariencia para atacar con fuerzas renovadas. No estaba focalizado, sino en todas partes. Era insoportable. Después, un fundido a negro.

Cuando se volvió a despertar, Matita seguía junto a su cama.

—Estoy aquí, Frida —dijo, igual que la primera vez—. Estás en el hospital, sufriste un accidente. El autobús...

Poco a poco, Frida fue recordando. El tranvía que chocó contra el autobús. Polvo de oro y cristales, ruido y después nada. El dolor regresó, pero ella no quería dormirse de nuevo, no antes de obtener respuestas a las preguntas que tenía.

—¿Alejandro? —musitó. Las palabras le salían de la boca como si fuesen una papilla viscosa—. ¿Cómo está?

Matita le ofreció unas gotas de agua con una cuchara.

—Salió mejor parado que tú. Se encuentra bien.

—¿Cómo es que estás aquí? ¿Dónde están mamá y papá?

Su hermana le puso una mano en el antebrazo.

—Me enteré del accidente por el periódico. Mencionaban tu nombre, por eso vine.

—¿Qué me pasa? No me puedo mover. ¿Estoy paralizada?

—Sufriste muchas heridas en... el bajo vientre. Te operaron. —Matita bajó la vista.

Frida levantó la cabeza con mucho cuidado, tan solo unos centímetros, para mirarse el cuerpo. Vio una sábana en la que se dibujaba su delgado cuerpo. Tenía los pies vendados y sujetos a la cama. Tensó los músculos de los muslos y el dolor la atenazó. Se tendió profiriendo un gemido.

—Los médicos dicen que no debes moverte para que todo suelde bien —aconsejó Matita—. Por eso te ataron.

—Que suelde ¿qué? ¡Dímelo!

Su hermana tragó saliva.

—Qué importa, te vas a enterar de todas formas: la barra del autobús te entró por la cadera y salió por... por el bajo vientre. Tienes un riñón dañado. Además, te fracturaste el cuello del fémur y la pierna izquierda por once...

—¿La izquierda? —musitó Frida—. ¿La sana?

Su hermana asintió.

—¿Qué más? Lo quiero saber todo.

—También sufriste daños en la pierna derecha. Tienes el pie aplastado y dislocado, y el hombro izquierdo descoyuntado.

Frida cerró los ojos.

—¿Dónde están mamá y papá? —preguntó de nuevo.

—Mamá sigue sin hablarme. Lo que te acabo de decir lo sé por Cristina. Están todos muy afectados en casa..., de luto. Cuando mamá supo lo del accidente, estuvo días sin probar bocado y sin decir palabra. Se niega a venir al hospital.

—¿Y papá?

—Está enfermo, de la preocupación. Ya sabes...

—¿Quieres decir que le dio un ataque? —Su padre sufría ataques de epilepsia desde hacía años, pero en la familia habían tardado mucho en poder hablar del tema.

De pronto la asaltaron algunos recuerdos. Ella era una niña pequeña cuando Guillermo tuvo el primer ataque. Los espasmos de las piernas, los ojos en blanco... A los tres días de que ocurriera, su hermana desapareció. Ella tardó años en entender que lo uno no estaba en absoluto relacionado con lo otro.

Matita exhaló un largo suspiro.

—Frida, debes darles tiempo para que se acostumbren a esta situación. Tu accidente ha sido un duro golpe para ellos. Y yo me quedaré contigo hasta que vengan. Día y noche. —Le tomó la mano a su hermana y se la apretó con delicadeza—. Me alegro de volver a verte, aunque sea en estas circunstancias...

Frida cerró los ojos.

La mujer que estaba dos camas más allá empezó a rezar el avemaría de carrerilla. «Santa María, madre de Dios, ruega por nosotros, pecadores, ahora y en la hora de nuestra muerte, amén. Dios te salve...» No hacía otra cosa en todo el día y estaba volviendo medio loca a Frida. ¡Cómo odiaba ese hospital! Estaba con otras veinticinco mujeres en un pabellón grande y desnudo que siempre se hallaba en penumbra. Las pequeñas ventanas estaban tan altas que no se podía mirar por ellas. El aire era sofocante y estaba viciado, hacía demasiado calor. Entre las camas, pero solo en la cabecera, había biombos, cuya intención era dar una engañosa sensación de privacidad. Frida oía cada ruido (los ronquidos, los quejidos y el llanto) de las otras mujeres, pero la que rezaba la sacaba especialmente de quicio. Las demás al menos podían incorporarse o incluso dar unos pasos. Ella, en cambio, estaba condenada a permanecer tumbada de espaldas, sin moverse, y mirar al techo. De no haber sido por su hermana, habría muerto de aburrimiento, pero cada vez que despertaba de un sueño intranquilo Matita estaba a su lado. ¡Cómo se lo agradecía! Matita se sentaba junto a ella en una silla incómoda y tejía, le ofrecía agua, le llevaba comida y se la daba, le leía y la hacía reír con historias absurdas.

Frida intentaba ser fuerte delante de Matita, pero cuando caía la tarde las visitas tenían que marcharse. Cada noche la veía irse acongojada, y después de que su hermana le dijera en voz muy baja desde la puerta «Hasta mañana», Frida se quedaba tendida en la cama, exhausta. Poco más tarde la luz se apagaba y las sombras empezaban a perseguir a las mujeres ingresadas. Cada una tenía sus propios demonios, sus propias pesadillas.

De la cama de al lado llegó un gemido contenido que dio paso a un gimoteo quedo; luego se hizo el silencio.

Ese silencio le pesaba a Frida como si fuese una piedra. Casi deseaba oír los gemidos y las oraciones de la mujer de dos camas más allá, ya que así podría tener un motivo de enfado y eso la distraería de la desesperación indecible que la asaltaba a traición. Hasta hacía unos días, hasta que había sufrido el terrible accidente, era una muchacha joven y sin preocupaciones con un futuro feliz por delante, cuya vida estaba llena de colores y de secretos esperando a que ella los descubriese y los desentrañase con alegría y curiosidad. Pero ¿ahora? Ya no había secretos. Ya no vendría nada. Era como si un rayo hubiese alumbrado la Tierra e iluminado cada rincón. Ahora su planeta era un mundo de sufrimiento, transparente como el hielo y vacío. Frida se había visto obligada a aprender todas las lecciones de la vida en un solo segundo cuando sucedió el accidente. Estaría enferma y tendría dolores para siempre. Su vida había terminado antes de que hubiese comenzado de verdad. Durante el resto de la noche Frida intentó imaginar cómo sería su vida en adelante y, por mucho que se esforzó, no logró encontrar nada bonito en ella. Se veía como una mujer mayor que había perdido toda oportunidad de experimentar la magia. La invadió el pánico. Las lágrimas se deslizaban por su cara; levantó la mano para apartarlas y al hacerlo sintió un dolor que le recorría la espalda. Ni siquiera se le concedía ese alivio inofensivo. No, así no quería vivir, prefería estar muerta. Al fin y al cabo, para los médicos era todo un acontecimiento que siguiera viva con la gravedad que presentaban sus heridas. ¿Y si dejaba sin más de luchar por una vida que ya no le deparaba ningún tipo de magia? La tentadora idea hizo que conciliara un sueño inquieto.

A la mañana siguiente, cuando despertó y miró a la cama de al lado, a la mujer que gemía por la noche y que después enmudecía de repente, vio que estaba vacía. Una enfermera retiraba las sábanas.

—Seguro que dentro de nada hay otra paciente —le dijo a Frida.

Le pasó por la cabeza una cosa: ¿y si la mujer había muerto por ella, en su lugar, para mostrarle lo que era estar muerta, que la muerte lo desbarataba todo y era definitiva? ¿Y si, en contra de lo que pensaba, la aguardaba una vida más allá del sufrimiento? ¿O, más bien, con el sufrimiento? ¿Tendría el valor de intentarlo? A fin de cuentas, seguía viva, aunque nadie lo creyera posible. ¿Y si había sobrevivido para demostrárselo a todos? ¿Encontraría la fuerza necesaria para hacerlo, como ya había hecho en su día cuando había tenido la polio?

—Sí —sostuvo en voz alta. Y lo repitió—: sí.

—Por la noche la muerte danza entre las camas —afirmó cuando, poco después, llegó Matita con fragantes rollos de canela para desayunar—. La vi, pero no me ha llevado.

Su hermana la miró con cara de susto.

—¡Frida! ¿Se puede saber qué estás diciendo?

—He conversado con ella y le he dejado bien claro que no puede contar conmigo aún. —Sonrió—. ¿Podrías traerme papel y un carboncillo mañana? —le pidió—. ¿Y algo para apoyar el papel? Quiero escribirle a Alejandro, para que me aclare algunas cosas.

Alejandro, que también había resultado herido en el accidente, pero no de gravedad, estaba recibiendo cuidados en casa. Eso le contaron los demás Cachuchas, que fueron a visitarla a lo largo de los días que siguieron. Pero si Alejandro no iba, ¿por qué no le escribía al menos? ¿Es que no sentía la necesidad de consolarla y de saber cómo estaba? ¿Le daba lo mismo lo mal que lo estuviera pasando? ¿Acaso le echaba la culpa a ella de lo sucedido? De no haber estado dando rodeos, de no haber comprado el corazón en el mercado y encima haber olvidado después el paraguas, habrían tomado el tranvía y no habrían sufrido el accidente.

—¿Hablaste con Alejandro? ¿Está enfadado conmigo? —le preguntó a Miguel cuando se dejó caer por allí por la tarde, con flores y chocolate. Casi no podía dejar de mirarlo, tan joven, tan sano, con tanta sed de aventura—. Anda, dímelo. ¿Está enfadado conmigo y por eso no viene?

Miguel bajó la vista y Frida admiró sus largas pestañas.

—No lo sé —repuso—. Será mejor que se lo preguntes a él.

—No podré hacerlo si no viene. ¿O es que quiere que vaya yo?

Pasó una noche intranquila. Dos camas más allá la mujer rezaba el rosario con voz monótona, una y otra vez. Enervada, Frida cerró los ojos. Le habría gustado gritarle a la mujer que sus plegarias eran inútiles.

Por su parte, había aprendido hacía años que no existía ningún dios bondadoso... Recordaba a la perfección ese día. Tenía trece años y, como de costumbre, había ido a misa con su madre y sus hermanas. La iglesia de San Juan Bautista se hallaba unas calles más allá de su casa. Su madre tenía reservado un banco con su nombre. En cuanto franqueó la pesada puerta detrás de su madre y sus hermanas, Frida se sorprendió en otro mundo. De la luz deslumbrante de fuera pasó a la oscuridad y el frescor de la iglesia. El olor a incienso anuló el de los churros fritos en aceite. El ruido de la calle se tornó en el murmullo quedo de las personas que rezaban. Frida atravesó el suelo de baldosas lisas que había sustituido al de madera. El banco crujió levemente cuando se santiguaron y se sentaron. Frida dejó vagar la mirada, con disimulo, para que su madre no se diera cuenta. Le gustaban el oro del altar, la sabanilla de brocado y las pinturas del techo. No por su significado religioso, sino por sus colores. Por una ventana lateral un ancho rayo de sol en el que bailoteaban millones de motas de polvo minúsculas caía sobre la nave, iluminando a Jesús en la cruz. Frida siguió el rayo de luz y reparó en las profundas grietas que se abrían en el techo de madera. En los rincones se acumulaban gruesas telarañas. Volvió a mirar a Jesús y ya no esbozaba una sonrisa benévola; parecía indiferente. Y de pronto Frida lo supo: ese hombre flaco que estaba en la cruz difícilmente podía ser el salvador del mundo. Y si lo era, ¿por qué permitía que en las calles de la ciudad mataran a tiros a gente? ¿Que en México la Iglesia fuese un instrumento de represión y de contrarrevolución? ¿Por qué había padecido ella poliomielitis, a pesar de ser una niña inocente de seis años? ¿Por qué su padre, un hombre bueno de verdad, sufría ataques epilépticos? Resopló enfadada y su madre le dirigió una mirada de advertencia. Frida estaba furiosa. No podía parar de pensar en el descubrimiento que acababa de realizar, y experimentó una inmensa sensación de triunfo. Ella y solo ella soportaba las consecuencias de la polio, ningún dios la consolaba. Pero, a cambio, ¡era libre! Libre para lidiar con su impedimento y no dejarse aplastar por él. Libre de la carga de la religión. Estaba sola. Era una sensación estupenda. Cuando su madre las instó a marcharse, Frida fue la última en salir de la iglesia, tras sus hermanas. Por primera vez en su vida no se santiguó delante del altar. Vaciló antes de cruzar el alto umbral de la puerta, pero entonces dio un gran paso y se vio al aire libre. El rayo no le cayó. Exhaló un suspiro de alivio.

Sus padres tardaron tres semanas en ir a visitarla después de que sufriera el accidente. Ese fue el tiempo que necesitó la madre de Frida para recuperarse de la crisis nerviosa que le sobrevino.

Frida se preguntaba, atemorizada, si su madre no la culparía para sus adentros de lo que había sucedido.

Sin embargo, en ese momento todas las dudas quedaron olvidadas y ella solo se sintió feliz de ver a sus padres. Seguía aprisionada en el corsé que le habían puesto, pero por lo menos podía girar y levantar un poco la cabeza, y por eso vio que su madre, encorvada y apoyándose pesadamente en su padre, iba directo a su cama, sin mirar a ningún otro lado. Al ver a Frida empezó a sollozar de forma incontenible, y no dijo ni una palabra durante toda la visita. En el rostro de Guillermo vio reflejados espanto y dolor.

—Dios mío, Frida —musitó. Quería abrazarla y darle un beso, pero la cantidad de aparatos a los que estaba sujeta se lo impidió. Desvió la vista en un gesto de desvalimiento.

—Me pondré bien, papá —aseguró—. Me quiero ir a casa. No aguanto más este sitio. ¿No puedes hacer nada?

Vio que su padre enderezaba la espalda. Guillermo podía ser fuerte cuando quería, y siempre quería que Frida estuviese bien.

—Hoy mismo hablaré con los médicos —prometió.

—Gracias, papá —contestó Frida.

Una semana después, la dieron de alta. Dos enfermeros la colocaron en una camilla y la metieron en un coche que había alquilado su padre. Se esforzaron mucho en ir con cuidado, pese a lo cual la camilla se movía y oleadas de dolor recorrían el cuerpo de Frida.

Daba lo mismo. Solo deseaba regresar a casa de una vez. Volver a sentir el sol en la cara y oír cantar a los pájaros en el jardín. A pesar del malestar, sonreía. Hacía mucho que no se sentía tan feliz y concebía esperanzas.

El primer día en casa, cuando sacaron su cama afuera, al patio, fue casi feliz. Jugó con los perros, la gente le llevó flores y fruta, y oía a la cocinera, que trajinaba con las cacerolas mientras cantaba. Cada vez que pasaba por delante de su cama, su madre farfullaba sus oraciones, en las que a veces se colaba alguna palabra cariñosa.

Unas semanas después pudo levantarse por fin. Al principio solo logró dar unos pasos, pero con el tiempo fue cobrando más fuerza. Sin embargo, algo no iba bien. Caminar y estar de pie le costaba, ya que los dolores de espalda no habían disminuido.

El doctor Calderón, un pariente lejano de su madre, estaba desconcertado.

—Es preciso que hagamos una radiografía de la espalda, el hospital lo ha pasado por alto —les dijo.

Frida reparó en la mirada de preocupación que intercambiaron sus padres. No se debía únicamente a su salud, sino también a lo que costaban las numerosas visitas y reconocimientos médicos.

3

Otoño, 1926

Frida maldecía en silencio a los médicos. Nunca se habría sometido a ese tratamiento de haber sabido que era lo más parecido a una tortura. La tenían colgando del techo con gruesas cuerdas en una habitación vacía del Hospital Francés hasta que perdía el conocimiento. Llegaba a tocar el suelo con la punta de los dedos de los pies. Bajo la dirección del doctor Calderón, el ortopedista, el señor Navarro le sujetó la cabeza con telas y después le envolvió el torso con vendas de algodón y lo endureció con yeso. No paraba de añadir más y más capas, recubriendo y pintando el adolorido cuerpo hasta que Frida pareció una momia. La gruesa coraza en la que la encerrarían después tenía que secarse. Mientras permanecía inmóvil, recordaba cómo solía subirse al naranjo que crecía en el patio de la casa de sus padres o bajaba con los otros niños en bicicleta a una velocidad vertiginosa la empinada calle hasta la plaza Hidalgo. Ella siempre era la más rápida, y ni siquiera las caídas la hacían desistir. Al final, los demás muchachos habían dejado de llamarla «Frida pata de palo», y con los años, las ganas de moverse habían acabado formando parte de ella. Ay, cómo le gustaría levantar los brazos sin más y ponerse a bailar.

—Si el yeso se rompe, habrá que repetir la operación —le advirtió el doctor Calderón—. Pero si todo sale bien, dentro de tres o cuatro meses podrás volver a caminar.

El yeso húmedo se enfrió en su piel, Frida empezó a sentirse helada. A la memoria le vino Dostoievski, cuyas novelas estaba devorando. Frida hizo una mueca de rabia. Dostoievski era un maestro a la hora de describir los infiernos personales. ¡Nada más indicado en su situación! Qué consuelo sería que sus hermanas estuvieran en ese momento con ella y le leyeran... Pero los médicos no habían permitido que Cristina y Matita se quedaran allí, de manera que solo podía refugiarse en sus recuerdos. Creyó sentir el aire en el rostro de cuando andaba en bicicleta. Al menos en su imaginación podía hacer todo lo que quería, eso nadie se lo iba a quitar. «¿Pies para qué los quiero si tengo alas para volar?», pensó.

Intentó echar un vistazo a la habitación en la que se encontraba, en la medida en que se lo permitía la cabeza inmovilizada. No había ventanas, ni verdor, ni pájaros cantores que escuchar. Solo veía los azulejos grises de la pared, algunos de los cuales se habían saltado. Se distrajo reconociendo patrones y objetos en las grietas, como le gustaba hacer con las nubes en el cielo. De pronto apareció una imagen ante sus ojos, un cuadro en gran formato sumamente vistoso, con personas risueñas, flores y colibrís aleteando de todos los colores. Un artista que pintase un cuadro así allí, en las paredes desnudas, para que lo vieran los pacientes que estaban colgados del techo y buscaban alguna distracción desesperadamente, ese artista sería un auténtico bienhechor. Diego Rivera era alguien así. Hacía unos meses, ¡hacía una eternidad!, lo había estado observando mientras trabajaba y se había quedado embelesada con sus enormes lienzos de vivos colores, que contaban historias que uno podía leer como si fuesen libros.

La sangre le pulsaba en las sienes; podía oír los latidos de su corazón. Las juntas entre los azulejos comenzaron a desdibujarse y a serpentear, el gris se tornó en un rojo viscoso. Era un poco como cuando apretaba los párpados con fuerza y después miraba directamente al sol. El espacio se volvía más grande, los contornos menos nítidos, y ella parecía achatarse. Agotada, Frida cerró un momento los ojos, pero la presión de su corazón y las náuseas aumentaron de inmediato. Los ojos empezaron a escocerle. Lo que no debía era echarse a llorar, ya que ni siquiera podría enjugarse las lágrimas ni sonarse los mocos. La sola idea hizo que se le saltaran las lágrimas. Dejó de luchar contra ellas. Las gotas cayeron al suelo y se perdieron entre las juntas.

Esa mañana Frida se arregló con especial esmero. La blusa blanca con el escote bordado ocultaba el odioso corsé de yeso. La pierna mala la escondía debajo de una falda larga de flores. Quien no supiera lo destrozado que tenía el cuerpo habría podido pensar que era una reina que reposaba en su cama. Se había rodeado de cosas bonitas, y su cabeza descansaba en un almohadón de hilo en el que se distinguía, bordada con hilo de colores, la palabra «Corazón». A su lado, en una mesita, tenía libros y un lápiz labial. En el pie de la cama, de madera, había colgado fotos y vistosos retablos. En un rincón de la habitación había una pajarera de gran tamaño con dos guacamayas verdes. Frida echó un vistazo a su alrededor y se sintió satisfecha. Estaba lista para recibir a Alejandro, que había dicho que iría a visitarla por la tarde.

Coyoacán se hallaba a una hora escasa del centro, pero en esos momentos para Frida la ciudad estaba a una distancia inalcanzable. Cuando sus amigos iban a verla, ella los acribillaba a preguntas. Quería saberlo todo: en qué locales habían estado, qué música habían escuchado, a quiénes habían visto, si seguía existiendo su puesto preferido del mercado, a qué exposiciones habían ido... Su curiosidad no conocía límites, ya que a través de lo que le contaban sus amigos ella podía al menos imaginar que estaba presente. También preguntó por Alejandro, pero las respuestas que obtuvo la intranquilizaron.

Hacía mucho tiempo que no sabía nada de él, aunque le había escrito infinidad de cartas y le había pedido encarecidamente que fuese a verla. Se suponía que debería echarla de menos, como ella a él. Pero entonces ¿por qué no había ido en cuanto había podido hacerlo? ¡Al fin y al cabo eran novios! ¿O acaso no quería saber nada más de ella, al estar enferma? A pesar de eso, Frida se había esforzado al máximo por parecer lo más sana y seductora posible. Era fundamental que él no le viese los gruesos vendajes de las piernas.

Cuando oyó sus pasos en el patio, tomó deprisa el espejo de mano y el lápiz labial que había pedido a Cristina y se retocó la boca con el carmín. Después intentó adoptar la postura más pictórica posible en la cama.

En cuanto Alejandro entró en la habitación, Frida notó que había cambiado. Estaba guapo a más no poder, se había peinado hacia atrás el poblado cabello, su paso era seguro y enérgico. Sin embargo, en su sonrisa había algo que no le gustó. Se quedó en la puerta, a todas luces cautivado con lo que veía.

—Frida, estás... Pensaba que... Me hablaron de las heridas que tenías y de ese corsé..., pero para mí me pareces... Madre mía, estás preciosa.

—Tendrías que haber venido antes, así habrías podido disfrutar de la vista más tiempo —repuso ella, con un tonillo irónico. Pero después le dedicó una sonrisa radiante.

Conque él seguía deseándola... Lo había vuelto a cautivar.

Alejandro se inclinó sobre ella y le dio dos besos, con delicadeza. Frida le echó los brazos al cuello y se colgó de él. ¡Cómo añoraba su olor! ¡Cómo le gustaba abrazarlo! Habría podido pasar horas así, pero Alejandro se zafó de ella y se sentó en el borde de la cama. Ella le tomó la mano, pero él las escondió entre las piernas.

—¿Cómo estás? —le preguntó con una voz un tanto formal, reservada.

Por favor, si era como si hubiese ido al hospital a ver a una tía entrada en años y no a la mujer con la que quería casarse.

—Te he escrito muchas cartas diciéndote cuánto me aburro y cuánto te echo de menos. Al menos una por semana.

—Frida...

Ella suspiró y, con una sonrisa de resignación, dijo:

—Después del accidente, F. Luna no ha venido a verme. —De ese modo llamaba a la menstruación—. Con esa barra perdí mi virginidad. Se te adelantó. Quizá me haya dejado embarazada.

—Pensaba que de eso ya se había encargado Fernández —observó él, y Frida percibió la ira reprimida que ocultaban sus palabras.

Se mordió los labios. Le había contado a Alejandro lo de su coqueteo con Fernando porque consideraba que la sinceridad era lo más importante en su relación, y un poco también porque quería provocarlo. Confiaba en que ahora Alejandro no quisiera echarle a ella la culpa de no haber ido a verla antes. En cierto modo esa conversación se estaba descontrolando.

—Te traje libros —se apresuró a añadir él, y tomó deprisa el maletín, que había dejado junto a la cama.

—Qué bien. Ahora ya puedo leer otra vez sin que me dé dolor de cabeza. Y los libros en alemán de la biblioteca de mi padre ya los terminé todos. Enséñamelos.

Él dejó a su lado *Moby Dick*, de Herman Melville, y *Orgullo y prejuicio*, de Jane Austen.

Frida le agarró la mano con idea de llevársela a la boca.

—Frida, tengo que contarte una cosa.

Así que pasaba algo... Ya lo había notado ella raro. Intranquila, le soltó la mano y se apoyó en los antebrazos para incorporarse un poco en la almohada. La espalda le dolió al hacerlo. Tomó aire profiriendo un ruidoso silbido, pero no era solo dolor, sino también miedo de lo que iba a decirle.

—Está bien. ¿Qué pasa? Dímelo de una vez, podré soportar la verdad.

—Me voy a estudiar a Europa.

Frida se estremeció y clavó la vista en él. ¡Conque era eso! Cuando ella aún estaba sana, habían hecho planes juntos. Querían ir a Estados Unidos, a Europa, y ahora él se marchaba sin ella e intentaba acallar su conciencia echándole en cara su infidelidad. Eso la sumió en un pozo de tristeza.

—Ese era nuestro sueño —musitó.

Ahora fue él quien le tomó la mano.

—Te pondrás bien, pero llevará su tiempo.

—Un tiempo que tú no tienes...

Él la miró con cara de reproche.

—Eres injusta. Mi tía me ha invitado a ir a Berlín. Me puedo quedar en su casa si voy a Alemania. De lo contrario, no me podría permitir un viaje así. Y si renuncio ahora a esto, ¿qué? No sabemos cuándo volverás a estar bien.

—¿Cuándo te vas?

—Dentro de dos semanas. —Vaciló—. Y ahora debo irme. Tengo muchas cosas que hacer.

—¿Vendrás a despedirte?

—Claro —contestó, pero ella vio en sus ojos que mentía.

Frida observó por la ventana la velocidad a la que cruzaba el patio y salía a la calle. Creyó sentir su alivio. «Ahí va mi amor», pensó con tristeza. Se quedó mirando la puerta unos minutos y después se quitó el lápiz labial con el dorso de la mano. Otro sueño que acababa de desvanecerse. Frida no sería médica y no iría a Europa. Y tampoco viviría con Alejandro.

Cristina entró en su habitación.

—¿Ya se fue? —preguntó—. Ha sido una visita corta. Mira, ¿te trajo libros? —Tomó el de Jane Austen, pero acto seguido lo dejó para echar mano de *Moby Dick*—. ¿Me lo prestas? La gente no para de traerte regalos.

—Si quieres, te cambio de lugar —repuso Frida.

Cristina torció el gesto.

—No lo decía con ese sentido —contestó—. Es solo que a veces me gustaría recibir un poco de la atención que te dispensan todos. —Al ver que a Frida no le estaba gustando lo que decía, cambió de tema—. Mira, estuve en el huerto y te traje unas flores. —Le dejó en la cama unas buganvillas y pequeñas campanillas azules. A Frida le llegó su perfume.

—Qué bonitas. Son preciosas, tan delicadas y, sin embargo, tan llenas de vida. Corre, dame el lápiz.

—¿Y papel?

Frida negó con la cabeza. Tomó una de las menudas campanillas en la mano izquierda, se desabrochó la blusa y empezó a dibujarla en el odioso corsé. Le gustó cómo quedaba, así que a las flores se sumaron mariposas, caritas y la cabeza de su guacamaya preferida. Estaba completamente absorta en la tarea y solo paró cuando ya no había un solo hueco libre en el espacio a su alcance. «Ahora, aunque sigo atrapada, al menos lo estoy en un mundo colorido», pensó cuando apoyó la cabeza en la almohada, exhausta. Entonces volvió a sentir el dolor, que le recorrió el cuerpo.

—Es fantástico —comentó su padre cuando fue a verla por la tarde, como siempre—, tan lleno de vida...

—Solo intento hacer un poco más bello el mundo que me rodea. Además, cuando dibujo me olvido de las molestias. Pero prefiero que me cuentes qué has hecho tú. ¿Qué te ha regalado hoy la vida?

Guillermo se sentó con cuidado en el borde de la cama para poner en orden sus ideas.

—He estado en el Zócalo, fotografiando los edificios de

la parte oriental. Ya sabes, el proyecto para el gobierno. Mira, te traje a escondidas unas flores de la jacaranda que crece delante del Palacio Nacional. —Sonriendo, le puso en la colcha las radiantes flores azuladas—. Quizá las puedas pintar también. —Mientras hablaba, no paraba de mirar los dibujitos—. El corsé ya no tiene un aspecto tan amenazador —afirmó. Se levantó de un salto—: Ahora mismo vuelvo.

Frida lo oyó hablar afuera con su madre, pero no entendió lo que decía. Unos minutos más tarde regresó con la caja grande de pinturas bajo el brazo, la que estaba en el librero de su despacho y Frida siempre había querido desde pequeña. En la otra mano llevaba la paleta y un gran tarro con pinceles de distintos números y medidas.

—¿Me quieres dar clases de pintura otra vez? —preguntó Frida. Recordaba con gusto esas horas en compañía de su padre.

—No, pero creo que ahora mismo esto te hace más falta a ti que a mí —señaló él, y dejó la caja en la cama con solemnidad—. ¿Cómo no se me habrá ocurrido antes?

—No puedo levantarme, papá. Ni siquiera incorporarme. ¿Cómo pretendes que pinte?

—Tu madre tiene una idea. Mañana mismo iré a ver a Agosto para que te construya un caballete que podamos colocar en la cama para que puedas pintar tendida. —Salió deprisa de la habitación y poco después volvió con un espejo bastante grande—. ¿Para qué tienes una cama con dosel? —preguntó, y dio unas palmadas—. Dispondremos el espejo sobre tu cabeza, así verás mejor lo que pintas en el corsé.

—Podría pintarme a mí misma, a mí y mi vida. Y las

historias que me cuentas —decidió Frida esperanzada—. Podría embellecer mi vida igual que hago con el corsé.

—¿Qué dijiste? —le preguntó su padre.

—Bah, nada —respondió ella. Era una idea que se le acababa de ocurrir, y le parecía tan valiosa y vulnerable que no quería compartirla aún.

Abrió la caja de pinturas al óleo y pasó un dedo por el azul y el magenta. Azul como las flores de la jacaranda, rojo como su sangre, rojo como la falda que llevaban las mujeres del mercado... De repente la asaltaron imágenes que pintaría con ese rojo. Le habría gustado ponerse a ello de inmediato.

Guillermo llamó con impaciencia a Cristina para que lo ayudara a colocar el espejo, arrancando a Frida de sus ensoñaciones. Su hermana llegó y se subió a su cama para sujetar el pesado espejo mientras su padre lo afianzaba con correas. Al hacerlo, Cristina le pegó sin querer a Frida con el pie en el costado. Esta lanzó un grito de dolor, pero luego apretó los dientes y se apresuró a tranquilizarlos:

—No pasa nada, ustedes sigan.

Cuando su hermana y su padre hubieron instalado el espejo, observaron a Frida con gesto expectante. Frida miró hacia arriba... y se asustó. ¿Esa era ella? ¿Esa criatura flaca? ¿Ese rostro consumido, desencajado por el dolor, era el suyo?

—Necesito que me dejen un momento sola, por favor. Debo acostumbrarme al espantapájaros que cuelga sobre mi cama.

Unos ojos oscuros enormes, con ojeras de cansancio y sufrimiento. Encima, las cejas negras que parecían alas de pájaro y dominaban el rostro. Las mejillas hundidas y sin color, la nariz afilada. Debajo, la exquisita boca, iluminada con restos de lápiz labial rojo. Después el cuello, blanco, que asomaba por el escote de la blusa; las manos de dedos largos y uñas también largas pintadas de rojo con las que podía jugar por el aire con tanta elegancia y que ahora estaban unidas como en oración. Miró más arriba, a su pelo. Peinado con raya al medio y hacia atrás, con severidad. Como no tenía flequillo, se veía la ancha y clara frente. Unos pelillos oscuros sombreaban el nacimiento del pelo. Imaginó cómo pintaría ese rostro y, para su sorpresa, este cambió de pronto. Bajo el dolor apareció una sonrisa, una expresión de esperanza y de seguridad contenida. ¿Y si con la pintura lograba no solo dotar de color a su entorno, sino además cambiar por completo su vida?

A la mañana siguiente, nada más despertar, lo primero que hizo Frida fue observar su torso, que podía ver bien en el espejo ligeramente inclinado que tenía encima. No paraba de descubrir detalles nuevos, y se preguntaba qué impresión causaría ese rostro fatigado en otros. Estuvo estudiando su cara hasta que finalmente Agosto, que tenía la carpintería unas casas más allá de la suya, le llevó el caballete. Era una estructura sencilla, compuesta por varios listones de madera unidos y regulables. Dos se apoyaban en la cama, a izquierda y derecha de su cuerpo; a ellos se afianzaba el lienzo, que se sostenía por detrás con dos listones más. La inclinación se podía graduar hasta situar el lienzo justo delante de la cara de Frida. Su padre entró y contempló satisfecho el invento, depositó una hoja en el caballete y dejó sola a Frida.

Cuando introdujo por primera vez el pincel en la pintura y dio la primera pincelada en el papel, Frida sintió que la invadía una auténtica oleada de dicha. Estuvo a punto de prorrumpir en sollozos de puro alivio. Si ella no podía ir al mundo, quizá pudiera plasmar el mundo que poblaba su imaginación en el lienzo. Ya solo el movimiento dinámico del pincel le hacía bien. Al principio se puso a dibujar trazos sin pensar, líneas y círculos, para acostumbrarse a la sensación, pero luego comenzó a pintar tendida, y la inusitada postura en la que debía sostener el pincel le dio algunos problemas. La pintura le salpicó la blusa y el almohadón, ya que había humedecido el pincel en exceso, pero se acostumbraría.

Todavía no sabía qué quería pintar en concreto. De ser posible, ¡todo! Un cuadro que la ayudara a aguantar las horas mientras el corsé de yeso se adaptaba a ella. Un cuadro que le mostrara las bellezas y las posibilidades de la vida mientras estaba apartada de ellas. Un cuadro lleno de colores, que eclipsaría las miserables juntas de los azulejos grises. ¡Sí, eso era lo que quería pintar! Naturalmente, aún era una novata, pero en ella anidó la certeza de que se hallaba en los albores de algo desconocido, que daría un nuevo sentido a su vida.

Profirió un largo suspiro, de felicidad, y metió de nuevo el pincel en la pintura.

Cuando Guillermo vio su primer cuadro, un retrato de Amelda, su cocinera india, se quedó impresionado. Al principio Amelda se resistía a que la pintara, ya que temía que su alma quedara atrapada en el lienzo, pero Frida logró convencerla.

—También he pintado a Adriana —le contó Frida, rebosante de orgullo, y señaló otro cuadro que estaba apoyado en la pared, junto a la cama.

Guillermo lo estudió con atención: su hermana mayor, Adriana, con un vestido escotado delante de una iglesia. La iglesia la había copiado de una fotografía de Guillermo.

—¿Qué ha dicho tu madre? No creo que se le haya pasado por alto el contraste que hay entre tu hermana vestida con tan poca ropa y la casa de Dios.

Frida sonrió.

—No se lo he enseñado. Y a Adriana le gusta. Lo tuve que modificar varias veces, pero por suerte me enseñaste a hacer retoques. Y también a trabajar con tu fino pincel de pelo de tejón. Y menos mal, porque en el caballete solo puedo colocar formatos pequeños.

—¿Y si nadie tiene tiempo de posar para ti?

—Te refieres a si no encuentro víctima, ¿no? Pues me pintaré a mí misma.

Cuando su padre se marchó, Frida volvió a mirar arriba para ver su imagen en el espejo. Y distinguió el cuerpo que mejor conocía: el suyo. Tomó el pincel.

A lo largo de los siguientes días y semanas, realizó un sinfín de estudios. Con cada boceto, con cada intento, le seguía la pista a los cambios que se habían operado en su rostro y en su mirada debido al accidente. A veces le costaba observarse, y añoraba todo lo que había perdido, los meses desperdiciados en esa cama, sufriendo dolores, mientras otros viajaban por Europa, como Alejandro, o estudiaban, amaban, vivían. «Pero yo vivo en mi pintura —pensaba con obstinación—. La vida es demasiado bonita, demasiado colorida para limitarse a soportarla. La quiero disfrutar, quiero sentir alegría y amor.»

Mientras pintaba tenía tiempo de sobra para pensar en todas esas cosas, y compartía sus pensamientos con un par de amigas especialmente cercanas. Una de ellas era Alicia Galant, a la que conocía desde la escuela y que la visitaba a menudo.

—¿Te acuerdas de cuando ibas por ahí con un overol azul de hombre, con las perneras de los pantalones recogidas para poder andar más deprisa en bicicleta? Tenías el pelo corto como un chico y eras la más salvaje de todos. —Alicia se arrebujó en el rebozo de lana; en la habitación de Frida hacía frío.

Esta soltó una carcajada.

—La primera vez que me vio, tu madre se quedó blanca. Estaba horrorizada.

Alicia se rio también.

—Te dijo una cosa muy fea y me quiso prohibir seriamente que me juntara contigo.

—¿Sabe que vienes tanto a verme?

Su amiga bajó la vista.

—Cree que ya no supones ningún peligro. Y la verdad es que al verte así uno casi podría pensarlo. Te has dejado el pelo largo y llevas faldas.

Frida resopló.

—Quizá no se equivoque.

Ambas guardaron silencio un instante.

—¿Por qué me miras así? —preguntó Alicia sorprendida.

—¿Cuándo piensas volver? Te quiero pintar. Quédate así, no, vuelve la cabeza hacia el otro lado, como hace un momento. Sí, así. Anda, pásame el bloc de dibujo que está ahí, corre. Y no te muevas.

Con unos pocos trazos a carboncillo logró captar lo esencial del rostro de su amiga. Borró unas líneas y las dibujó de nuevo, añadió unas sombras y le enseñó la hoja a Alicia.

—¡Pero si soy yo! —exclamó esta—. Conque sabes pintar...

—¿Posarías para mí, para que te pueda pintar al óleo? Creo que empiezo a necesitar otro modelo que no sea yo; como siga así, acabaré siendo una vanidosa patológica.

En las semanas siguientes Alicia fue a visitarla siempre que pudo, y en el cuadro se veían los progresos.

Al mismo tiempo, Frida trabajaba en otro autorretrato. Los dos cuadros tenían muchas similitudes y un aire renacentista italiano. Ambos contaban con un fondo oscuro, y los rostros, los escotes y las manos eran blancos y lisos como la porcelana. Frida miraba al observador, mientras que Alicia lo obviaba. Las dos llevaban un vestido monocolor de un tejido noble, con un remate de escote opulento. Ambas eran bellezas delicadas.

Alicia se mostró entusiasmada cuando Frida le enseñó los cuadros ya terminados.

—¡Qué guapa estás! —exclamó.

—Le regalaré el retrato a Alejandro.

—Todavía no lo has superado, ¿verdad?

Frida se encogió de hombros.

—Sigue en Europa, ahora mismo está recorriendo Francia. Me mandó una postal del Louvre. Una postal en cuatro semanas.

Alicia la miró con expresión intranquila.

—No te preocupes —la tranquilizó Frida—. Le regalaré este cuadro para que vea lo que ha perdido y vuelva conmigo.

Contempló el cuadro de nuevo. Había algo en él que no quería olvidar, una promesa. Ese lienzo encerraba algo importante. Se detuvo a pensarlo y acabó descubriendo lo que era: con ese cuadro había empezado a tomarse en serio la pintura. Con ese primer cuadro su pintura se convertía en un remedio para combatir la tristeza, en una forma de conjurar el dolor y darle sentido a sus días. Y quizá ese retrato para Alejandro supusiera su entrada en el mundo del arte. En cualquier caso, era la respuesta a una pregunta: ¿qué te ha regalado hoy la vida?

4

Octubre, 1927

Casi dos años después de que sufriera el accidente, tras realizar varios intentos con corsés y corpiños de yeso, tras presuntas mejoras y recaídas, el doctor Calderón dictaminó que Frida había recuperado la salud.

—Ahora tendrás que recobrar fuerzas y ejercitar las piernas, pero sin excesos —advirtió cuando le retiró el corsé y le efectuó un último reconocimiento.

En cuanto se hubo ido, Frida echó mano de clavos y un martillo y colgó el repintado corsé sobre su cama. Golpeaba con saña los clavos, como si quisiera crucificarlo.

—¿No vas a tirar esa cosa? —preguntó, asombrada, Cristina—. Ha sido tu instrumento de tortura durante mucho tiempo.

—Precisamente por eso no lo tiro —contestó Frida—. Quiero verlo todos los días para alegrarme de que ya no lo necesite. Ahí está bien.

Sus hermanas contemplaron el corsé de yeso, que ya no parecía tan amenazador. De hecho, quedaba estupendo junto al esqueleto de papel maché.

Frida se planteó probar con el caballete, que ahora estaba en medio de la habitación. En él había un cuadro empezado, un bodegón con flores y los perros de la casa. ¿Cómo se sentiría pintando de pie? Sin embargo, en ese momento miró el patio por la ventana.

—¿Vienes conmigo? —preguntó a Cristina—. Hace tanto que no salgo...

—Pero el doctor Calderón ha dicho...

—Ya sé lo que ha dicho, pero me he pasado los últimos meses metida en esta habitación, saliendo como mucho al patio, mientras mis amigas, los Cachuchas y tú terminaban la preparatoria y entraban en la universidad. Carmen trabaja desde hace tiempo y gana dinero. Ximena se ha casado y tiene hijos. Todo el mundo ha podido hacerse adulto y buscar su sitio en la vida, y ahora me toca a mí. Así que, vamos, antes de que vuelva mamá y me lo prohíba.

Bajaron dando un paseo por la calle Allende en dirección a la plaza Hidalgo. El aterciopelado aire olía tan bien, Frida se sentía tan liberada... Y se alegraba de que su hermana estuviera a su lado compartiendo con ella ese momento especial. Con una alegría desbordante entraron en una de las numerosas pulquerías para tomar un vaso de jugo fermentado mientras se reían tontamente. Cuando reanudaron la marcha, Frida se subió a una tapia baja y alargó un brazo para agarrar las flores de un árbol de fuego.

—¿Puedes hacer eso? —preguntó Cristina.

—Pues claro. Puedo hacer cualquier cosa —contestó Frida, bajándose de la tapia de un salto.

Cuando llegaron a la plazoleta de la iglesia, se sentaron en el borde de la fuente con los dos coyotes de bronce que daban nombre al barrio, Coyoacán. Estiraron las piernas y se inundaron de sol. Un par de hombres jóvenes las rondaban.

Frida experimentó una sensación de infinita gratitud por ese momento cotidiano, que disfrutó con toda su alma. Le agarró la mano a su hermana y se la apretó.

—Vamos, debo volver a casa, tengo que pintar esto —afirmó Frida y, cuando poco después se halló delante del caballete e intentó reproducir el colorido de la vida, de la que ese día había vuelto a formar parte, sintió pura dicha.

Como necesitaba una ocupación, decidió echarle una mano a su padre en el estudio de fotografía. Lo ayudaba en el laboratorio, retocando y coloreando. Antes le gustaba hacerlo, y le sentaba bien recuperar viejas costumbres. Trabajaba con esmero y le encantaba ver cómo iban surgiendo las imágenes, despacio, en el revelado. Otros días lo acompañaba, como hacía antes, en sus excursiones por la ciudad cuando tomaba fotos. Frida siempre iba en busca de motivos para sus cuadros. Se acostumbró a llevar siempre encima un bloc, en el que esbozaba por el camino con unos cuantos trazos a unos niños indios jugando o las caras redondas de las mujeres del mercado.

Ese sábado Frida había quedado con Miguel Lira y algunas personas más en la biblioteca de la preparatoria. Recorrió el corto camino que la separaba de la parada que había junto al mercado de Coyoacán. Las calles que rodeaban el mercado siempre estaban muy animadas, amas de casa y cocineras acudían a comprar, y los comerciantes empujaban carretas cargadas de mercancía. Algunas mujeres llevaban las cosas en la cabeza. Eso y las ropas coloridas que vestían las identificaban como indias. Delante del mercado, una construcción de una sola planta, se alineaban los bancos alargados y las mesas donde se podía comer ceviche y gambas picantes. Junto a ellas, había una hilera de jarras con grandes cucharones de las que se servía el pulque. Como de costumbre, no había un solo sitio libre a las mesas. Unos mariachis tocaban, el ambiente era ruidoso y alegre.

Frida se sumó a las demás personas que esperaban en la parada del autobús y observó el ajetreo. El autobús llegó, un vehículo viejo que se tambaleaba. Al ver el número que había pintado en él, el 382, notó que le entraba pánico. Era el número del tranvía que se había estrellado contra el autobús en el que iba ella. El recuerdo del terrible accidente volvió a asaltarla de manera fulminante.

—¿Señorita? —El hombre que iba detrás de ella en la cola le dio un empujoncito, sonriendo—. Está usted soñando despierta. Tiene que subir.

Frida se sacudió la evocación y subió al autobús. Tras una breve vacilación se sentó junto a una campesina bastante gorda a cuyos pies había una cesta grande, en la que cacareaban gallinas. La señora le dedicó una sonrisa y se hizo a un lado.

Aun así, Frida estuvo nerviosa todo el trayecto, no paraba de jalarse la falda. Miraba por la ventanilla para pensar en otras cosas. Algo la oprimía. Dentro de poco Miguel Lira empezaría a ejercer de abogado. Además, era poeta, ya había escrito cosas mientras iban juntos a la preparatoria. Su predilección por la literatura china había hecho que Frida lo bautizara Chong Lee, y así lo seguía llamando. En breve Carmen sería médica. Alicia estaba comprometida y soñaba con formar una familia. ¿Y ella? ¿Qué sería de ella? No podía estar ayudando a su padre toda la vida.

Cómo le habría gustado volver a la preparatoria... Por eso la había elegido como punto de encuentro, ya que no había vuelto a poner los pies en ella desde que había sufrido el accidente. Sin embargo, era un deseo imposible, pues sus padres no podían permitírselo. Los gastos que habían acarreado los numerosos médicos habían mermado los ahorros de Guillermo. En casa incluso habían desaparecido algunos muebles para que entrara dinero, lo que hacía que a Frida le remordiera la conciencia. En una ocasión en que se había peleado con su hermana Cristina, esta le había espetado que con su enfermedad le había destrozado la vida a la familia.

Frida suspiró.

Por el momento no podía hacer nada más que trabajar con su padre en el estudio para contribuir un poco a los ingresos familiares, pero quería algo más de la vida. A fin de cuentas, su sueño era ser médica. «Madre mía, estoy haciendo como si mi vida hubiese terminado —pensó, y puso los ojos en blanco—. Por lo menos tengo mis cuadros. He pintado a mis amigos y a mi familia, y a mí misma repetidas veces, y creo que algunos de los cuadros son bonitos. ¿Y si intento venderlos? ¿Y si me hago artista? Pero ¿cómo se logra algo así?»

El autobús dio un frenazo y las gallinas cacarearon nerviosas. Frida volvió a la realidad, asustada, y profirió un suspiro de alivio al ver que el autobús únicamente se había detenido en un cruce. Estaban pasando por la esquina del mercado de San Juan, donde en su día se había producido el choque. Frida reparó en el escaparate de la sala de billar, el lugar al que la llevaron después del accidente mientras los allí presentes decían una y otra vez: «Miren, la bailarina». Se referían a Frida, que ensangrentada y con el cuerpo bañado en polvo de oro probablemente parecía alguien salido de un escenario. En su momento ella no se dio cuenta de nada de eso, se lo contó Alejandro mucho después.

Alejandro, otro tema espinoso... Hacía unos meses por fin había vuelto de Europa. Pronto haría el examen final de derecho, y la temporada que había pasado en el extranjero lo ayudaría a hacerse con una cartera de clientes. Se veían a veces, pero la vieja llama no quería prender de nuevo. Frida le había regalado el autorretrato a lo Botticelli, pero eso no le había devuelto a Alejandro, tal y como había predicho a Alicia. Esa herida le dolía, pero ya no con la misma intensidad. Alejandro le había hecho mucho daño. Cuántas cartas le había escrito, en las que le describía la profunda desesperación que la invadía, sus miedos de no recuperar la salud, incluso sus pensamientos de suicidio... En cada una de las misivas le suplicaba que le respondiera y la liberase de su sufrimiento. Sin embargo, solo le llegaban semanas después unas líneas en las que no decía gran cosa. Así no se comportaba un hombre que amaba a una mujer. Frida no le podía perdonar la indiferencia que había mostrado.

Esperaba que no estuviera allí ese día. Frida cada vez tenía menos ganas de verlo. Chong Lee, en cambio, era un amigo leal. Incluso había pintado su retrato, aunque no le parecía que estuviese muy logrado. Se le daba mejor pintar a las mujeres. El cuadro todavía no estaba del todo terminado, de lo contrario se lo habría llevado para regalárselo.

El autobús aún estaba a algunos metros del Zócalo cuando a Frida le llegó de pronto un olor a neumático quemado. El vehículo redujo la velocidad y al final se detuvo, ya que no podía seguir por la carretera. Había personas furiosas por doquier, que blandían los puños y gritaban consignas airadas, pero ella no entendía lo que decían. El conductor se volvió hacia los pasajeros:

—Hasta aquí hemos llegado —anunció.

Frida se bajó y se encontró de repente en medio de una multitud que la arrastraba. ¿Qué estaba pasando allí? ¿Por qué estaban tan enfadadas esas personas? El humo era cada vez más denso y los ojos le escocían. Intentó refugiarse en un portal, pero era imposible ir contra la corriente de esa masa de personas que afluía al Zócalo. De pronto, una mano la agarró y alguien le pasó un brazo por los hombros con ademán protector.

—¡Miguel! —exclamó Frida.

—Frida, por fin. Pensaba que no habías podido llegar.

—¿Qué está pasando aquí?

—¿Es que no te has enterado? Hoy ha ardido una fábrica en Insurgentes. En el incendio ha muerto una docena de mujeres, porque las puertas estaban cerradas. No pudieron hacer nada.

Frida lo miró con cara de horror. Ahora entendía lo que gritaba la gente: «¡Asesinos!». Y en las pancartas se leían consignas comunistas. Chong Lee y ella siguieron al resto hasta llegar a la plaza de la catedral. Una mujer joven se subió a la reja y empezó a hablar.

—¿Por qué estaban encerradas en la fábrica las mujeres? —preguntó—. Trabajando doce horas al día y sin derecho a ir al baño. ¿Y por qué? Porque son mujeres y a ellas hay que pagarles menos aún que a los hombres. Esas mujeres han muerto porque un capitalista quería acumular más dinero todavía. No habrá libertad para nadie si las mujeres no son libres.

Frida escuchaba con la boca abierta. Sabía, como es natural, que las mujeres lo tenían peor que los hombres, que debían trabajar más a cambio de menos dinero, que con frecuencia eran las únicas que se responsabilizaban de los hijos, que parían a uno tras otro sin poder hacer nada al respecto, que muchos maridos bebían o les pegaban o las abandonaban. Para averiguar esas cosas solo hacía falta ir por el mundo con los ojos abiertos y escuchar a las vecinas, pero el hecho de que se dijeran desde un podio les confería más verdad y urgencia. La mujer que tenía al lado la tomó del brazo, y otra hizo lo mismo por el otro lado. Juntas corearon las consignas que llegaban del podio: «¡Igualdad! ¡Justicia! ¡Muerte al machismo! ¡Muerte al capitalismo!».

Frida buscó a Chong Lee, que se había separado de ella por el gentío, pero debía de estar cerca. Gritó con ellas, a pleno pulmón, completamente comprometida. Le parecía como si las demás mujeres y sus gritos la sostuvieran, se sentía ligera y la pierna no le dolía. Se rio con ganas, con absoluta confianza. Cuando las personas que la rodeaban cerraron las manos y levantaron el puño, Frida las imitó.

Los manifestantes lanzaban las consignas al unísono mientras marchaban cada vez más deprisa, con grandes pasos, hacia el progreso; esa era la impresión que le daba a ella. Se sumó a ellos, y cuando entonaron *La Internacional,* ella hizo lo propio y cantó con absoluta convicción.

Al día siguiente entró con Chong Lee en la oficina del Partido Comunista Mexicano para afiliarse. Cuando se vio en la calle de nuevo, con el libro rojo del partido, se sintió de maravilla. Le sentaba bien formar parte de un movimiento que luchaba por lo correcto. Ahora acudía una vez a la semana a los seminarios de formación que impartía el partido, donde leían juntos la literatura socialista. En su librero colocó a Marx y Engels junto a Jane Austen.

Unas semanas después de que se afiliara al partido, un hombre muy atractivo dio una charla en el seminario. Era Julio Antonio Mella, que había volado desde Cuba y ahora luchaba en México por la revolución. A su lado estaba sentada una mujer bellísima, que al final del acto abordó a Frida.

—Soy Tina Modotti.

—¡Eres la fotógrafa! —contestó Frida, sorprendida.

Había visto fotografías de Tina en una exposición a la que había ido con su padre. A Guillermo no le habían gustado las instantáneas, le parecían demasiado artísticas y políticas. Él tenía mucho que agradecer a México, pues allí había encontrado un nuevo hogar tras emigrar de Alemania, y para él la fotografía era un medio para representar la realidad, no para distorsionarla de forma crítica. A Frida, en cambio, las fotos, muy fragmentadas, le habían encantado, y se alegró de conocer a Tina Modotti en persona. Tina tenía un pasado movido: oriunda de Italia, había vivido en California y había actuado en un par de películas mudas en Hollywood. Desde hacía algunos años vivía en México y reunía a su alrededor a artistas y revolucionarios, la bohemia de la capital. Era extraordinariamente bella y arrebatadora, y llevaba una vida apasionante, que Frida envidiaba.

—Mañana por la noche doy una fiesta —dijo Tina—. Pásate.

—¿Yo? —preguntó Frida.

—Tú —confirmó Tina.

Al día siguiente, un tanto nerviosa, Frida entró en el patio interior de la casa de Tina Modotti. Cuando el portón de dos hojas se cerró tras ella, los ruidos y el ajetreo de la calle quedaron atrás. Allí solo se oía el murmullo de una fuente, en torno a la cual crecían plantas de hojas grandes. Se oyó un silbido estridente. Frida miró a su alrededor y se topó con una guacamaya de vivos colores que estaba posada en una rama y la observaba con la cabeza ladeada. El ave silbó de nuevo.

Del primer patio interior salían otros patios a izquierda y derecha, pero ¿dónde vivía Tina? Frida aguzó el oído: en alguna parte había música, aunque no era capaz de distinguir de dónde salía. En una pared, una petunia alta como un hombre trepaba por un armazón de madera. Las flores, de un rojo subido, con los larguísimos pistilos colgantes que se mecían levemente al menor roce, eran las preferidas de Frida. Tomó con delicadeza dos flores con forma de campana y, justo cuando iba a prendérselas en el pelo, oyó la voz de Tina en la galería superior, que circundaba la casa.

—¡Frida, viniste! Ven, sube.

Frida la saludó con la mano y buscó a su alrededor.

—La escalera está ahí delante, a tu izquierda.

Tina la estaba esperando al final. Frida subió los peldaños. En el primer piso, el suelo era de baldosas, y se abrían puertas de doble hoja que daban a los departamentos. Delante había grupos de asientos y más plantas en grandes macetas.

—¿Las flores son para mí? —preguntó Tina.

Frida miró las petunias que tenía en la mano.

—No, la verdad es que las he tomado del patio. Quería ponérmelas en el pelo.

Tina se echó a reír.

—Dentro hay un espejo.

Entró en una antesala crepuscular, donde un puñado de velas arrojaba una luz tenue. Frida se colocó delante del espejo y se quitó unas horquillas para sujetar con ellas las petunias.

—Ahora mismo voy —le dijo a Tina.

Con unos pocos movimientos se colocó las flores juntas, como si fuesen una diadema, en la parte alta de la cabeza. Cuando terminó, esbozó una sonrisa satisfecha: el que admirase el tocado que llevaba no le miraría la pierna atrofiada.

Aún estaba con el brazo levantado por encima de la cabeza cuando vio en el espejo a un hombre que, plantado detrás de ella como un gigante, la observaba con unos ojos oscuros. Esos ojos, que lo escrutaban todo desde detrás de unos lentes sin montura, la cautivaron. Estaban muy separados y no se estaban quietos, parecían querer salirse de los párpados ligeramente hinchados. Era una mirada de una intensidad increíble. «Este hombre es capaz de ver lo que hay tras las cosas —pensó Frida de súbito—. Ve el mundo con otros ojos, y me gustaría saber qué está viendo ahora mismo en mí.» Le habría gustado sumergirse en esa mirada, pero después quiso examinar también el resto del cuerpo. Lucía un sombrero redondo de ala ancha, un traje de *tweed* claro y unos zapatos enormes. Volvió a mirarlo a los ojos. Él la seguía observando, aunque se había dado cuenta de que ella lo miraba a su vez. Frida levantó el mentón y ladeó un poco la cabeza para ver si las flores estaban bien colocadas. Las petunias se unían delante, en el nacimiento del cabello, y conferían brillo a su pelo negro. Mientras tanto, seguía observando al hombre. Se quedó contemplándolo un poco más de la cuenta.

—No me creo lo más mínimo que seas una flor delicada —comentó—, aunque lo parezcas.

Frida le dirigió una mirada inquisitiva.

—Aunque pareces una flor, una delicada y frágil, no lo eres. Eres fuerte, como ella, porque se mece con el viento, resiste incluso a la tormenta.

«¿Eso soy? —pensó Frida—. ¿Fuerte y resistente?» La idea la hizo feliz. Se había percatado en el acto de que ese hombre era un buen conocedor de la naturaleza humana y de que sabía ver más allá de las cosas.

—Eres bella, me recuerdas a las mujeres de Tehuantepec, que llevan al mercado en la cabeza lo que van a vender.

Ahora Frida se volvió hacia él y contuvo la respiración. Delante tenía nada menos que a Diego Rivera, el pintor más famoso de México. Durante la dictadura había pasado muchos años en Europa, y tras la caída del dictador Porfirio Díaz, Obregón, el nuevo presidente, y Vasconcelos, su secretario de Educación, lo habían traído de vuelta y le habían encargado que contara la historia del pueblo mexicano en murales que pintaría en edificios públicos. Sus cuadros hablaban un idioma sencillo, que también podían entender los analfabetos. Frida siguió mirándolo, igual que él a ella. Hacía un instante se había fijado en los ojos un tanto saltones, pero esos ojos dedicaban miradas que la hacían acalorarse. «¿Cómo puede haber personas que lo consideren feo y gordo?», se preguntó. No debían de estar bien de la vista, no veían lo que había detrás de esa fisonomía. Tal vez a primera vista no fuese demasiado atractivo, pero su carisma hacía que a Frida le resultara muy seductor. Decían que podía ser inusitadamente tierno. Las mujeres a las que había amado eran legión. Frida reparó en su traje de tejido grueso, con el que parecía un coloso.

—¿Te conozco? —preguntó él con la voz teñida de sorpresa.

Frida contemplaba fascinada los sensuales y carnosos labios con el marcado arco del labio superior. Sin querer, imaginó que esos labios bellos la besaban. Notó que su mirada intensa la acariciaba. Pero además de la curiosidad había algo en esa mirada: algo acechante, quizá incluso peligroso, algo que le decía que ese hombre podía devorar mujeres. Se percató de que la estaba poniendo cada vez más nerviosa. De pronto se sentía demasiado joven e inexperta, pero no quería que él pensara eso de ella, por lo cual respondió con descaro:

—Iba a la preparatoria cuando pintaste los murales. Por aquel entonces llevabas una pistola.

Él se levantó el faldón del enorme saco y le enseñó la canana y el revólver.

—Nunca se sabe —repuso. Seguía examinándola, y Frida sintió que bajo esa mirada penetrante cada vez tenía más calor.

Ahora estaban los dos ante el espejo, contemplándose en él.

—Todavía eres muy joven —señaló él.

Frida se vio a su lado en el espejo. Eso ya lo sabía ella, claro estaba; seguro que él le doblaba la edad. Pero en su mirada Frida vio algo más: no se refería únicamente a los años que tenía, sino a la certeza de que aún tenía todo el futuro por delante, una vida llena de promesas. En ese momento distinguió en la mirada de Diego que la época de desesperación absoluta que había vivido en el hospital había quedado atrás. El accidente no le había arrebatado toda la magia; la vida estaba esperándola.

Esa verdad la dejó sin respiración. En ese preciso instante se enamoró de él. Tuvo que apartar la vista para digerir la vertiginosa evidencia. Después lo contempló de nuevo.

—Dime, ¿cuántos años tienes?

Frida seguía sintiéndose envuelta en el mágico instante, pero por fuera había recuperado el control. Contestó sin titubear:

—Dieciocho. —Aunque no era verdad: tenía veintiún años. Sus padres le habían restado tres porque, tras su larga enfermedad, ya era demasiado mayor para entrar en la preparatoria. Frida se apropió de esa fecha de nacimiento porque le gustaba más. A fin de cuentas, en 1910 había empezado la Revolución mexicana.

Se planteó hablarle del accidente, del sufrimiento que la había convertido en una mujer que sabía qué era lo importante en la vida y que ya no iba a dejarse doblegar, pero decidió no hacerlo. Prefería que la considerase una mujer misteriosa.

Diego avanzó un paso hacia ella, hasta casi pegársele. Frida se dio cuenta de que apenas le llegaba ni al hombro.

Él alargó un brazo y acarició con una ternura inesperada las petunias que llevaba en el pelo.

—Eres preciosa —dijo en voz queda—. Y con una mirada de esos ojos oscuros y radiantes puedes desgoznar el mundo.

—Frida, ¿se puede saber dónde te metes? Te quiero presentar a unas personas. —Tina salió de la sala y frenó en seco al verlos—. Vaya, probablemente moleste —observó.

Frida retrocedió.

—Desde luego que no —repuso, sin perder de vista a Diego de todas maneras.

—Será mejor que vengas conmigo —le dijo Tina a Frida. Y volviéndose hacia Diego, añadió—: Lupe te está buscando. —Señaló con la mano a una mujer que lo miraba impaciente con mala cara y unos ojos casi negros. Tina tomó a Frida del brazo y se la llevó de allí—: Lupe Marín es su mujer. Ten cuidado con ella, su ira es legendaria. Y sus celos también. ¿Sabías que una vez destrozó las figuras prehistóricas de Diego y después le cocinó una sopa con los pedazos? —Tina soltó una carcajada al recordar el episodio—. Y eso que ya ni siquiera está con Diego. Se separó de ella cuando volvió de la Unión Soviética.

—¿Diego estuvo en Rusia? —Frida se dejó llevar por Tina de mala gana y se volvió para mirarlo de nuevo, un gesto que a Tina no se le escapó.

—Fue en calidad de delegado para celebrar el décimo aniversario de la Revolución de Octubre. —Lo dijo con un dejo de admiración en la voz, y después recobró la seriedad—. Pero harías bien en mantener las distancias con él.

—¿Por qué? Me parece muy atractivo. Una no sabe a

qué atenerse con él. Lleva una pistola y parece un monstruo violento, pero tiene los labios más sensuales que he visto en mi vida, y me acaba de tocar con una delicadeza extrema, como si sus manos fuesen mariposas.

—Has olvidado decir que es un genio, que con sus murales ha devuelto al pueblo mexicano su historia y su dignidad —añadió Tina—. Pero aun así, y a pesar de los pesares, es..., ¿cómo lo has llamado?..., un monstruo, aunque sea un monstruo tierno. Puede ser impaciente como un niño pequeño, y melancólico, pero la semana pasada, en un acceso de ira, disparó a mi gramófono. Es un gran seductor... —Tina dejó de hablar al ver la pregunta en los ojos de Frida—: Sí, fui su amante, como casi todas las mujeres que están aquí esta noche. Solo te puedo decir que vale la pena, pero es mejor no entregarle el corazón, porque es como un niño caprichoso que lo quiere todo ya mismo y que luego se aburre deprisa y busca un juguete nuevo. Le encanta seducir, es un devorador de mujeres, un hedonista, el hombre más egoísta que he conocido en mi vida. Su crueldad casi es lo de menos. No es consciente o no se da cuenta de cuándo hace infelices a las mujeres. —Tina miró a Frida y le puso la mano en el brazo—. Si quieres que te dé un consejo: no te acerques, mantente alejada de él. Eres demasiado inexperta para un hombre como Diego. Además, es demasiado mayor para ti. Te romperá el corazón. Ah, una cosa más: no le creas cuando te cuente historias. Son todas una invención de principio a fin. Y, ahora, vamos.

Tina se miró en el espejo y se atusó el pelo mientras Frida la observaba. Sin duda, Tina Modotti era la mujer más bella que había visto en su vida. Su rostro era armonioso como el de una virgen y se movía con perfecta elegancia. A primera vista, Frida se parecía a ella, ya que ambas tenían el cabello oscuro y la figura delicada, pero de cerca Tina era una muñeca de porcelana y Frida una india. Además, Tina era una artista que gozaba de reconocimiento, cuyas fotografías de la vida en las calles de México causaban la admiración de Frida.

«Así me gustaría ser a mí —pensó—, alguien que conoce el éxito en su profesión y en el amor.» Se alisó la falda y siguió a Tina.

La algarabía que reinaba en la habitación con la cantidad de gente que había la sobresaltó en un primer momento. Eran unas treinta personas, mitad hombres mitad mujeres. Ante las ventanas colgaban unas cortinas color vino de techo a suelo que habían corrido; en las paredes, cuadros y fotografías enmarcadas. El lugar estaba bañado en una luz crepuscular, la única fuente de luz eran unas velas en candelabros con numerosos brazos. Había personas de pie y sentadas por todas partes, hablando, riendo y discutiendo. Algunas mujeres llevaban elegantes vestidos con encaje y pedrería, que eran el último grito en Estados Unidos; otras iban con el uniforme del partido: una falda oscura con camisa y corbata, el cabello recogido en un moño tirante en la nuca y como única joya un broche con la estrella roja. Los hombres vestían trajes de tejido burdo, muchos con un gorro o un sombrero en la cabeza. Con su atuendo, Frida destacaba entre la multitud. Era la única que lucía la vestimenta tradicional de las mexicanas de Tehuantepec: una falda larga de colores rematada con un volante ancho de encaje y una blusa bordada; además se había puesto las flores en el pelo y llamativos collares de piedras y de plata antigua. Notaba las miradas curiosas de aquellas personas, de las que no conocía a ninguna salvo a Tina, a Antonio Mella y a Diego Rivera. Tina la tomó de la mano y la arrastró.

—No hace falta que la sigan mirando así. Yo les diré quién es. Ella es Frida Kahlo —la presentó, pasándole un brazo por los hombros—. No olviden este nombre, porque oirán hablar mucho de ella.

Las conversaciones enmudecieron un momento; todos la contemplaban con curiosidad, de arriba abajo. Frida se quedó desconcertada. No estaba acostumbrada a ser objeto de tanta atención. Después asomó a su boca una sonrisa burlona, dio una vuelta en el sitio y dejó que sus faldas se abombasen. Su mirada vagó por la estancia hasta que por fin descubrió en un rincón a Diego, de espaldas, conversando con un hombre.

Frida sintió la acuciante necesidad de que la mirara de nuevo como lo había hecho hacía escasos instantes. De que sus ojos la recorrieran, acariciasen cada milímetro de su cuerpo...

Sin pensar, rodeó a su vez a Tina con un brazo, la volvió hacia ella y la besó impetuosamente en la mejilla. Los demás invitados la vitorearon.

Ahora era el centro de atención. Satisfecha, vio con el rabillo del ojo que Diego Rivera se daba la vuelta, se quedaba perplejo y, al ver que era ella, se echaba a reír. Frida esbozó una sonrisa radiante, dirigida únicamente a él.

—¿Solo sabes besar o también bebes? —le preguntó uno de los hombres.

Frida se quedó muda un instante. Alguien le pasó un vaso de aguardiente, y cuando vio que Diego enarcaba las cejas con aire inquisitivo, ella lo tomó y se lo bebió de un trago. El alcohol le calentó el cuerpo. No había perdido de vista a Diego ni un solo segundo.

Una mujer con una imponente nariz aguileña se acercó a ella y se sentó a su lado.

—Soy Anita Brenner.

—Frida Kahlo.

—La mujer que sufrió el accidente.

Frida frunció el ceño; no quería hablar de eso.

—He oído que pintas.

—¿Quién te lo ha dicho?

—Tina. Cree que tienes talento. ¿Sabes que estoy escribiendo un libro sobre los muralistas y el nuevo arte mexicano? —preguntó.

—¿Estás escribiendo un libro? —Frida la escudriñó con interés: delante tenía a otra mujer que se ganaba la vida con una profesión artística. En ese instante la asaltó la tristeza: Anita Brenner tendría más o menos su edad, pero no había perdido dos años debido a un accidente—. ¿Has ido a la universidad?

Anita asintió.

—En Estados Unidos, con Franz Boas. Después de la revolución, mis padres emigraron a Estados Unidos, pero yo siempre supe que volvería. México es mi país. Pero, dime, ¿qué pintas?

—Pinto lo que veo. Por desgracia, hasta ahora no ha sido mucho.

—¿Y dónde se pueden ver tus cuadros? ¿Se los has enseñado ya a Diego?

¿A Diego? ¿Por qué no? ¿Por qué no enseñarle sus cuadros a alguien que sabía del tema?

—Quizá haya llegado el momento de averiguar si tienes talento —señaló Anita.

La idea de que alguien pudiera comprar sus cuadros entusiasmó a Frida.

—Estos últimos meses he tenido mucho tiempo para trabajar, y sé algo de historia del arte —afirmó, con aire vacilante.

De pronto notó que el ambiente cambiaba a su alrededor. Nunca había vivido nada igual. Una ola la arrolló; fue como si un barco enorme dividiese el mar y se plantara delante de ella. ¿Qué era eso? Al levantar la cabeza vio que las personas que estaban junto a ella se hacían a un lado para dejarlo pasar. Diego.

Se plantó frente a ella, descollando sobre su cabeza. Para no parecer más baja aún, Frida se levantó. Pese a ello, solo le llegaba hasta el pecho.

—Bebes como un hombre.

—No, como un hombre no. Como alguien a quien no le estuvo permitido vivir durante mucho tiempo y ahora ha de recuperar unas cuantas cosas.

Tenía el vaso vacío, así que echó mano de la botella, que estaba en la mesa delante de ella, se la llevó a los labios y le dio un buen trago. Diego no apartaba la vista, y ella siguió hasta beberse casi media botella. Cuando la dejó, se tambaleó hacia atrás. Él la fue a sostener, pero Frida levantó las manos para impedírselo. Estaba erguida y lo miraba sin reparos. Los demás aplaudieron entusiasmados.

—¡Vaya, Diego, parece que le has dado al clavo! —exclamó Tina. Acto seguido esta llevó a Frida al centro de la habitación—. Hagan espacio —pidió—. Y quiero música.

—Le pasó un brazo a Frida por la cintura y permaneció a la espera.

Sorprendida, Frida volvió la cabeza. ¿Se estaría refiriendo Tina a Concha Michel? En ese preciso instante se oyó su voz y ella reconoció el timbre, grave y melodioso a la vez, de la famosa cantante. Todo México conocía a Concha Michel, que ya había cantado en la fiesta de cumpleaños de John D. Rockefeller y en el Museo de Arte Moderno de Nueva York. Con lo que le habían pagado, había viajado a Europa y a Rusia, y había vuelto a México siendo comunista convencida. A Frida le encantaban tanto sus canciones revolucionarias como las de amor.

Se oyó la guitarra y Concha entonó una canción en voz queda, desgarradora, casi un susurro sobre el amor perdido.

Ya me canso de llorar y no amanece.
Ya no sé si maldecirte o por ti rezar.
Tengo miedo de buscarte y de encontrarte
donde me aseguran mis amigos que te vas.

Tina y Frida se mecían despacio al compás de la música. Entonces llegó la segunda estrofa, en la que la voz se tornaba un grito furioso, como si Concha maldijera a su amante infiel. Sus manos hacían movimientos enérgicos.

Quiero ser libre, vivir mi vida con quien yo quiera.
Dios, dame fuerza, que me estoy muriendo por irlo a buscar.

Frida y Tina acompasaron su baile al nuevo estado de ánimo, se movían más deprisa y con más ritmo, dejándose llevar por las palmas de la gente y por la música. Durante todo el tiempo, Frida fue consciente de que Diego no dejaba de mirarla.

Cuando Concha enmudeció, se oyeron unas sonoras carcajadas. Frida, sin aliento, asía con fuerza a Tina.

—Tienes razón, Concha —dijo Tina a la cantante—, no vale la pena llorar por ningún hombre. —Dicho eso, abrazó a Frida y la besó en la boca delante de todos.

—¡Bravo! —exclamó Diego. A su lado estaba su mujer, Lupe, a quien no le había pasado por alto cómo miraba su marido a Frida y, a juzgar por su expresión, nada le habría gustado más que arrancarle los ojos a esta.

Aún sin aliento, Frida se dejó caer en una silla. Alguien le ofreció un vaso de agua, que se bebió de un trago. De pronto, todo el mundo quería hablar con ella y conocerla.

Frida se divirtió como nunca. Coqueteó, bebió y bailó. Nunca había estado con personas tan espontáneas, todas y cada una de ellas interesantes. Había muchos artistas, y Frida se sentía a gusto en su compañía. Quería formar parte de ellos y le gustó oírlos hablar de su trabajo y de su vida. Entre tanto, no paraba de mirar a Diego Rivera.

En un momento dado reparó en la hora y se asustó. Era mucho más tarde de lo que pensaba, su madre se preocuparía.

—Has causado una auténtica sensación —le susurró Tina al oído al despedirse.

De camino a casa, a Frida le habría gustado ir dando saltos de lo feliz y animada que se sentía. Lo único que se lo impidió fue la adolorida espalda. Estando con esas personas había tenido la sensación de formar parte de ellas y de encontrarse justo donde estaba naciendo algo nuevo, en medio del corazón vibrante de la ciudad. Esa gente la atraía. Quería divertirse con ellos y al mismo tiempo causarles impresión. ¡Cómo había echado de menos todo eso a lo largo de los últimos meses! Ya ni sabía lo que era estar alegre, cantar y bailar y también beber, hablar con personas interesantes. Deseaba más, a toda costa.

Tina Modotti la había vuelto a invitar para la semana siguiente, y con Anita Brenner había quedado para ir a dar un paseo por el parque de la Alameda. Aprovecharía para consultarle de nuevo si de verdad era buena idea que le enseñara sus cuadros a Diego. Solo pensar en volver a verlo hizo que la temperatura de su cuerpo aumentase.

Las miradas y los gestos de Diego Rivera no se le iban de la cabeza. ¡Cómo la había contemplado cuando estaban delante del espejo! Era más una intuición, y no sabía muy bien cómo expresarla con palabras. Pero en lo más profundo de su ser tenía la certeza de que Diego le había devuelto la promesa de una vida plena.

—¿Qué me ha regalado hoy la vida? —musitó. Y ella misma se dio la respuesta—: Hoy me ha regalado algo muy especial: un futuro lleno de posibilidades.

«Porque alguien me ha llegado al corazón.»

5

Frida tarareaba mientras trataba de mezclar el tono anaranjado que deseaba en la paleta. Quería que la india a la que había colocado en el centro del cuadro en un autobús tuviese un manto de ese luminoso color. Añadió un poco de amarillo y se sintió satisfecha. Con el pincel fino aplicó la pintura e intentó imprimir movimiento a la caída del gran robozo en el que estaba envuelta la mujer y en el que llevaba a su hijo. Por último, dio un paso atrás para poder ver mejor el efecto que causaban los colores. Sintió un dolor punzante. Había pasado demasiado tiempo de pie delante del caballete, la espalda le dolía. «Sé que siempre formarás parte de mi vida, y ya me he hecho a la idea. Pero no permitiré que seas mi enemigo mortal y determines mi existencia. Y ahora voy a pintar y tú te estarás calladito de una maldita vez.» Levantó los brazos para estirar la columna y después centró su atención de nuevo en la india del cuadro. No tenía tiempo que perder.

Los últimos días, desde la noche que había estado en la fiesta de Tina Modotti, se había sentido extraordinariamente serena y feliz. Y el día anterior Anita Brenner le había hecho una visita sorpresa para ver sus cuadros. Le habían gustado y le había vuelto a sugerir que pidiera consejo profesional. Frida pensó de inmediato en Diego. Si se concentraba, volvía a sentir su mirada sobre ella, que era un poco la de un depredador sobre su presa, pero en la que ella también había distinguido un gran afecto y ternura. El mero recuerdo le dio alas, y trabajó de manera casi ininterrumpida. Por la mañana ayudó a su padre en el cuarto oscuro, y el resto del día estuvo pintando casi sin parar, olvidando el dolor de espalda.

Cristina irrumpió en su habitación, sin llamar, como siempre. Se tomaba esa libertad desde que Frida había estado enferma y se peleaban a menudo por ello.

—Frida, ¿se puede saber qué estás haciendo ahí, mirando a las musarañas? Mamá necesita que le eches una mano en la cocina.

—Pues ve tú, yo tengo cosas que hacer. —Frida se quedó observando a su hermana impasible hasta que esta se fue de la habitación, encogiéndose de hombros.

Cuando volvió a estar sola, se sumergió de nuevo en el cuadro que estaba en el caballete, cuya inspiración había encontrado en los trayectos en autobús que hacía a la ciudad.

A la izquierda del todo iba sentada un ama de casa burguesa junto a un trabajador con zapatos recios y un overol azul. En medio estaba la mujer india con el luminoso rebozo. Iba descalza y amamantaba a su hijo. A sus pies se veía un hato con gallinas. A su lado, de rodillas en el asiento y mirando por la ventana, había un niño pequeño. Al lado del niño se acomodaba un señor con sombrero y traje. En el extremo se había pintado a sí misma: una mujer joven con un bonito vestido. En el exterior se distinguían las chimeneas humeantes de una zona industrial, que quizá también representasen la fábrica que había ardido; contiguo a este había un pequeño café: La Risa. Frida se detuvo para observar el cuadro. ¿Y si dotaba a los pasajeros del rostro de personas conocidas? Lupe Marín encarnaría bien el personaje del ama de casa que va camino del mercado a comprar lo necesario para prepararle el plato preferido a su esposo. Y Diego sería el trabajador tosco... El señor atildado podía ser uno de los numerosos estadounidenses que por esos tiempos iban en tropel a México, quizá un coleccionista de arte.

La idea hizo sonreír a Frida, que acercó una silla. Si bajaba un poco el caballete, podía seguir pintando sentada y descansaría la espalda.

Lo contempló una vez más. Sí, ese cuadro era bueno. Lo pondría con los que consideraba logrados. Había colocado todos los cuadros que había pintado hasta el momento en fila contra la pared de su habitación y había desechado los que consideraba fallidos. Pero algunos eran muy buenos, en su opinión. Los retratos de Cristina y de Alicia formaban parte de los buenos. Con frecuencia eran solo detalles los que hacían destacar los cuadros: una mirada especial, un collar precolombino que le ponía a alguna de las retratadas (que la mayor parte de las veces eran ella misma), un aura, un lazo con la historia del país... Con los mejores lienzos se proponía hacer una cosa...

Tres días después Frida se puso dos cuadros debajo del brazo y fue al Zócalo. Cuando bajaba por la calle República de Argentina, el corazón le empezó a latir desbocado debido al nerviosismo. Dentro de un momento llegaría a la Secretaría de Educación, donde Diego estaba pintando los dos grandes patios interiores con un mural enorme dedicado a la Revolución. Franqueó la puerta que separaba el primer patio de la calle y se quedó como petrificada. A su alrededor, en las paredes, tanto en los soportales de la planta baja como en las dos primeras plantas, se extendían los inmensos murales. Las columnas y las bóvedas de arista del techo parecían marcos naturales. Frida no sabía adónde dirigir la mirada primero. Sus ojos se veían atraídos por colores luminosos, por la representación de hombres y mujeres llevando a cabo sus quehaceres cotidianos. El lenguaje pictórico era sencillo; las personas figuradas, como en un cartel, casi sin perspectiva, formaban parte de una composición severa. Sin embargo, la técnica y el colorido recordaban a los maestros italianos de la Antigüedad, que ella conocía por los libros de arte. Frida vio hoces y martillos, una maestra que enseñaba a niños indios, mujeres en traje de tehuana que llevaban cestas con fruta en la cabeza, campesinos arrodillados en sus campos, obreros... Ante sus ojos estaba todo México.

Mientras echaba un vistazo a su alrededor, le llegó un olor a incienso. Procedía del copal, una especie de resina que se mezcla con pigmentos y jugo de cactus. Descubrió a dos hombres que estaban elaborando azul índigo de esta manera, pulverizando los pedazos en platos de cerámica llanos. Uno de los hombres reparó en ella y lanzó un silbido, lo que llamó la atención de los demás, que asimismo la miraron.

Frida seguía fascinada con las dimensiones y la presencia de las pinturas. ¿Qué hacía ella allí, con esos cuadritos que no eran mucho más grandes que un libro abierto? Sintió el impulso de esconderlos en la espalda, pero después pensó: «Bueno, o tiras la toalla y te arrepientes toda tu vida o haces esto». Se pegó los cuadros al pecho y buscó a Diego. No tuvo que esforzarse mucho, ya que era, con diferencia, el más alto del andamio. A su alrededor pululaban ayudantes y asistentes.

—¿Dónde están esas pinturas? —preguntaba en ese momento—. Y aquí la capa de cal es demasiado fina. —Se volvió para mirar a los dos hombres, tan deprisa que Frida temió que se caería del estrecho andamio o lo derrumbaría. Pero, a pesar de la mole que era y aunque los tablones temblaron bajo su peso, Diego se movía con seguridad, casi de manera grácil. «¿Cómo lo hace?», se preguntó. ¿Qué le había dicho Tina? Que trataba a las mujeres con delicadeza...

Su vozarrón la arrancó de sus pensamientos.

—¡Vaya, pero si es la pequeña Frida! —exclamó tan alto que todos lo oyeron.

Ella se llevó un chasco: ¿quién se había creído que era para llamarla «pequeña»? La noche en que se conocieron sus palabras fueron muy distintas. ¿Dónde había quedado la admiración? Frida se sintió insegura, pero ya que estaba allí decidió no dejarse intimidar.

—He traído algo que quiero que veas. Por favor, baja de ahí. —Confió en que su voz dejara traslucir la mayor resolución posible.

—¿Qué es lo que tengo que ver? —quiso saber él.

—Vengo a mostrarte mis cuadros. Pinto.

—¿Pintas?

—Sí, y Anita Brenner me dijo que deberías ver mis cuadros. ¿Bajas?

Él se apoyó en el andamio y la miró con el ceño frun-cido.

—Está bien. Tienes suerte de que estos vagos no hayan mezclado la pintura aún. Pero no te puedo dedicar más de cinco minutos; esto no se hace solo. —Hizo una señal a un hombre—. Arturo, sigue aquí. Y fíjate cómo aplicas la cal, que así no puede ser. Ahora mismo vuelvo.

Frida contuvo la respiración mientras él iba hacia ella. De pronto le dio miedo su propio valor. ¿Y si Diego pensaba que sus cuadros eran malos y triviales? Si era así, ¿qué haría ella? ¿Y no había dicho Tina que Diego era un minotauro que atraía a las mujeres a su laberinto para después devorar-las? Esperó nerviosa hasta tenerlo delante. Para su asombro, en él se operó una transformación. Su tono de voz era bajo, casi tierno, cuando se detuvo delante de ella y le preguntó:

—Dime, ¿qué quieres?

Su amabilidad ahuyentó la inseguridad que sentía Frida.

—Me gustaría que me dieras tu opinión de mis cua-dros, pero no he venido en busca de cumplidos —contes-tó—, quiero la crítica de un hombre serio.

—¿Soy una persona seria?

—Lo que quiero decir es que no soy ni aficionada al arte ni diletante. Tan solo soy una muchacha que tiene que tra-bajar para vivir. Quiero que me digas si piensas que puedo llegar a ser una artista lo bastante buena para que valga la pena continuar.

—Despacio, despacio. Primero déjame verlos —pidió, poniéndole la mano en el antebrazo. Frida se estremeció ligeramente.

Se irguió y le enseñó primero el retrato de Cristina.

Él estuvo un buen rato mirándolo. De vez en cuando le dirigía a ella una ojeada en la que ella vio asombro y algo que podría ser reconocimiento. Acarició con delicadeza la mejilla de Cristina y siguió el trazo del pincel de Frida con las yemas de los dedos, de un modo sumamente tierno. Acto seguido carraspeó.

—Mmm. No está mal. Me gusta el colorido, y esa perspectiva un tanto sesgada es original. Como si la hubieses visto al pasar. ¿Quién es la retratada?

—Mi hermana Cristina.

—Iré a visitarte para conocerla, así veré cómo has interpretado el original. Pero no está mal, felicidades. —Hablaba más bien para sí mismo mientras contemplaba el siguiente cuadro, la escena del autobús—. ¿Has pintado más cosas? —quiso saber al cabo.

Ella asintió con la cabeza, loca de contenta.

—¿La semana que viene? ¿El domingo?

Frida asintió de nuevo.

Él soltó una risa atronadora.

—¿Ahora también te has quedado muda? Porque además cojeas.

Frida le lanzó una mirada sombría y radiante que surtió efecto: a los ojos de Diego asomó una expresión de deseo.

—Bien, pues hasta la semana que viene —se despidió ella—. Vivo en Coyoacán, en la calle Londres, 126. —Agarró sus cuadros y se marchó.

Solo cuando le contó a Cristina que el famoso Diego Rivera había alabado sus cuadros e iría a visitarla la semana siguiente comprendió la importancia del gesto. Tomó a su hermana de las manos y, exultante, se puso a dar vueltas con ella.

—¡Voy a ser pintora! —exclamó—. Pintaré cuadros y mi vida será bonita y emocionante.

—¿Y Diego también me quiere ver a mí? —preguntó Cristina entusiasmada.

—Pero solo para comprobar cómo te he pintado. Ten cuidado con él, no es hombre de una sola mujer.

El domingo siguiente, en efecto, Diego acudió a la cita. Había dicho que iría a media tarde. Cuando se enteró, su madre se quedó horrorizada.

—¿Qué se le ha perdido en nuestra casa a ese hombre espantoso? —preguntó—. No quiero que mi hija se mezcle con una persona que goza de tan mala reputación. ¡Es comunista!

Frida se apresuró a lanzar una mirada de advertencia a Cristina, que estaba desayunando frente a ella. Le había contado que se había afiliado al Partido Comunista Mexicano y que asistía a reuniones y manifestaciones, pero cuidadito con que le fuera con el chisme a su madre, Matilde, porque en ese caso ella soltaría que hacía unos días había visto a Cristina besuqueándose con el tal Pablo. Por suerte, su hermana se limitó a esbozar una sonrisa sarcástica cuando su madre no la veía.

—Pero si solo le voy a enseñar mis cuadros... —Frida intentó tranquilizarla—. Me dirá si es buena idea que continúe pintando o no. Mamá, tú solo piensa en la oportunidad que sería para mí, puesto que ya no puedo ir a la preparatoria. Y si la espalda volviera a jugármela...

La severa mirada de su madre la hizo enmudecer. De ese tema no se hablaba en la mesa.

Cuando llegó el momento de la verdad, Frida temblaba como un flan de los nervios. Examinó por milésima vez su habitación: en la cama había una colcha de ganchillo, bajo el dosel aún se encontraba el espejo que había utilizado para pintar. Encima había colocado un esqueleto de papel maché del tamaño de un hombre al que había pintado los labios y las uñas de rojo oscuro. Estaba allí para recordarle que había conocido a la muerte en el hospital. Tenía los cuadros contra la pared, como si estuviesen esperando a Diego.

Ya se había cambiado de ropa dos veces. Se decidió por una falda larga de seda amarilla con un volante de encaje tras la que podía ocultar la pierna atrofiada y una blusa blanca sin mangas, de corte cuadrado, con bordados rojos en el escote y los hombros. Había encontrado esa prenda tradicional, llamada «huipil», en el armario de su madre y la había tomado prestada. Se miró en el espejo. La luz del sol entraba por la puerta abierta y le iluminaba el cabello por detrás, haciéndolo brillar. Echó un vistazo al patio para ver si ya había llegado Diego. Todas las habitaciones de la casa de sus padres daban al patio, y un inconveniente de ese tipo de construcción era que uno nunca estaba del todo tranquilo. Desde el patio se podían ver casi todas las habitaciones. Frida sabía que su madre estaba haciendo cosas en la cocina para no perderse la llegada de Diego y no quitarle el ojo de encima.

Impaciente, Frida salió al patio, donde el aire olía a azahar. Alrededor del viejo árbol que se alzaba en el centro crecían toda clase de plantas en grandes macetas.

Sin pensarlo dos veces, Frida se agarró a la rama más baja y se encaramó al naranjo; sabía exactamente dónde poner los pies. De pequeña se pasaba las horas muertas escondida en la densa copa, desde donde observaba lo que pasaba en casa y en la calle. Nadie en la familia conocía ese lugar secreto, que solo le pertenecía a ella. A veces su familia se ponía muy nerviosa cuando no la encontraba. «Frida, cualquiera pensaría que eres un fantasma», le había dicho su madre en más de una ocasión cuando de pronto su hija se plantaba delante de ella después de que hubiesen estado horas buscándola.

Cuando vio que Diego llegaba de la calle Londres y, tras cruzar la puerta del patio, miraba a su alrededor, buscándola, ella empezó a silbar *La Internacional*. Desconcertado, él examinó el lugar de donde procedía el sonido y vio que estaba en las alturas.

Se echó a reír.

—¿Piensas bajar o prefieres que suba yo ahí?

La idea de que ese hombre pesado se subiera a un árbol hizo que Frida estallara en una carcajada. Se bajó del naranjo con facilidad. Ya había roto el hielo.

—¿Dónde encuentras los temas de tus cuadros? —le preguntó Diego mientras contemplaba las obras con las manos en las mejillas.

—Pinto lo que me rodea. Hace... Desde hace algún tiempo no he salido mucho de casa.

—Sé lo de tu accidente —la interrumpió él—. Y que esa es la razón de que a veces camines de una forma un poco rara.

Frida no ahondó en el tema.

—No tenía otros motivos, tan solo a mi familia y a mí misma. No puedo pintar la revolución, como haces tú. Mi revolución la vivo en mi interior. Yo también soy una revolución.

—¿Una revolución?

Frida asintió.

—Sí. En mis cuadros me busco. Busco lo que quedó de mí después del maldito accidente. Me rompí en pedazos en ese autobús y en mis cuadros intento recomponerme. Busco algo que me una a la vida.

Lo observó con expresión esperanzada mientras lo decía.

Él guardó silencio y la miró un buen rato a los ojos. Frida vio en los suyos que sabía de lo que le hablaba.

—Sigue pintando —dijo al cabo—. Pinta tu revolución. No tengas miedo de nada cuando pintes tus cuadros, suéltalo todo. No dejes que nada ni nadie te pare. —Se plantó en la puerta en dos pasos—. Volveré la semana que viene.

A partir de ese momento empezaron a verse con regularidad, no solo en Coyoacán, sino también en casa de Tina Modotti o en las cantinas y cafés de la ciudad, donde escuchaban a los mariachis, bebiendo y riendo. Diego la animó a ingresar en el Sindicato de Pintores, Escultores y Grabadores, del cual era uno de los fundadores. Al hacerlo se tomaba cierta licencia con los estatutos, también se saltó alguna que otra reunión del partido y asimismo estaba dispuesto a trabajar para los enemigos de clase a cambio de los correspondientes honorarios. Eso a Frida le daba lo mismo. Le gustaba su independencia. A partir de ese instante se vio inmersa en aún más actividades políticas, pero le agradaba. Le gustaba la sensación embriagadora que le producía tomarse del brazo de sus camaradas y recorrer las avenidas de la ciudad gritando consignas en favor de la justicia. No tardó en relacionarse con otros activistas, y también coincidía a menudo con Chong Lee. Frida estaba satisfecha con su nueva vida, en la que tenía un cometido y luchaba por una buena causa. Aunque lo que más le gustaba era estar con Diego. Con él podía conversar de todo. Incluso le habló del accidente, del sentimiento de culpa que la atormentaba y de las dudas que la habían asaltado en el hospital. También de su madre, que quería que llevara la vida de una mujer mexicana común y corriente.

—Y eso que ni siquiera creo en Dios —afirmó—. Y menos en que el hombre vale más que la mujer.

—Entonces ¿en qué crees tú, Friducha?

Frida se quedó encantada cuando utilizó por primera vez ese cariñoso apodo.

—Creo en el arte. Y en el amor.

Diego explicaba sus cuadros, y Frida se dio cuenta de que era un verdadero genio. Admiraba su generosidad y su forma de aceptar a las personas sin prejuicios, ya fueran campesinos pobres que no sabían leer ni escribir o personas ricas y famosas. Él conocía y quería a todo el mundo. A Frida le fascinaba la arrebatadora pasión que Diego sentía por el arte y los esfuerzos que realizaba en pro de la justicia y la libertad para todos los mexicanos. Le impresionaban sus conocimientos sobre historia del arte y sobre los precursores políticos de la revolución. Caminaba a su lado y se desternillaba de risa con sus alocadas historias, que contaba con profusión de gestos. Le gustaba que recitase poemas sobre la marcha o se pusiera a cantar. Junto a Diego no se aburría ni un segundo, a su lado se le descubría un mundo nuevo, que absorbía con avidez.

Diego dejaba que formase parte de su vida, y eso hacía que Frida se sintiera orgullosa. La animaba a pintar, le daba consejos y le hacía propuestas cuando ella le enseñaba sus cuadros. La hacía feliz.

—Me di por perdida cuando sufrí el accidente. Creía que mi vida había terminado, o al menos que no me volvería a deparar ninguna magia. Los meses que siguieron incluso acaricié la idea de suicidarme. —Contuvo la respiración, esperando a ver cómo reaccionaría Diego. Eso nunca se lo había contado a nadie, ni siquiera con Alejandro había ido más allá de algunas insinuaciones.

Diego, que estaba sentado a su lado, se volvió hacia ella despacio.

—¿Y eso por qué, Frida? Tienes la vida por delante, una vida llena de promesas, y esas promesas se cumplirán una por una. —Guardó silencio y la miró. Después añadió en voz baja—: Y me gustaría estar a tu lado para verlo.

Poco a poco en Frida iba aumentando la certeza de que lograría dar marcha atrás en el tiempo, de forma que su vida se situase antes de sufrir el accidente. Con Diego a su lado todo parecía posible. No paraba de descubrir facetas nuevas en él, que le fascinaban y la atraían.

Se enamoró perdidamente de él. Para Frida, Diego era el hombre más guapo y sensual del mundo. La atracción física que ejercía sobre ella en un principio era secundaria, ya que lo que sentía por él era algo mucho más profundo que lo que había sentido nunca por nadie, ni siquiera por Álex. Diego era parte de la magia que le tenía preparada la vida. Los días que no lo veía eran tristes.

Habían transcurrido algunas semanas desde su primer encuentro y, como tantas otras veces, Frida estaba pasando el día con Diego en la Secretaría de Educación. Para entonces ya se subía al andamio, se sentaba a su lado y lo veía pintar. Se hizo de noche y Diego dejó de trabajar. Como siempre, él insistió en acompañarla a casa, una costumbre que convertían en un pequeño juego que los unía.

—Puedo ir yo sola a casa —afirmó Frida, como siempre.

Y, como siempre, él contestó, desconcertado:

—Eso ya lo sé. Pero quiero disfrutar un poco más de tu compañía.

Tomaron el tranvía hasta la plaza Hidalgo, en Coyoacán, y fueron dando un paseo desde la iglesia hasta la casa de Frida.

Frida no supo qué le pasó, probablemente no fuera más que el aluvión de sentimientos que le despertaba ese hombre simpático a más no poder que caminaba a su lado. De pronto le agarró la mano y la entrelazó con la suya.

Diego se paró en seco y la miró con cara de asombro. Frida se disponía a soltarle la mano deprisa, pero él se lo impidió.

Ella levantó la vista: en el haz de luz del farol bajo el que se habían detenido había un sinfín de mosquitos y los primeros murciélagos, que los perseguían. Ambos se quedaron contemplando el espectáculo.

—Friducha —la llamó, buscando su mirada.

Ella se volvió hacia él.

—Diego —se limitó a decir.

La rodeó con sus brazos y la besó. En un primer momento ella se asustó, pero después le pareció de lo más lógico que su gran unión espiritual también fuera física. Llevaba tanto tiempo ansiándolo... Se abandonó a la maravillosa sensación de refugiarse en sus brazos y apoyarse en ese cuerpo grande y caliente. Se sentía envuelta y protegida, y cuando Diego la besó con ternura, notó que el deseo la invadía. Ambas cosas le cortaron la respiración.

En ese preciso instante el farol se apagó. Diego fue el primero en darse cuenta y se separó de ella para mirar hacia arriba. El farol se encendió de nuevo. Diego se rio y se inclinó otra vez sobre su cara para besarla, y el farol volvió a apagarse.

—Debemos dejar de hacer esto, de lo contrario los murciélagos hoy tendrán que irse a la cama con hambre —comentó Frida.

Diego prorrumpió en su típica risa satisfecha y cómoda y la atrajo de nuevo hacia él.

—Eres mágica, Friducha —musitó—. Te quiero.

Frida se pegó a él. Desde que se habían conocido, ella siempre había abrigado la idea de saber qué sentiría cuando sus bocas se unieran..., y era mucho más bonito de lo que había pensado. Demasiado bonito para dejarlo marchar. Quería más, a toda costa y en ese momento.

—Ven —dijo. Entraron a escondidas en su habitación y unas horas después él salió de la casa sin que nadie lo viera.

«Soy mágica, porque Diego lo ha dicho», pensó Frida la mañana siguiente cuando se plantó frente al espejo y se soltó las alborotadas trenzas. Acercó mucho la cara al cristal y se miró como si delante tuviera un motivo para uno de sus cuadros. Su tez era clara y delicada, más oscura que la de las europeas o las estadounidenses, pero rodeada del abundante cabello oscuro parecía más blanca. ¿Qué resultaba más expresivo, los grandes ojos oscuros con las gruesas cejas o la sensual boca de labios carnosos? Quizá fuese todo ello lo que la hacía ser mágica para Diego. Al recordar la noche que había pasado entre sus brazos notó un cosquilleo en el vientre. Naturalmente, Diego no se refería solo a su aspecto. Le había dicho que lo que más admiraba en ella era su fortaleza de carácter, su revolución particular, como la llamaba él. Que no temiera lo más mínimo llamar la atención ni no comportarse como era de esperar y que prefiriera romperse en pedazos a aceptar sin chistar algo que le parecía erróneo o injusto.

«Y ahora me metes en tu habitación sin pensarlo dos veces...», le había dicho esa noche, y a su rostro había asomado una expresión singular, una mirada radiante, mientras la atraía de nuevo hacia él.

El recuerdo hizo que a Frida la recorriera un pequeño escalofrío. Se cepilló el pelo con brío, insistente. «He pasado la noche de amor más bella de mi vida con el hombre al que quiero. Y él también me quiere», pensó, y se regaló una sonrisa radiante ante el espejo.

Acto seguido la sonrisa se le borró. Y es que entre tanta dicha había algo que la inquietaba. No era la mala reputación de Diego, eso le importaba un comino, al igual que el que hubiese hecho infelices a muchas mujeres.

«A ti nunca te dejaría, Friducha —le había susurrado al oído por la noche, con la voz bronca debido a la excitación—. Contigo todo sería distinto, nuevo. No eres como ninguna otra mujer. Contigo quiero vivir, porque eres mágica.»

No, no eran los sentimientos de Diego lo que le daba

miedo, sino los suyos propios, que eran demasiado fuertes y aquella noche les había abierto las puertas de par en par. Hasta entonces siempre había mantenido cierta reserva y no había admitido del todo lo que sentía por Diego. «Es verdad, es demasiado mayor para mí», se dijo. Empleó todos los argumentos que conocía más que de sobra por los demás: demasiado mayor, infiel, inconstante, egoísta... Sin embargo, la noche anterior había reconocido lo que sentía por él y ya no había justificaciones que valieran. Diego dominaba todos y cada uno de sus pensamientos, de sus recuerdos. «Mi amor por él no conoce límites, mi admiración, mi deseo, mi voluntad de entrega no pueden ser mayores. ¿Podría perderme en él? —se preguntó asustada—. ¿Lograré reunir el valor necesario?»

Perpleja, prorrumpió en sollozos. ¿Qué iba a hacer? Tenía miedo de ponerse por completo en sus manos y a la vez lo único que le interesaba era saber cuándo lo volvería a ver y cómo pasaría el tiempo que quedaba hasta ese momento. Su mirada reparó en el pañuelo de Diego. Debía de habérsele salido del pantalón por la noche. Lo tomó y enterró la nariz en él para aspirar su olor. Sollozó de nuevo.

—¿Frida? ¿Qué te pasa? ¿Te encuentras bien?

Se controló y se metió el pañuelo en el bolsillo de la falda.

—Sí, mamá, ahora voy.

Para tranquilizarse tomó una hebra de lana del grosor de un dedo para trenzársela en el pelo. El magenta tenía un significado especial para ella. Ese color representaba lo azteca, la sangre del nopal, todo cuanto amaba. ¿Le gustaría ese color a Diego? La idea la hizo sonreír. Con tanta cavilación no quería olvidar todo lo que recibiría de Diego. A su lado su vida siempre sería colorida y solemne y rebosante de creatividad. Recuperaría los años que había perdido por partida doble y triple. Juntos, quizá incluso escribieran una nueva página en la historia de México. En cualquier caso, pintarían cuadros y serían felices. Agarró el pañuelo de Diego y se enjugó las lágrimas. Lo cierto era que había tomado la decisión hacía ya tiempo. Y de todas formas nunca había sido miedosa. ¿Cómo podía rechazar a un hombre que la hacía feliz?

Empezó a vestirse. La falda de colores que tanto le gustaba a Diego. Más tarde iría a visitarlo a la Secretaría de Educación. Estaba impaciente por volver a verlo.

6

Cristina se casó a finales de primavera.

A Frida no le caía bien Pablo. De vez en cuando a sus ojos afloraba una brutalidad que la hacía temer por su hermana. Pero Cristina estaba embarazada. Cuando lo contó en casa, su madre estuvo dos horas gritando y maldiciendo a Pablo. Después, de pronto, se quedó muy tranquila. «Se casarán y punto. Y para que a nadie se le ocurra ninguna idea retorcida, celebraremos una boda como la que no se ha visto nunca en Coyoacán, cueste lo que cueste.»

Días antes ya reinaba en la casa el mismo ajetreo que en un hormiguero. Su madre había contratado a todo un ejército de cocineras, que desde hacía días preparaban un festín. La casa entera olía a cebolla frita, a miel y a canela, a chocolate y a chile. Por todas partes se disponían flores, se limpiaba y se trabajaba.

Frida también estaba nerviosa, pero por otro motivo. Diego había dicho que la boda de Cristina era una buena ocasión para pedirle su mano a su padre.

«Casémonos, Friducha —le había propuesto poco después de que pasaran la noche juntos—. Quizá sea buena idea que dejemos pasar algo de tiempo tras la boda de

Cristina. Pero ¿qué te parece agosto?» A Frida volvieron a asaltarla los miedos, pero entonces Diego se arrodilló ante ella y le pidió matrimonio de manera oficial, y ella dijo que sí. Podía ser tan romántico..., una faceta más de él que le encantaba.

Y ahora le proponía seguir la tradición y pedirle la mano a su padre.

—¿De verdad lo quieres hacer a la vieja usanza? —Frida no pudo más que echarse a reír—. No te queda nada.

—Lo sé —admitió él, completamente serio, y su mirada incluso se tornó un tanto afligida—. Lo hago por ti.

Y ese día era la boda de Cristina, así que Frida estaba alterada e intranquila. ¿Y si su padre decía que no? Se casaría con Diego de todas formas, eso lo tenía más que claro, pero quería la bendición de su padre.

Diego se presentó con un traje oscuro elegante y estaba increíblemente guapo. Le besó la mano a Matilde, felicitó al padre de la novia y al novio y le estampó un besó en la mejilla a Cristina. Se las daba de hombre educado con modales perfectos. Durante la comida no perdió de vista a Frida. A ella le gustaba esa sensación, sumergirse en su mirada. Incluso en ese momento, mientras llevaba a la mesa las enormes fuentes con papas en salsa verde y unos pimientos rellenos de verdura que picaban como un demonio, él la observaba. Frida le sonrió y le dejó una de las fuentes justo delante, acercándose así a él más de lo que habría sido necesario. Esos roces casuales eran su respuesta a las miradas que él le dedicaba. Y vio en sus ojos lo mucho que a él le gustaba ese juego.

Cuando volvió a la cocina para tomar la sopa de habas, Agosto la abordó:

—¿Sales a pasear un momento conmigo al jardín? —preguntó, si bien no esperaba respuesta. La agarró del codo y Frida lo siguió fuera, un tanto sorprendida.

Agosto era un hombre callado, reservado, pero ahora sus pasos eran rápidos y presurosos, y su voz insistente y un tanto bronca.

—Aquella vez, cuando tu madre fue a verme para pedirme que te construyese el caballete, estabas sufriendo mucho —empezó—, pero vas a sufrir mucho más. Pronto estarás bajo su protección. No pueden estar separados. Estarán unidos en amor y afecto como el sol y la luna, pero habrá momentos en que el odio se interponga entre ustedes. Y ni siquiera el odio logrará impedir que estén unidos para siempre. Más allá de la muerte. —Agosto guardó silencio de pronto y le tomó la mano—. Te deseo mucha suerte —añadió, y se fue hacia el gallinero.

Frida se quedó petrificada. Esa había sido una profecía, y el hombre al que se refería era, sin lugar a dudas, Diego. ¿Qué había dicho Agosto, exactamente? Que Diego y ella eran como el sol y la luna. En el fondo eso era algo que ella ya sabía desde hacía tiempo. En sus labios se dibujó una sonrisa de pura dicha. Debía contárselo a Diego a toda costa.

Cuando regresó con el resto vio que Diego y su padre estaban hablando. Virgen santa, ¿había llegado el momento? Por suerte en ese preciso instante los dos se rieron. Diego reparó en ella e hizo una señal de asentimiento, tranquilizadora. Intentaba llevarse bien con Guillermo y Matilde, que no veían con buenos ojos su relación con Diego. Además, se habían enterado del ingreso de Frida en el Partido Comunista Mexicano. Hacía unas semanas su madre le había puesto el periódico delante de las narices con gesto acusador. Aparecía en una foto tomada del brazo de Diego en una manifestación. Frida tenía el puño derecho en alto. Tras ellos se veían pancartas.

Frida se defendió.

—Mamá, alguien tiene que salir a la calle para luchar por los derechos del pueblo. Acuérdate de cuando escondías zapatistas en casa. Si te hubieran descubierto, te habrían dado un tiro.

—Eran otros tiempos —replicó su madre, señalando la foto con expresión sombría—. Esto lo ha visto todo el mundo, ya no me atrevo a salir a la calle.

Frida miró a su padre para que le echara una mano.

—Ya sabes que Frida siempre ha sido rebelde —señaló, en un intento por apaciguar a su mujer.

—Sí, y este hombre la alienta más aún.

Frida miró a Diego y Guillermo, que seguían conversando. Ahora su padre le ponía la mano en el hombro a Diego. Era una buena señal, ¿no?

Por la noche, cuando ya se habían ido los invitados, su padre fue a verla a su habitación.

—Diego me ha abordado hoy —dijo, mirándola.

—Te ha pedido mi mano.

—Me imaginaba ya que lo sabrías. Frida, lo cierto es que es un hombre extraordinario, y creo que sus intenciones son serias, pero...

—Lo amo, papá —afirmó Frida.

—He hablado con él muy abiertamente. Dios sabe que habría preferido otro hombre para ti, pero es verdad que no me puedo permitir seguir costeando tus gastos médicos. Ya no tengo ahorros, y no es de prever que el tratamiento vaya a terminar. —Hizo una pausa—. Está bien que haya alguien que se ocupe de ti, yo ya no puedo continuar haciéndolo. También le he contado que eres un demonio —añadió con una sonrisa.

—¿Y qué ha dicho él? —preguntó Frida, aunque ya sabía cuál había sido la respuesta de Diego.

—Que ya lo sabe y que se alegra de ello. Creo que te quiere de verdad, y eso hace que mi decisión sea un poco más fácil.

—¿Significa eso que le has dicho que sí?

—Les he dado mi bendición. —Guillermo profirió un suspiro—. Así que seré el suegro del tristemente célebre Diego Rivera. —La miró con una sonrisa apenada.

—Ay, papá. No te preocupes. Seré feliz con él. —Frida se levantó y abrazó a su padre.

Este la miró.

—¿Por qué no intentas hablar con tu madre?

Matilde no paró de tratar de impedir el matrimonio. Dos días después de que Diego pidiera su mano, Frida estaba sentada a la gran mesa de la cocina frente a ella, picando cebolla. Su madre no se anduvo con rodeos.

—Diego ya se ha casado dos veces y tiene hijos. En lo tocante a las mujeres es un bruto. Es comunista y te lleva veinte años. ¿Qué más cosas hace falta que te diga? —Matilde tenía lágrimas en los ojos, pero Frida no sabía si eran por la cebolla o por la rabia que le provocaba su futuro yerno—. Y parece un elefante. El elefante y la paloma —se burló.

Al oír esas últimas palabras, Frida pensó en lo maravilloso y reconfortante que era apoyarse en el pecho de ese elefante y sentirse, sobre todo, protegida. Sin embargo, eso no se lo dijo a su madre.

—Mamá, me voy a casar con Diego porque lo quiero y lo admiro. Es bueno para mí. Y con eso no me refiero a que me pague los medicamentos. Me da seguridad para pintar. Desde que lo conozco, los cuadros me quieren salir de dentro. Es mi inspiración. A veces tengo la impresión de que mi creatividad es más rápida que mis manos. Todo eso se lo he de agradecer a Diego. Y pintar me ayuda a superar el dolor. Me dice a menudo lo orgulloso que se siente de mí, de cómo llevo las riendas de mi vida. Mamá, es bueno para mí. Y lo amo. ¿No puedes intentar entenderme? Deséame suerte al menos.

Bajó la vista y siguió picando cebolla con obstinación. ¿Por qué no se podía alegrar su madre como había hecho su padre? Su relación con ella siempre había sido difícil. Sencillamente, Frida no entendía a su madre. Entre sus antepasados había tanto un general español como un indio. Era oriunda de Tehuantepec, un istmo situado en el sur del país, en Oaxaca, donde las mujeres desempeñaban un papel fundamental en la sociedad. Frida recordó la vez que fue allí con su madre para ir a visitar a un pariente y cómo la habían impresionado las tías de su madre. Tenían la tez oscura, las de más edad llevaban el pelo cano muy corto, lo que hacía que destacaran más aún los marcados rasgos del rostro y los ojos oscuros. Seguras de sí mismas, se hallaban tras los puestos del mercado y echaban de allí a sus maridos cuando no eran lo bastante rápidos. No tenían tiempo para palabrería. Al que era difícil de contentar y no era capaz de decidirse, no le prestaban mucha atención. En compañía de esas mujeres, su madre era muy distinta, mucho más libre y confiada. Se reía mucho e incluso estaba de humor para hacer pequeñas locuras. En Tehuantepec, Frida había visto la belleza y la fuerza que tenía antes su madre. Frida había heredado de ella las pobladas cejas negras, que se unían en el ceño, así como la sombra de bigote. ¿Qué le había sucedido con los años? ¿Cómo había acabado siendo la matrona siempre insatisfecha que gobernaba con mano de hierro la casa y la salvación de sus hijas, cuya religiosidad la llevaba a sufrir con regularidad crisis nerviosas y ataques de histeria? ¿Por qué había desterrado el orgulloso traje de tehuana al fondo del armario? Frida fue consciente de que no sabía casi nada de la infancia y la juventud de su madre. Solo que, cuando era joven, Matilde había estado locamente enamorada de un alemán que se había dado un tiro delante de ella. E incluso de eso se había enterado porque se había encontrado por casualidad una carta de amor de ese hombre, que Matilde seguía guardando como si fuese un tesoro. De manera que su madre sabía lo que era el verdadero amor... Entonces ¿por qué no se alegraba de que Frida albergase ese sentimiento?

Frida agarró otra cebolla del cesto que estaba entre ambas, en la mesa, y empezó a retirarle la fina piel. Tomó aire para formularle todas estas preguntas a su madre, pero una mirada fría de Matilde se lo impidió.

Su madre agarró el cuchillo y se hizo un corte en el dedo índice. En la mesa de madera cayeron gotas de sangre. Se levantó sin decir nada para poner el dedo bajo el agua fría.

7

—Ven, quiero enseñarte una cosa —dijo Diego.

La llevó a la Secretaría de Educación, en la calle República de Argentina, y fue con ella a la galería de la segunda planta, donde había terminado la *Balada de la Revolución Proletaria*. Frida había dejado de ir unos días porque Diego se lo había pedido, y ahora entendía la razón: la había pintado en el centro del cuadro, encarnando a una heroína del pueblo, con una blusa roja y la estrella roja en el pecho, dando armas a los revolucionarios. A la derecha se encontraban Tina Modotti y Antonio Mella.

—Los he pintado a ti y tu revolución —afirmó en voz baja mientras le tomaba la mano y se la estrechaba con fuerza—. Así eres para mí, valiente y fuerte. Y preciosa. Es mi regalo de boda.

Feliz y orgullosa, Frida estaba sin palabras. Diego no podría haberle hecho una declaración de amor mejor. Le besó la mano y estuvieron un buen rato así, entrelazados contemplando el mural antes de volver a casa.

—Cuando me case contigo no quiero una celebración pomposa como la de tu hermana —declaró él tras recorrer unos metros en silencio—. Y en la iglesia no pongo el pie.

Llegó el día de la boda, el 21 de agosto de 1929. Frida se despertó muy temprano y se levantó de la cama de un salto. ¡Ese día su vida quedaría unida para siempre a la de Diego! Abrió la puerta del patio y aspiró hondo el aire aterciopelado. Alrededor del gran naranjo revoloteaban mariposas, Frida vio cómo iban de flor en flor. En la gran pajarera que había junto a la puerta las dos guacamayas cantaban con voz bronca.

—Ustedes dos, ¿quieren una manzana? —preguntó, e introdujo un trozo entre los barrotes de la jaula. Después volvió a la habitación para vestirse.

En la pequeña ceremonia que se celebró en el registro civil de Coyoacán solo participaron los padres de Frida y los testigos, a los que buscaron sin más en la calle, una peluquera y un médico. El alcalde ofició la ceremonia, ellos firmaron un papel y Frida se convirtió en la mujer de Rivera. Miró a Diego: se sentía feliz de ser su esposa. Feliz y orgullosa. Mientras salía del registro tomada de su brazo, pensó que su dicha y su vida en común podían plasmarse en un cuadro.

Por la noche, Tina Modotti dio una pequeña fiesta en su honor en su casa. Frida no pudo más que pensar en la primera noche que fue a ese lugar, cuando no sabía qué hacer con su vida. Allí había conocido a Diego, allí había empezado todo. Ese día había poco más de una docena de personas. Las habitaciones estaban adornadas con globos de colores y farolillos de papel, y por todas partes había serpentinas y vistosos banderines sujetos del pico de palomas de papel maché. En los banderines, Tina había escrito felicitaciones: «¡Larga vida a Frida!», «¡Larga vida a Diego!», «¡Viva la vida!». Había dispuesto un bufé en largas mesas y unos mariachis tocaban. Cuando entraron, los presentes prorrumpieron en vivas y los besaron y abrazaron.

—Gracias por hacer esto para nosotros —le agradeció Frida a Tina mientras le tomaba la mano a Diego.

—Bueno —respondió ella—, a fin de cuentas se conocieron aquí. Nada menos.

—Lo sé, pero aun así... —Frida soltó a Diego y abrazó a Tina.

La estrechó con fuerza un momento, dándose cuenta de lo mucho que había adelgazado su amiga. Todo el mundo veía que no se encontraba bien. Tenía las mejillas hundidas, y su cabello había perdido el brillo. A principios de año un asesino a sueldo mató de dos disparos a Antonio Mella en plena calle. Tina no solo iba con su amante y se había manchado con su sangre, sino que además la habían relacionado con el asesinato. Diego le dio su apoyo, pero Tina sufría. Lloraba la pérdida de Antonio y sabía que su situación en México era más que insegura. Al gobierno le habría gustado expulsarla del país. Y a pesar de todo había insistido en organizar esa velada para Frida y Diego.

—De no ser por ti, Diego y yo no nos habríamos conocido —afirmó Frida.

—Brindemos por eso —propuso Diego, levantando su copa.

Después de que Tina se fuera con los otros invitados, Diego comentó:

—Lo que acabas de decir no es cierto del todo. Nos habríamos conocido de todas formas: si no en casa de Tina, en otra parte. Porque estamos hechos el uno para el otro.

—Le dirigió una mirada rebosante de ternura y la sentó en su regazo.

Frida se acurrucó contra él. ¿Cómo es que se sentía tan segura a su lado? La idea de que a partir de entonces pasaría cada día con él, de que disfrutaría a diario del inmenso privilegio de formar parte de su vida, la llenó de una dicha inmensa. Junto a él pintaría cuadros, lucharía por un México mejor, reiría con él y lo escucharía cuando le contara una de sus historias, daba lo mismo que fueran verdad o no. Con Diego tendría todas esas cosas. Se sentiría viva. Y además era su arquetipo de hombre: fuerte y sensual, encantador, sereno y a veces causante de una crueldad ocasional. Pasaría las noches con él, todas las noches, rebosantes de ternura y pasión.

—Ahora eres la mujer de un genio. —Su amigo Miguel se acercó a ella, devolviéndola al presente.

—Ay, Chong Lee, en ese caso yo también lo seré —contestó, y añadió con una sonrisa—: Pero antes probaré a ver cómo es ser esposa. Ven a brindar conmigo. Hoy empieza mi nueva vida.

El ambiente no podía ser más alegre. Se comió y se bebió todavía más, se cantó y se bailó. Cristina fue con su marido, que estaba de mal humor y no quería que su mujer bailara con David Alfaro Siqueiros. Siqueiros era el otro gran muralista mexicano aparte de Diego, miembro también del Partido Comunista Mexicano.

—¿Se puede saber qué le pasa a Siqueiros? —Tina apareció de pronto junto a Frida y el marido de Cristina—. Y ya en eso, ¿quién lo ha invitado? Y para colmo está bailando. ¿Qué mujer es capaz de distraerlo del gran peso de la responsabilidad política con el que carga?

Frida sonrió. A Siqueiros le gustaba dárselas de camarada malhumorado que, de pura preocupación, no tenía motivos para estar contento. Sin embargo, en ese instante encarnaba el papel de bailarín encantador con Cristina. Pero a esta, al ver las manos cerradas en puños de Pablo, la sonrisa se le borró de la cara. Pablo era celoso, solían pelearse a menudo por ello. «No es un buen matrimonio —pensó Frida—. Seguro que yo lo haré mejor.»

—¿Se puede saber dónde está la feliz pareja? ¡Quiero tomarles una foto! —exclamó en un momento dado uno de sus amigos. Manuel Álvarez Bravo era un fotógrafo prometedor—. Pónganse ahí.

Frida necesitó un instante para reaccionar; todavía estaba acalorada de tanto bailar. Se sentía casi como antes de sufrir el accidente, se había dejado llevar por la música por completo. Su mirada descansó en el gran espejo que colgaba de la pared lateral del comedor. ¿Aún tenía las flores bien puestas en la cabeza? Se detuvo a mitad del movimiento.

Había desaparecido, en el espejo solo se veía a Diego; detrás de él, ella era literalmente invisible.

—Frida, no te ves, ponte al lado de Diego —pidió Manuel entre risas.

Sin embargo, parecía incapaz de moverse. Seguía con la vista clavada en el espejo.

Impaciente, Manuel dio un paso hacia ella y, tomándola de la mano, la sacó de la sombra de Diego, que no se había percatado de nada.

—Mucho mejor. La novia debe ocupar el centro de la foto. O, espera, lo haremos de otra manera: tú te sientas en una silla y Diego se queda de pie a tu lado. Diego, quítate el sombrero, anda. —Tardaron un poco en encontrar la posición adecuada.

—Un momento —pidió de pronto Diego. Entonces se arrodilló ante Frida, tomó su rostro entre las manos y la besó con ternura—. Ya está, ya podemos tomar de una vez la condenada foto.

Frida lo miró a los ojos y vio el amor inmenso que reflejaba su mirada. La mala sensación, las dudas que le habían asaltado hacía un instante habían desaparecido.

Diego le puso una mano en el hombro y ella enderezó la espalda y levantó el mentón. Cruzó la pierna derecha sobre la izquierda y, con movimientos diestros, se jaló la larga falda hasta colocarla de tal modo que no se le veía la pierna más delgada. Después sonrió levemente y Manuel apretó el disparador.

—Gracias, muchas gracias —dijo.

—Un segundo, por favor, no se muevan. Así están bien. Tomaré una foto para *La Prensa*. —Un periodista se plantó delante de los dos y también sacó una fotografía.

—¿El periódico ha enviado a un reportero? —musitó Frida, mirando a Diego.

—Que escriban lo que quieran —contestó él—. Y ahora, brindemos —propuso.

Alguien le dio una copa y él levantó a Frida de la silla y la besó apasionadamente en la boca. Los invitados aplaudieron.

Partieron el pastel de bodas, un pastel de chocolate de tres pisos con palomas blancas y unos novios de azúcar. Diego cortó grandes pedazos que ofreció a los invitados.

—Este pastel es muy parecido al que pedí en una ocasión en un café de Moscú con Lenin. Antes de que pudiéramos probarlo, nos vimos envueltos en un tiroteo.

Se oyeron grandes carcajadas.

—Cuéntanos la historia —pidió alguien. Los invitados habían caído en su embrujo. Todos sabían que esa historia no podía ser verdad, y sin embargo estaban pendientes de cada palabra que salía de sus labios.

De repente se oyó una voz de mujer airada.

—Yo también quiero un pedazo de pastel. A fin de cuentas, es la boda de mi exmarido.

Las conversaciones cesaron, los presentes dejaron pasar a Lupe Marín, que se abrió camino entre ellos a grandes zancadas. Se detuvo delante de Diego y de Frida y les tendió el plato con gesto acusador.

«Por Dios, está borracha. Borracha y, sin embargo, atractiva», pensó Frida, contemplando la embriagadora voluptuosidad de su cuerpo, sus movimientos sensuales, el contoneo de su caminar y sus carnosos labios.

Lupe, que notó la mirada de Frida, la fulminó con sus ojos oscuros.

—Miren a este espantapájaros. ¿Cómo ha podido Diego cambiarme por este esqueleto? ¿Me han visto las piernas? —Se levantó la falda—. Estas son unas piernas. ¿Y qué tiene esa, tu nueva mujer? Vamos, di. —Hizo ademán de ir a abalanzarse sobre Frida, pero Manuel y Cristina la interceptaron.

Frida observó a Diego, que ni siquiera se había planteado intervenir, sino que se reía a carcajada limpia. Después tomó un gran vaso de tequila y se lo bebió de un trago, solo para llenarlo de nuevo. Una hora después estaba tan borracho que tuvieron que llevarlo a la cama.

Frida pasó la noche de bodas sola. Era incapaz de dormir. Los acontecimientos de la víspera bailoteaban en su cabeza. La familiar sensación de desvalimiento cuando desapareció detrás de Diego. Después de pasar la polio, con la pierna raquítica, los otros niños no solían hacerle caso. Por aquel entonces trataba de destacar dando muestras de valor. Cuando tenía quince o dieciséis años se ponía trajes masculinos y se peinaba el cabello hacia atrás, como su padre, en las fotografías de familia oficiales. Exhaló un suspiro. ¿Y ahora? ¿Qué haría ahora que Diego era su marido para no quedarse a su sombra? Diego casi le doblaba la edad, había estado casado y tenía hijos. Tenía una historia, sabía cuál era el sitio que ocupaba en la vida.

«En ese caso he de encontrar mi sitio a su lado. Quiero estar junto a él, no detrás de él.»

No pudo más que sonreír. Que, en contra de lo que cabía esperar, el día de su boda luciera la vestimenta tradicional de Tehuantepec, con sus vivos colores, era, en cualquier caso, un paso en la dirección adecuada. A Diego le encantaba que llevara esos trajes, ya que ponían de manifiesto su vínculo con el pueblo mexicano. Se abrazó a las almohadas lanzando un suspiro. Se había imaginado muy distinta su noche de bodas. Llevaba el día entero ansiando acostarse con Diego. ¿Acaso no era lo propio cuando un hombre y una mujer se casaban, aunque ya se hubiesen amado antes?

A la memoria le vino la primera noche que pasaron juntos, cuando se apagaron los faroles. ¡Diego era un amante tan tierno...! Fue sumamente cuidadoso, sus manos se deslizaron por su cuerpo, sus labios la besaron por todas partes, rozaron sus cicatrices y la hicieron gemir. Disfrutaba sobre todo de la sensación de cuando se inclinaba y se tendía sobre ella. «Me cubre entera», pensaba. Tocaba su piel tersa, siempre tan caliente. Inspiraba su aliento y su olor. Cuando la penetraba se mostraba ante todo muy cuidadoso, ya que sabía lo vulnerable que se sentía después del accidente. Susurraba su nombre, le pedía que confiara en él, le confesaba su amor eterno...

Frida se dio la vuelta en la cama. Echaba de menos a Diego. ¿Cómo se le había ocurrido beber hasta perder el sentido en su propia boda? ¿Tendría también miedo en el fondo de su corazón de unirse a ella? ¿Acaso no se preguntaría por fuerza cómo sería estar casado con una mujer que podía ser su hija? ¿Que estaba enferma y necesitaría médicos y tratamientos durante el resto de su vida? ¿A la que no sabía en qué medida le afectaría el accidente con los años? ¿De la que sería responsable pasara lo que pasase? ¿Sentiría también él esa relación tan especial que tenían, tan íntima que a veces podía incluso inspirar temor? ¿Por eso había bebido tanto?

«Ay, Diego —pensó—. Haré todo lo posible para quitarte ese miedo. Sobreviví a ese accidente, seguiré viviendo y pintando. Mi vida empieza hoy, y debo agradecértelo a ti.»

No pudo continuar enfadada con él.

Diego era distinto de todos los hombres a los que había conocido, y por eso lo amaba así. Y aún habría muchas noches, muchas más, en las que estaría tendido a su lado.

Con ese pensamiento por fin logró conciliar el sueño.

8

Unos días después de la boda, al despertar, Frida se desperezó entre las suaves sábanas, sintiendo al hacerlo la ligera molestia de siempre en la parte inferior de la espalda. A pesar de eso, sonrió con cara de ensoñación. Había sufrido dolores mucho peores, ese no era nada. Mientras estiraba los dedos de los pies experimentó otra sensación, mucho más bella: una profunda satisfacción al acordarse de las inagotables caricias que le prodigaba Diego. A lo largo de las noches que habían seguido, había compensado con creces la frustrada noche de bodas.

El día después de la boda había ido a buscarla a Coyoacán con aire compungido. Desde entonces ella vivía con él en el paseo de la Reforma, la suntuosa avenida de quince kilómetros de largo en la que se ensartaban cual perlas plazas redondas repletas de monumentos. Lupe vivía en la misma casa con Ruth y Guadalupe, las hijas de Diego. Tras el escándalo que había protagonizado el día de la boda, Frida no la había vuelto a ver, pero no se sentía a gusto teniendo tan cerca a la exmujer de Diego. Apartó los sombríos pensamientos.

«Mi esposo es un amante fantástico —pensó, feliz, y se estiró de nuevo—. No es de extrañar que Lupe quiera re-

107

cuperarlo y esté celosa.» Todo en Diego era sensual, le encantaba seducir, con palabras susurradas, con labios y manos... A veces sus besos eran como el batir delicado del ala de una mariposa en su boca, y otras, en cambio, parecía querer devorarla de pasión. Frida nunca había sentido su cuerpo con tanta intensidad. Claro que a fin de cuentas no sabía qué sensaciones era capaz de experimentar. Con los ojos aún cerrados, palpó las sábanas, adormilada, para tocarlo. Su lado de la cama aún estaba caliente, pero vacío.

Frida se levantó y abrió los postigos. El ruido del paseo le llegó en el acto, pero a ella le gustaban esos sonidos: los gritos de los vendedores ambulantes, las risas, las bocinas de los coches, los ladridos de un perro, y de cuando en cuando incluso oía a alguna guacamaya salvaje. Se reunían en los grandes árboles que adornaban la calle. A Frida le gustaba el paseo, aunque lo hubiese construido el odiado emperador Maximiliano.

Fue por el pasillo a la cocina, descalza. Diego estaba sentado a la mesa, delante de un abundante desayuno a base de mole, huevos y tocino. Frida reparó en la bonita cerámica de Michoacán en tonos verde oscuro y marrón y en las fuentes con el filo dorado, en las que se apilaban los pasteles, que desprendían un tentador aroma a canela.

Diego se levantó de un salto para abrazarla.

—Buenos días, Friducha mía. Ven a desayunar. ¿Has dormido bien? —La llevó a la mesa y le sirvió café—. Come, está bueno —la instó.

Frida probó un poco de mole, que estaba cremoso, exquisito.

—Conque sabes cocinar —observó sorprendida, comiendo un poco más.

—No lo he hecho yo.

Frida se quedó con el tenedor en la mano.

—Entonces ¿quién lo ha preparado?

—Lupe —repuso satisfecho, limpiándose una miga de la boca—. Nos lo ha traído esta mañana. ¿No es estupendo?

Frida se quedó atónita. ¿No le había bastado con humillarla en la boda? ¿Es que tenía intención de inmiscuirse constantemente en su vida?

—¿Dejas que tu exmujer te traiga la comida estando casado conmigo? —Sus ojos echaban chispas—. ¿Y encima te deshaces en elogios de lo bien que cocina? —Hecha una fiera, Frida dejó caer el tenedor en el plato con fuerza, manchando la mesa de salsa. Un pegote fue a parar al antebrazo de Diego.

Él se lo lamió y la miró sin entender nada, lo cual la hizo enfurecer más aún. Ese hombre tenía la sensibilidad de un tarugo. Hacía un momento pensaba que era un amante magnífico, capaz de hacer que ella se sintiera una diosa, pero ahora no entendía nada de nada.

—Pero Frida... —balbució—, ¿se puede saber qué te pasa?

Se levantó y se inclinó sobre él.

—¿Que qué me pasa, Diego Rivera Sapo-rana? Que ahora yo soy tu mujer, y comerás lo que yo cocine, no lo que te prepare Lupe, que dicho sea de paso es tu exmujer. —Tomó su plato y lo tiró a la basura.

—Pero si no sabes cocinar —señaló él, con una sonrisa torcida.

Frida echó mano asimismo de su plato y lo lanzó al bote, donde se rompió haciendo un ruido espantoso.

—Por lo menos no tan bien como Lupe... —Iba a tomar un pastel de canela, pero Frida fue más rápida. Agarró la fuente de pastas y la arrojó también a la basura—. Frida, si hubiera sabido que te ibas a poner así... No me imaginaba que pudieras enfadarte de esta manera. —La miraba con cara de asombro, pero, sin hacerle el menor caso, ella fue tomando uno tras otro todos los platos de la mesa y los tiró a la basura.

Después se volvió hacia él, frunció el poblado entrecejo con aire amenazador y dijo:

—Pues aprenderé.

Frida hablaba en serio cuando dijo que quería aprender a cocinar. En Coyoacán lo había evitado siempre que había podido, y ahora lo lamentaba, porque ahora era la mujer de Diego.

Después de tirar a la basura la comida que había preparado Lupe, fue a su habitación y se puso a pensar. Luego subió por la escalera hasta el departamento donde vivía esta.

—Mi comida es demasiado buena para que la tires —comentó Lupe, si bien a sus ojos asomó una expresión risueña.

Frida la vio y comprendió que tenía mucho más en común con Lupe de lo que pensaba. Lupe también era una mujer fuerte y ambas querían al mismo hombre.

—¿Me puedes enseñar a cocinar? —preguntó sin rodeos.

—Pasa, hablaremos dentro —propuso Lupe.

—¿No te me echarás encima o me insultarás?

—No. A menos que no te esfuerces o no dejes bien limpias las cacerolas.

—¿Por qué me quieres ayudar? —quiso saber Frida después de que estuvieran hablando un buen rato y constataran una vez más lo mucho que se parecían en realidad.

—Diego es el padre de mis hijas, y es un artista extraordinario. Sé que solo trabaja bien si come bien. Tendrás que dominar especialmente el mole, sin él no puede vivir. Y además... —Se volvió hacia Frida y levantó la cuchara de madera como un maestro el puntero—. Además, el amor de un hombre pasa por su estómago.

A Frida empezaba a caerle bien Lupe, y respetaba su forma de llevar la situación. Sin duda no debía de ser fácil para ella vivir en la misma casa que su exmarido.

—Entonces ¿me vas a enseñar a cocinar? —preguntó Frida al cabo.

Lupe asintió.

—Las mujeres debemos apoyarnos.

El primer día tocó mole. Frida y Lupe se sentaron a la mesa a picar cebolla y ajo. Delante, en una tabla, tenían preparadas las cinco variedades de chiles, ya asados y ablandados, que desprendían un olor picante y especiado.

—Lo más importante es comprar un chocolate bueno y deshacerlo muy despacio y sin parar de removerlo. Solo así se consigue que la salsa salga cremosa de verdad. —Lupe estaba a los fogones, removiendo la gran cacerola de chocolate negro, que envolvía la cocina en un perfume denso y embriagador.

—La cebolla la tienes que picar bien fina, si no a Diego no le gusta —advirtió, lanzando una mirada implacable a la tabla de cortar.

Frida exhaló un suspiro y picó más la cebolla. A continuación les llegó el turno a los dientes de ajo. Después prepararían una salsa con todos los ingredientes, a la que se podían añadir frutos secos machacados en el mortero, los que uno quisiera, especias como canela y anís, pasas y otras cosas. Cada ama de casa mexicana tenía su propia receta. El mole se servía con pollo, con arroz o con tortillas. Diego lo comía con todo.

El primer mole que preparó hubo que tirarlo, porque a Frida se le había quemado el chocolate. Tuvieron que empezar otra vez desde el principio y ya solo en fregar la cacerola empleó casi media hora.

—Debes llevarle la comida al trabajo. Sabes que no descansa para venir a comer a casa.

Frida asintió. Diego realizaba una cantidad de trabajo brutal. Cuando imaginaba las dimensiones de las paredes que su marido pintaba se preguntaba cómo lograba hacerlo. Permanecía de la mañana a la tarde subido al andamio, y algunos días estaba tan cansado que incluso se quedaba dormido allí encima. Frida empezaba a preocuparse por su salud. Y tenía claro que al menos debía comer bien para conservar las fuerzas.

—... así que se la deberás llevar tú. Y decorar bien la cesta, eso le gusta.

—¿Por qué me cuentas todo esto? —inquirió Frida.

—Ya te lo he dicho, quiero que le vaya bien —refunfuñó Lupe.

Se volcó de nuevo en los fogones y Frida la estuvo observando. Tenía la piel oscura, los ojos casi negros, y con la boca ligeramente abierta irradiaba una vivacidad voluptuosa. Entendió lo que había amado Diego de ella: su cuerpo, la sensualidad de sus indolentes movimientos, su naturalidad, que tenía un algo rústico...

—Solo puedo amar a mujeres fuertes —le había confiado a Frida cuando ella le había preguntado por su relación con Lupe.

—Entonces ¿qué es lo que te atrae de mí? —había preguntado asombrada, observando su enfermo cuerpo.

Él la había mirado perplejo.

—Pero, Frida, ¿es que no sabes lo fuerte que eres? Eres íntegra, siempre dices lo que piensas. Eres revolucionaria, ya te lo he dicho.

—Oye, que el mole no se hace solo.

Frida dio un respingo.

Lupe le había lanzado un trapo de cocina para que dejara de soñar despierta y la miraba negando con la cabeza.

—A este paso vas a volver a quemar el mole, y todavía tenemos que preparar la masa para las tortillas. —Tiró una bolsa de harina a la mesa, que se abrió y cubrió de polvo blanco a Frida, haciéndola estornudar.

Las dos se rieron a carcajadas.

—Si Diego supiera que estamos aquí las dos en armonía... —comentó Frida, y no pudo evitar reírse de nuevo.

—No te preocupes por eso. Probablemente le parezca bien. Y si no es así, será su problema.

Cuando bajó a su casa, Frida tenía la curiosa sensación de que Lupe y ella podían llegar a ser algo parecido a aliadas.

Llevaba una cesta tejida con el almuerzo de Diego. Frida se apresuró a cubrir los platos con un trapo bordado y envolvió el asa con uno de sus coloridos cinturones. Después se fue al Palacio Nacional, donde a esas alturas la conocía todo el mundo. Saludó a los trabajadores y subió al andamio con Diego.

—La comida, querido mío —le dijo, y le dio un beso.

La sonrisa maravillada que esbozó él le reveló que había tomado la decisión adecuada.

A lo largo de las semanas que siguieron continuó subiendo al departamento de Lupe para que esta le enseñara el arte de cocinar. Para su sorpresa, a Frida le gustaba. Se sentía bien cuidando de Diego, y siempre le quedaba bastante tiempo para sentarse a su lado en el andamio y pintar sus propios cuadros.

«El mío es un matrimonio feliz», pensó Frida.

Del de su hermana no se podía decir lo mismo. Hacía unos días había ido a ver a Cristina, que había tenido un hijo, la pequeña y encantadora Isolda.

—¿Cristina? —la llamó al entrar en la silenciosa casa.

Al no recibir respuesta, se puso a buscar a su hermana, intranquila. La encontró tendida en el sofá, con la pequeña Isolda durmiendo a su lado.

—Frida —dijo Cristina, levantándose. Al hacerlo soltó un gemido. Se llevó la mano a un pañuelo bajo el que quería esconder la mitad izquierda del rostro.

Frida se lo retiró. Cristina tenía la sien roja e hinchada.

—¿Te lo ha hecho él? —Se negó a pronunciar el nombre del marido de Cristina. El presentimiento que había tenido en su boda se vio confirmado. Ese hombre era un maltratador y le pegaba a su hermana. Hacía tiempo que albergaba la sospecha, pero ahora lo sabía—. Acabas de tener un hijo. ¿Cómo se atreve? ¿Dónde está? —Se volvió para buscar a su cuñado y decirle algunas cosas.

—Déjalo, Frida, no está aquí.

—¿Por qué permites que te haga esto?

Cristina esbozó una sonrisa forzada.

—¿Qué pretendes que haga?

—Abandónalo. Te puedes venir a vivir con nosotros.

A los ojos de Cristina asomó algo parecido a la esperanza, pero después rechazó el ofrecimiento.

—No siempre es así, y es el padre de Isolda. No quiero que mi hija se entere nunca de nada de esto, ¿me oyes? —Cristina la agarró del brazo.

—¿Lo saben mamá y papá?

Su hermana negó con la cabeza, y de pronto se echó a llorar.

—Me da tanta vergüenza... Me siento tan insignificante cuando se comporta así...

Frida la abrazó.

—No eres la única mujer a la que le pegan, eso lo sabemos las dos. Pero eres mi hermana, así que me enfada especialmente. Déjalo y vente con nosotros.

—¿Que me mude a su hogar comunista? —Cristina intentó sonreír—. Debo pensar en la salvación de mi hija.

—¿Sabes algo de Matita? —preguntó Frida para cambiar de tema. No tenía sentido atosigar a Cristina, a fin de cuentas eso ya lo hacía su marido. Solo podía esperar que su hermana acabara entrando en razón en algún momento.

Cristina negó con la cabeza.

—Mamá sigue sin querer que entre en la casa, y eso la afecta. Pero al menos es feliz con su esposo.

—Ay, Cristina —suspiró Frida.

Unos días después golpearon violentamente la puerta. Frida se asustó y dejó la labor que estaba haciendo: un trapo blanco con las palabras «Mi corazón» bordadas. Sería una servilleta para Diego. Cuando abrió, soltó un grito: eran dos asistentes de Diego, que lo traían en volandas entre ambos. Su marido estaba blanco como la pared y apenas se tenía en pie.

—Llévenlo a la habitación, deprisa, y acuéstenlo en la cama.

Los hombres obedecieron. Diego gemía en voz queda.

—¿Qué ha pasado? —les preguntó Frida.

—Se ha caído del andamio. Es muy probable que se quedara dormido.

Desde que había recibido el encargo de pintar la enorme escalera del Palacio Nacional, Diego trabajaba hasta dieciocho horas al día. Rara vez llegaba a casa antes de medianoche. Cuando no pintaba, se ocupaba de su nuevo cargo como director de la Academia de San Carlos. Allí era donde había estudiado él, y nada más recibir el nombramiento se dispuso a reorganizar todas las clases, lo cual le consumía mucho tiempo y energía.

—No creo que se haya roto nada, pero está agotado. Deberías llamar al médico —aconsejó uno de los hombres.

Frida asintió.

El médico fue y le prescribió reposo absoluto, medicamentos y una dieta sana. A lo largo de las semanas siguientes, Frida se comprometió a cuidar de Diego. Mantuvo a las visitas alejadas, le leía y se sentaba en la cama con él para animarlo. En un principio él se mostraba intranquilo y se sentía mal por no poder trabajar. No estaba acostumbrado a estar con las manos cruzadas y quedarse en la cama sin más. Echaba pestes y quería salir de casa a toda costa, pero se daba cuenta deprisa de que le faltaban las fuerzas para hacerlo, se volvía a acostar y continuaba echando pestes. Con el tiempo, Frida logró calmarlo y distraerlo, y al final él empezó a aceptar la situación e incluso a disfrutarla un poco, lo cual, a su vez, fortaleció a Frida. Le gustaba cuidar a su marido enfermo. Se gustaba en ese papel desconocido hasta entonces.

Probó de nuevo el mole al estilo de Oaxaca, que había preparado sola por primera vez. La víspera había ido al mercado y había vuelto con dos cestas llenas, que apenas podía sostener. Los chiles pasilla, secos y especiados, no había podido encontrarlos. En su lugar había comprado chiles cascabel, porque parecían pequeñas cerezas y las semillas producían un agradable sonido en su interior, no en vano se llamaban cascabel. Sin embargo, no se le ocurrió pensar que los chiles cascabel eran de los más picantes que había. Metió la cuchara en la salsa y la probó. ¡Picaba de mala manera! A Diego le gustaba el picante, pero eso era excesivo. Se paró a pensar qué podía hacer y decidió sin vacilar añadir chocolate rallado y pasas para rebajar el picante. Sin duda Lupe la habría mirado con cara de desaprobación, ya que para ella solo había una forma de preparar un mole de Oaxaca. Pero por suerte Lupe no estaba allí, y a Frida le divertía elaborar sus propias creaciones.

Cuando estuvo listo todo, llamó a comer a Diego. Se sentó frente a ella a la mesa, que Frida había decorado con servilletas bordadas y un gran ramo de alcatraces silvestres y boneteros. El mole estaba en un gran cuenco de cerámica con el borde de colores. Junto a él, en un plato llano, rectangular, Frida había dispuesto capas de arroz rojo, blanco y verde. En la cocina hacía calor debido al vapor de las cacerolas, y el aroma era tentador.

—He añadido unas pasas de más y algo menos de manteca, porque es más fácil de digerir —explicó mientras lo miraba.

Diego se llevó la cuchara a la boca y comió. Después hizo pucheros, tomó aire con fuerza y se abanicó la cara con las manos.

—¿Qué pasa? Pica demasiado, ¿no? —Pero entonces vio que era una broma.

Diego cerró los ojos con expresión placentera y continuó dando cuenta de su plato.

—Frida, este mole es delicioso. No tan cremoso como el que estoy acostumbrado...

—Eso es porque tiene menos manteca —adujo ella—. El médico ha dicho que no...

—Pones cara de perro cuando me riñes. ¿Te lo ha dicho alguien alguna vez? —Dejó de comer y le sonrió.

Frida no pensaba enfadarse por el comentario, estaba de muy buen humor.

—Y tú pareces una rana. Aunque no te enfades.

Diego, que ya tenía otra cucharada en la boca, prorrumpió en una risotada histérica y se atragantó. Frida le dio unos golpecitos en la espalda y le sirvió arroz.

Se quedó mirándolo satisfecha mientras comía.

Cuando hubo terminado, lo instó a que volviera a la cama para descansar. Así empezaba la parte del día que a ella más le gustaba. Frida se tendía a su lado y lo abrazaba. Escuchaba su respiración o hablaba con él en voz baja. En esos instantes sentía que la vida a su lado era perfecta. No quería que se acabara nunca.

—Diego, no me abandones jamás, ahora que te he encontrado —le dijo al oído—. No lo resistiría. Prométeme que te pondrás bien.

Él se volvió hacia ella y tomó su rostro entre las manos.

—Siempre estaré a tu lado, te doy mi palabra.

Por las tardes llovía a cántaros, ya que había dado comienzo la estación lluviosa. Frida acercó la cama a la ventana abierta para que pudieran ver la lluvia. Unas veces el agua parecía una pared que acallaba los demás sonidos; otras, oían el borboteo en el alcantarillado y el ploc ploc de las gruesas gotas aisladas que caían sobre el estaño del alféizar. A ambos les encantaban esos ruiditos. Diego se quedaba tendido sin más, con los ojos entornados, pensando; y Frida, entre sus brazos, indolente, se ensimismaba a su vez.

A lo largo de esas semanas en las que se ocupó de Diego, su vida transcurrió apaciblemente. No pintaba ni tampoco echaba de menos las horas que dedicaba al lienzo, ya que a cambio recibía otra cosa. Por fin podía estar al lado de un ser querido, cuidarlo y ser la responsable de su bienestar. Y le gustó tener a Diego para ella sola esa temporada. Retomaron las conversaciones que habían mantenido cuando daban los largos paseos por Coyoacán. Hablaron de las nuevas tácticas del Partido Comunista Mexicano y una y otra vez de arte. Diego le relató con todo detalle los años que había pasado en Europa; ella quería saberlo todo de su vida. «Estos días y semanas estamos creciendo juntos», pensaba a menudo, satisfecha. Se sentía extraordinariamente viva y completa, le habría gustado poder detener el tiempo. Aunque no pintaba, en su cabeza nacían ideas de cuadros, que permanecían a la espera de materializarse. Sin embargo, en ese momento no era posible, ya que el caballete y las pinturas aún estaban en Coyoacán. Cuando iba a ver a sus padres se refugiaba en la que había sido su habitación, cerraba la puerta y quitaba del caballete la tela con que lo había cubierto Amelda para que el cuadro no se llenara de polvo. A decir verdad, la habitación entera estaba impecable. Al olisquear percibía el olor a limón y vinagre con los que limpiaba Amelda. Todo estaba en su sitio: su cama con el dosel y el judas que designaba a Diego como su amante, y su mesa, pero sobre todo la multitud de imágenes, fotos, muñecas y pequeñas cosas con las que la adornaba. En el caballete se encontraba el lienzo en el que estaba trabajando antes de instalarse en el paseo de la Reforma. Frida se quedó observándolo un rato con la tela en la mano. Era ella misma con un sencillo vestido blanco. Solo las mangas cortas estaban rematadas con encaje. Miraba al observador con expresión seria. El ceño poblado hacía que las cejas formaran una línea similar a las alas de un pájaro, y las mejillas aparecían maquilladas con un colorete poco natural. En el cuadro lucía un grueso collar de jade con un colgante de gran tamaño. El collar ocupaba el centro de la obra. A la derecha de la cabeza había un despertador encima de una columna retorcida. «Está retorcida como mi columna», pensó. Las manecillas marcaban las tres menos ocho minutos. El reloj era moderno, así como el avión que pasaba por la ventana, sobre su cabeza.

«El tiempo vuela —meditó Frida—. Une el pasado con el futuro, joyas antiguas y encaje hecho a mano con tecnología moderna. Y yo estoy justo en medio.»

¿Y si añadía unos pendientes largos de jade para resaltar sus raíces aztecas?

Tomó un pincel fino para mezclar la pintura, pero en ese mismo instante oyó la voz de Diego.

—Ah, Frida, conque estás aquí. Anda, nos vamos.

Volvió a meter el pincel, que sostenía en alto, en el tarro, con los demás, y salió de la habitación.

A finales de septiembre Diego ya estaba prácticamente restablecido.

—Y todo gracias a ti, Friducha —dijo, besándole las manos—. La semana que viene empiezo a trabajar de nuevo. La escalera del Palacio Nacional será mi obra más importante.

Le había enseñado a Frida los bosquejos en los que había estado ocupado las últimas semanas. Quería mostrar la historia de México, desde la conquista española en 1519 hasta la dictadura de Porfirio y la revolución de 1910, pasando por la época colonial, la invasión estadounidense, la reforma y la posterior invasión francesa. Su nuevo asistente, Ramón Alva Guadarrama, pasaba a verlo casi a diario para comentar los planes y hacer preparativos.

Frida daba por sentado que pronto recuperarían la vida que llevaban antes de que Diego cayera enfermo. El médico había ido a visitarlo y había dicho que Diego podía volver a trabajar al cabo de tres días, y ella tendría tiempo de nuevo para pintar. Eran tantas las cosas que había vivido con él de un tiempo para acá y que quería sacar de su cabeza y plasmar en el lienzo...

Desde hacía dos días Diego acudía al Palacio Nacional para preparar los murales de la escalera. Por la noche llamaron a la puerta. Era David Alfaro Siqueiros, quería hablar con Diego. Cuando este salió, Siqueiros explicó, sin saludarlo ni sonreír, que lo iban a expulsar del Partido Comunista Mexicano.

—Tu falta de seriedad es algo que disgusta al partido desde hace tiempo. Y para colmo pretendes pintar el Palacio Nacional, el símbolo del gobierno que nos vende a los estadounidenses y explota al pueblo.

Diego le dirigió una mirada rebosante de desdén.

—¿Qué culpa tengo yo de que el gobierno no quiera adjudicar más encargos de frescos en edificios públicos? A ti lo que te pasa es que tienes envidia porque me lo han dado a mí y no a ti.

Siqueiros resopló.

—Trabajas para los capitalistas, para el gobierno de explotadores y opresores. Y mira los amigos que tienes: eso es traicionar la lucha de clases. ¿Dónde está tu credo revolucionario?

—Mis murales acercan la historia a los mexicanos, por primera vez, y eso despierta su conciencia política. Y con la debida conciencia lucharán por la causa correcta.

—El camarada Stalin no comparte tu opinión.

Diego lo miró con cara impasible y contestó:

—Pues el camarada Stalin se equivoca.

Siqueiros se quedó blanco.

—Con esto demuestras definitivamente que no eres digno de ser miembro del partido.

—Soy secretario general del Partido Comunista Mexicano, y como tal puedo dirigir mi expulsión. —Se paró a pensar un instante—. Con este fin convocaré una reunión del partido. El 3 de octubre.

Aquella tarde, Diego le pidió a Frida que no lo acompañara. Horas después volvió a casa, abatido.

—La cosa se pondrá mal. Acabo de perder mi hogar.

A la mañana siguiente Frida supo a qué se refería con eso. En un artículo publicado en el órgano del partido, *El Machete*, Siqueiros lo tildaba en público de traidor y derechista y desaconsejaba su trato.

—¡Yo dirigí ese periódico! —exclamó Diego con la voz ahogada por la ira, arrugando el papel—. Llevo años luchando por las ideas marxistas. Estuve en el exilio y habría ido a la cárcel por el partido. En todos mis cuadros plasmo ideas marxistas. Y ahora ¿se supone que todo eso está mal solo porque así lo dice una nueva directiva de Moscú? Esto no es Moscú, ¡esto es México! Pero debería haberme dado cuenta antes. Con Stalin no se puede hablar.

Frida veía cómo sufría y se sentía impotente. Cada día se publicaban nuevos ataques contra él en el periódico. Se sentía aniquilado moralmente y se cuestionaba la obra de su vida.

—En el fondo solo sueltan frases hueras —dijo Frida, tratando de consolarlo—. «Falta de disciplina en el partido», ¿a qué se refieren en concreto?

—A que no obedezco sin chistar —contestó él, enderezándose en la silla—. Y tampoco lo haré en el futuro. Seguiré pintando mis murales para que todos los puedan ver. Y seguiré siendo marxista.

—Mañana mismo dejaré el partido. Por solidaridad contigo —aseguró Frida—. Y ahora nos vamos a bailar. —Pasó muy pegada a él, la falda de vuelo le rozó el muslo.

Él la miró con cara de sorpresa y acto seguido a su rostro asomó una sonrisa radiante.

—Quizá sea la manera adecuada de lidiar con esto.

Fueron a un local de mariachis del Zócalo y pidieron tequila. Cuando se disponían a regresar a casa, en el local entró Tina Modotti. Frida abrió los brazos para recibir a su amiga, pero esta rechazó el abrazo.

—Traidores —silbó.

Frida se quedó blanca. Petrificada, vio que Tina se sentaba a otra mesa.

Esa noche no pudo dormir. Perder a su amiga le causó un profundo dolor. Casi tanto como la vez que Alejandro le dijo que se iba a Europa.

A su lado, Diego daba vueltas en la cama, incapaz asimismo de conciliar el sueño.

—Tal vez debamos marcharnos de México —musitó en un momento dado. Abrazó a Frida y la estrechó fuerte—. Y ahora vamos a dormir de una vez.

9

—¿De verdad quieres hacer esto por mi familia? —preguntó Frida.

Diego asintió.

—No solo por tu familia, también por nosotros —contestó—. Saldaré las deudas de Guillermo y a cambio él pondrá la casa a mi nombre. Como es natural, tu madre y él seguirán viviendo en ella, pero he estado pensando que también podemos instalarnos nosotros allí. A ambos nos gusta mucho la casa, y hay sitio para montar un estudio.

Frida sintió un alivio infinito. Guillermo cada vez recibía menos encargos fotográficos, y las facturas médicas de Frida habían acabado con todos sus ahorros. Tampoco podían hipotecar más la casa, ya habían tenido que vender muchos de los muebles para tapar los agujeros más gordos.

—Si nos vamos a Coyoacán, tampoco tendremos que vivir en la misma casa que David Alfaro —añadió ella—. Ese hombre horrible ni siquiera me dirige la palabra cuando nos cruzamos en la escalera. Y además echo de menos el jardín. Podríamos tener animales, un perro o un mico.

Antes de instalarse llevaron a cabo importantes medidas de saneamiento. Pulieron los elementos ornamentales de los muros exteriores de la casa baja para que dejara de parecer de estilo neoclásico francés y pasara a ser mexicana. Las rejas de adorno a media altura de las ventanas desaparecieron. Lo pintaron todo de un azul eléctrico y sustituyeron los muebles europeos que había vendido Guillermo por otros mexicanos. En el patio interior Frida dispuso un pequeño estanque y compró pececillos rojos e incluso una pareja de patos. Las habitaciones no tardaron en llenarse de arte precolombino: estatuillas, figuras, juguetes, vasijas de barro y animalitos que Diego compraba en masa allí donde los veía. Frida empezó a coleccionar de nuevo tablillas votivas, que colgaba en la pared de su habitación.

—Mi casa cada vez se parece más a un museo de ciencias naturales —decía a veces Guillermo cuando Diego o Frida volvían a llevar algo para decorar las habitaciones. Eso no fue lo único que cambió. Las tías de Frida y algunas otras personas no volvieron a entrar en la casa, sino que rociaban la banqueta con agua bendita para conjurar el mal que, según ellas, ahora vivía allí.

Frida puso especial amor en la cocina. Desde que había descubierto el arte de la gastronomía, le parecía importante que ese espacio fuese funcional, pero, sobre todo, bonito. Mandó pintar del mismo azul que la fachada el mueble de obra de los grandes fogones, mientras que para las estanterías de madera y la gran mesa optó por un amarillo vivo que contrastara. De las paredes colgaban docenas de lustrosas cazuelas de cobre ordenadas por tamaño. Frida dispuso jarritos de cerámica en la pared para formar los nombres de «Frida» y «Diego» a derecha e izquierda del horno abierto. Bajo las ventanas y en las alacenas con los estantes amarillos había vasos y copas azules y verdes de todas las formas y tamaños.

—Esta casa acabará siendo una casa azul —comentó Guillermo un día, al ver que Frida estaba pintando otra silla de ese color.

—El azul mantiene alejados a los malos espíritus —contestó Frida.

Poco a poco, los vecinos fueron haciendo suyo ese nombre, «casa azul», y con el tiempo en la ciudad solo se aludía a la Casa Azul cuando alguien quería saber dónde vivían los Rivera.

—Imagínate, Dwight Morrow me ha invitado a pintar un mural en la logia del palacio de Cortés, en Cuernavaca —anunció Diego una tarde, sosteniendo en alto una carta.

—¿Dwight Morrow? —preguntó Frida—, ¿el embajador estadounidense? ¿No es el suegro de Charles Lindbergh?

—Sí, su hija Anne está casada con Lindbergh. Vendrá mañana a comer con su esposa, después hablaremos de los pormenores. Ah, traerán a un fotógrafo, un estadounidense de Hungría, o algo por el estilo.

—Pero a ti aún te falta mucho para terminar el Palacio Nacional —objetó Frida.

Diego se volvió hacia ella.

—Creía que ambos opinábamos que nos iría bien desaparecer un tiempo de la ciudad, hasta que las aguas se hayan calmado.

Frida asintió. Con «las aguas» se refería al hostigamiento de los antiguos camaradas. Acechaban a Diego mientras trabajaba en el Palacio Nacional para insultarlo. La semana anterior alguien incluso había clavado un pico en una de las obras.

Frida no sabía qué opinar de aquello mientras se esforzaba en poner una mesa festiva y preparar platos típicamente mexicanos para los invitados. Dwight Morrow era una figura controvertida: hacía un año había obtenido del gobierno mexicano privilegios para los estadounidenses en lo tocante a la explotación de los recursos del subsuelo. En las calles se habían organizado manifestaciones contra él; Diego y ella habían participado en las protestas. Para los camaradas, el embajador era la vanguardia del imperialismo estadounidense y uno de los hombres más odiados.

¿Y si solo pretendía utilizar a Diego para apaciguar los ánimos? Por otra parte, también había sido Morrow quien había mediado entre el gobierno y la iglesia cuando, durante el conflicto cristero, la jerarquía católica había rehusado someterse a la legislación laica. En México había estado a punto de estallar otra guerra civil.

«Siento mucha curiosidad por este hombre —pensó mientras sacaba brillo a los vasos y los colocaba junto a los platos—. Y desde luego me veo viviendo un tiempo en otra ciudad.»

Contempló la mesa con ojo crítico: faltaba algo. Para cinco cubiertos, casi era demasiado grande. Tomó sin vacilar una jarra de cobre pulido y añadió a la mesa una docena de vasos de cerveza de cristal verde. En cada uno de los vasos puso alcatraces blancos, que eran sus flores preferidas y florecían en profusión en el patio. Observó el arreglo y se sintió satisfecha; no, todavía faltaba algo. Corrió a su habitación y tomó el bordado que estaba haciendo. Aunque «Mi corazón» no estaba terminado del todo, si se las ingeniaba y colocaba de determinada manera la tela en la mesa, nadie se daría cuenta. Sí, ahora todo estaba perfecto.

Se miró en el espejo para ver si iba bien. Llevaba un vestido con la parte superior de color índigo tejido a mano y cuajado de bordados rojos en el escote y las mangas. La falda, del mismo tejido pesado, estaba fruncida en la cintura y rematada con un volante de satén negro afianzado con cintas azules. En comparación con lo que solía ponerse, la vestimenta era más bien sobria en lo tocante a los colores, pero la vida se la daba la calidad de la tela, que procedía de una pequeña localidad cerca de Puebla. Iba a ponerse el collar ancho de plata con las piedras de malaquita cuando Diego apareció por detrás y la ayudó.

—Estás preciosa —afirmó, besándola en la nuca.

Se miró y lo miró a él en el espejo. Como la primera vez que se vieron...

Era evidente que Diego estaba pensando lo mismo.

—Cada vez que te veo así, delante de un espejo, me vuelvo a enamorar de ti. —La rodeó con sus brazos y la estrechó fuerte. Frida sintió que la asaltaba el deseo y se volvió hacia él para besarlo.

Cuando llamaron a la puerta, se separaron con una sonrisa.

—Luego —musitó Diego.

Dwight Morrow era un hombre atractivo, delgado, de nariz recta y porte distinguido. Le sacaba una cabeza larga a su mujer, Elizabeth, que con su rostro ancho, de mejillas rojas, no quedaba del todo con él.

Mientras los saludaba a los dos y les daba la bienvenida, Frida reparó en el tercer invitado, que se hallaba tras ellos. Rara vez había conocido a un hombre que le resultara tan atractivo a primera vista. Tenía unos ojos bonitos y llevaba el pelo, ligeramente ondulado, peinado hacia atrás, de forma parecida a Diego. Él le dirigió una mirada rebosante de afecto y le tendió la mano.

—Nickolas Muray —se presentó—. Encantado de conocerla. Y permítame que le diga que estoy cautivado.

A sus ojos asomó un destello.

—Se ve que ha puesto cariño en esta mesa —oyó decir a Elizabeth, que había entrado con Diego en el comedor—. ¿Todo esto es por nosotros? ¿Son alcatraces silvestres? ¡Qué preciosidad!

Frida sonrió a Nickolas Muray y siguieron a los demás. El fotógrafo parecía un hombre sumamente interesante. La velada sería divertida.

—¿Por qué quiere tener un mural en Cuernavaca? —se interesó Diego ya en el postre, un flan de piñones que Frida había servido en un plato de un azul luminoso.

—Me gustaría expresar mi agradecimiento a la ciudad...

—Nos sentimos muy a gusto en ella —aseguró su mujer—. Y nos apena tener que ir próximamente a Londres. Por cierto, señora Rivera, este flan es delicioso.

—Si lo desea, le daré la receta.

—¿A Londres? —inquirió Diego.

—En efecto. La Conferencia Naval. Lo cual, dicho sea de paso, me recuerda algo: me gustaría ofrecerles nuestra

130

casa. Se pueden quedar en ella mientras trabaje usted en Cuernavaca, todo el tiempo que deseen.

—Es una oferta generosa —contestó Diego con aire pensativo—. Frida y yo podríamos pasar allí nuestra luna de miel, es algo que aún tenemos pendiente.

—¿La luna de miel? —preguntó Nickolas—. ¿Se acaban de casar?

Algo en su voz hizo que Frida aguzara el oído. Parecía salir de las profundidades de su garganta, y le gustaba su acento. ¿Húngaro, había dicho Diego?

—Ya han pasado unos meses —respondió ella—, pero todavía no hemos podido celebrarla.

—Les gustará nuestra casa —les aseguró Elizabeth, y le puso la mano en el antebrazo a Frida—. Veo que adoran las flores y las cosas bonitas, y en la casa hay varias terrazas y fuentes. Si lo desean pueden tomar ustedes mismos los plátanos. Y hay un mirador desde el que se disfruta de una vista preciosa de Tres Marías, la localidad vecina, muy bonita y con un mercado interesante.

Frida estaba loca de alegría, haría un viaje y viviría en el campo durante un tiempo. Por fin vería y experimentaría algo distinto. Y pasaría su luna de miel con Diego. Estarían juntos como tiempo atrás, cuando había enfermado. Después de casarse, Cristina y su marido habían ido a Acapulco. Por aquel entonces Cristina era muy feliz, y Frida la envidiaba. Del viaje volvió embarazada. A Frida ese pensamiento no se le iba de la cabeza.

—Hablemos del mural que tiene en mente. ¿Cuál será el tema? —preguntó Diego.

Morrow se encendió un cigarro y expulsó el humo antes de contestar.

—Lo cierto es que pensaba fiarme de su criterio. Pero, claro está, teniendo en cuenta sus trabajos anteriores, imagino que será un capítulo de la historia mexicana. ¿La conquista española? ¿La lucha por la libertad de los mexicanos? ¿Emiliano Zapata, tal vez? Como le he dicho, lo dejo en sus manos.

—Puede que no le guste lo que pinte —planteó Diego.

—Mientras se corresponda con la verdad, estaré conforme. Soy un gran admirador de su trabajo.

Diego sirvió un tequila antes de preguntar por el pago.

—Doce mil dólares. Y, como hemos dicho, se pueden quedar en nuestra casa.

Frida miró a Diego con los ojos abiertos como platos. Era mucho dinero, más del que había ganado Diego nunca.

—Se podría relatar la historia del Estado de Morelos. Y también la de la construcción del palacio de Cortés —propuso, y por la ensoñación con que lo dijo, Frida supo que ya estaba haciendo bocetos mentalmente.

—Es una idea extraordinaria —convino Morrow—. El palacio de Cortés es el símbolo de la conquista española...

—... y mostrando quién lo construyó, mostraré a quién pertenece y siempre ha pertenecido de verdad.

—Al pueblo mexicano.

—Brindaremos por ello —propuso Diego, levantando su vaso.

—Es una lástima que no haya traído mi cámara. Me habría gustado plasmar este momento —afirmó Nick, si bien observaba tan solo a Frida.

Esta había notado sus miradas durante toda la cena, y no le habían desagradado. Ahora tenía la sensación de que en realidad la quería fotografiar solo a ella.

—Tenemos amigos comunes —le dijo a Frida.

—¿Ah, sí? ¿Quiénes?

—Miguel Covarrubias y su mujer, Rosa.

—¿Es usted quien le tomó a Rosa esas fotografías tan maravillosas? —recordó Frida.

—Pues sí. Soy retratista.

—Y muy bueno —terció Elizabeth—. Trabaja para las revistas estadounidenses más importantes, y es uno de los primeros en fotografiar en color.

—¿En color? Eso me interesa mucho, me encantan los colores. Me gustaría ver más fotografías suyas —sostuvo Frida.

—Y a mí me gustaría fotografiarla a usted —repuso él, mirándola de un modo que a Frida le gustó.

Cuando los Morrow se fueron, Frida se disponía a recoger, pero Diego la sentó en su regazo.

—¿Qué te parece la propuesta? —le preguntó.

—Me caen bien los dos, él parece de confianza. A fin de cuentas, cambió el nombre de la embajada americana por embajada de Estados Unidos, porque sabe lo mucho que nos ofende eso a los mexicanos. Al fin y al cabo nosotros también formamos parte de América. —Vaciló antes de continuar.

—¿Pero?

—No sé, es tanto trabajo... Y te falta mucho para terminar la escalera del Palacio Nacional. Por otro lado, me gustaría tanto ir de viaje... Y me gustaría más aún pasar mi luna de miel contigo.

—El clima allí es estupendo, una eterna primavera. Y no está tan lejos, a solo dos o tres horas en coche. Podría venir aquí si fuera necesario. Y que los Morrow nos hayan ofrecido su casa es fantástico. Creo que nos distraería. —Se detuvo y la miró negando con la cabeza—. Si vamos, iremos los dos. No volveré a ir sin ti a ninguna parte. Eres mi mujer.

Frida tragó saliva.

—¿Qué pasa? —preguntó él.

—Nunca he salido de esta ciudad —admitió—. Alejandro y yo soñábamos con ir a Estados Unidos..., pero entonces sufrí el accidente. Cuánto me alegro. No sabes lo mucho que significa para mí.

Diego tomó sus manos entre las suyas.

—¿Quieres ir a Estados Unidos, Friducha? Iremos algún día, te lo prometo.

—¿Qué opinas del fotógrafo? —inquirió ella.

Diego se echó a reír.

—Se ha enamorado perdidamente de ti —respondió—. No será fácil mantenerlo a distancia.

Llegó diciembre. Hicieron las maletas y dejaron la ciudad atrás. El viaje duró poco más de dos horas, pero Frida estaba entusiasmada. Era la primera vez en su vida que veía paisajes despoblados. A lo lejos se alzaban las montañas que rodeaban la meseta en la que se asentaba Cuernavaca. Incluso se divisaba el Popocatépetl, cubierto de nieve.

A Frida le gustó la ciudad desde el principio. Disfrutaba del benigno clima y de la tranquilidad de la pequeña población. La gran casa de los Morrow, con los jardines que la circundaban, le encantó. Se pasaba horas vagando por ellos. Se reunía con Paco, el jardinero, le preguntaba por los cultivos y lo ayudaba en sus labores.

—Es mi forma de agradecer que podamos quedarnos

en esta casa de ensueño —afirmó—. Además, reúno inspiración para los cuadros que pintaré.

—Lo que pasa es que todavía no has ido a ningún sitio —le tomó el pelo Diego.

Pero Frida objetó:

—Me gustan el aire puro y el clima suave de este sitio. Y me gustan las grandes haciendas con sus casas señoriales y los jardines cuidados. Me gusta que el orden y la naturaleza vayan de la mano. ¿Has visto alguna vez cómo florecen los agaves? Abajo, a la orilla del río, hay árboles de Judas. Y aquí, justo detrás de la casa, crecen cactus altos como un hombre.

—Muy bien, Frida —se rio él—. Me alegro de que te guste este sitio. Puedes hacer bocetos.

Diego iba muy temprano al imponente palacio del siglo XVI que había ordenado construir Hernán Cortés y se quedaba pintando hasta la noche.

Frida se levantaba tarde. Después se vestía con esmero con sus ropas de colores y preparaba la comida para Diego, que le llevaba al palacio. Se sentaba con él en el andamio y permanecía allí todo el tiempo que quería.

Celebraron el año nuevo con amigos que habían acudido de la capital. Primero visitaron todos el palacio de Cortés para ver los progresos en los murales de Diego y luego Frida les mostró los numerosos bocetos que tenía. Anita Brenner leyó en alto un capítulo del libro que estaba escribiendo y Manuel tomó fotos. A medianoche brindaron por el nuevo año bajo un cielo cuajado de estrellas.

—Que cada estrella sea un momento feliz —deseó Anita.

Después Diego y ella hicieron el amor.

—Este año te amaré cada noche, Friducha mía —le susurró al oído.

—Eso espero, de lo contrario estaré insoportable —aseguró, acurrucándose contra su espalda. Por el leve temblor de su cuerpo supo que él se estaba riendo para sus adentros.

«Doy gracias por la vida que tengo —pensó cuando Diego se quedó dormido—. Doy gracias por el amor que me profesa Diego. Soy feliz. Ojalá siga todo siempre como ahora.»

10

El año acababa de empezar y Frida se sentía más feliz y serena que nunca. La decisión de darle la espalda a la vida de siempre durante unos meses había sido la adecuada. Se puso en marcha para ir al palacio de Cortés, animada, con la cesta con la comida de Diego colgando de su brazo. Por la mañana había estado pintando y después había desaparecido en la enorme cocina de los Morrow para preparar tortillas con pechuga de pollo y salsa de chile agridulce, además de *crêpes* con fresas. Levantó la servilleta bordada y le llegó el tentador aroma de las tortillas. Ese día le habían salido especialmente bien.

En la cesta también había un vaso de cristal tallado azul que había comprado en el mercado para Diego. Y, como siempre, le había incluido una notita amorosa. Cuando no tenía otra cosa a mano, escribía los mensajes en un sobre usado, como ahora: «Diego, mi amor, no te olvides de que en cuanto acabes el fresco nos juntaremos ya para siempre, sin pleitos ni nada, solamente para querernos mucho. Frida». Debajo estampó la huella de sus labios pintados de rojo y así quedó satisfecha.

Cuando vio los primeros colores de los murales de Diego en los soportales exhaló un suspiro de alivio. Por dentro el edificio era mucho más ligero y tenía mucha más vida que por fuera, con su fachada sin ventanas.

La saludó en silencio Emiliano Zapata, al que Diego había concedido un lugar de honor en uno de los nichos de la planta baja. El líder de la Revolución mexicana sostenía el arma en alto con determinación mientras con la otra mano empuñaba el sable. Diego lo había retratado repetidas veces, en una ocasión a lomos de un caballo blanco.

—Pero las patas del caballo no están bien, son demasiado pesadas —comentó Frida cuando él le enseñó los bocetos.

—Pues píntalas tú —repuso él, y Frida hizo un boceto que Diego aceptó.

Subió la escalera deprisa, pasando por delante de las pinturas de la conquista española y por su favorita, el ingenio azucarero. Un conquistador español barbado subido a un caballo dirigía a los trabajadores a golpe de látigo. Los trabajadores, vestidos de blanco, no tenían un rostro reconocible, pero con sus movimientos irradiaban una humanidad que a Frida le resultó conmovedora. Admiraba a Diego por devolver la dignidad a los oprimidos. Estaba impaciente por verlo de nuevo, ya que aún sentía sus caricias de esa mañana, cuando se habían amado.

Al llegar al segundo piso, lo buscó en el andamio, pero no lo vio.

—¿Sabes dónde está Diego? —preguntó a uno de los trabajadores.

Este negó con la cabeza en silencio y se fue.

Aquello era extraño; los hombres siempre charlaban un poco con ella, pero ese día daba la impresión de que allí no hubiera nadie.

Pasó por debajo del andamio y entró en un cuarto donde guardaban herramientas y utensilios de pintura. Y entonces lo vio. Diego estaba allí mismo, de espaldas a ella, subiéndose el pantalón. Delante de él una india se abotonaba la blusa. Al ver a Frida, le dirigió una mirada desafiante antes de marcharse contoneando las caderas.

Frida se quedó paralizada. De pronto se sintió vacía, la vitalidad de hacía un momento se había esfumado por completo. «Así que también es posible esta simultaneidad —pensó maquinalmente—. Estoy frente a su pintura, admirándola, y recuerdo que no hace mucho estábamos amándonos y él se acuesta con otra. ¿Cómo he podido pensar que dejaría de hacerlo cuando se casara conmigo? Por Dios, soy una idiota y una ingenua. Una boba ciega.»

—Frida —dijo él—. Esto no significa nada.

—Tal vez no para ti, pero para mí sí.

Se maravilló de lo contenida que había salido su voz. Quería ser fuerte, lo último que quería era desnudar sus sentimientos allí, donde todo el mundo la podía ver; eso habría supuesto una humillación aún mayor. Le habría gustado abalanzarse sobre él para darle puñetazos y arañarlo, pero no tenía fuerzas. Lo único en lo que podía pensar era en que su mundo, la imagen que se había formado de su matrimonio y del amor de Diego, se había desmoronado.

Sin decir más, dio media vuelta y se fue.

Se refugió en el vasto jardín de los Morrow. «No, tampoco lloraré ahora —pensó—. Mi orgullo no me lo permite.» Pero la escena que acababa de ver le abrasaba el alma. Diego estaba ridículo con los pantalones bajados. «Indigno», reflexionó hecha una fiera. Sin embargo, ver a la mujer india le había afectado profundamente; su mirada de triunfo. Frida supo de pronto que no había sido la primera vez. Y que no era la primera mujer con la que lo engañaba. Todas esas modelos que posaban medio desnudas para él y hacían todos los movimientos que él les indicaba, que estaban pendientes de todo lo que él decía y se sentían orgullosas de que el pintor más famoso de México les otorgase la inmortalidad. A la memoria le vino la advertencia que le había hecho Tina la noche en que conoció a Diego: «Sí, fui su amante, como casi todas las mujeres que están aquí esta noche».

Desoyó sus palabras. Había cerrado los ojos ante el sinfín de chicas estadounidenses, estudiantes de arte y coleccionistas para las que una noche con el famoso Diego Rivera formaba parte del programa obligatorio durante un viaje a México y a las que había sorprendido con las mejillas sonrosadas y los ojos brillantes en el estudio de Diego. Todas las miradas furtivas, las risitas o los gemidos sofocados cuando ella pasaba por delante del taller. ¿Por qué no se había percatado de nada de eso, aun siendo tan evidente? Había estado ciega, había sido ingenua hasta más no poder. Y esa certeza fue más dolorosa que la infidelidad de Diego. No había visto lo evidente porque no lo quería ver. Había traicionado un principio básico en su vida, sin el que no podría sobrevivir en su cuerpo dañado: había dejado de ser fiel a sí misma, y ese era el precio. No podía impedir que Diego fuese infiel, pero sí evitar mentirse.

Aunque era doloroso, hubo de admitir que se había dejado arrullar por una falsa sensación de seguridad. Sin embargo, esa seguridad no existía. Segura solo estaba cuando confiaba en ella misma. Desesperada, se golpeó los muslos

140

con los puños. El dolor apareció en el acto, pero el malestar físico no logró acallar el que sentía en el corazón.

De vuelta a casa la asaltó de nuevo el recuerdo del caminar seductor y lascivo de la india.

Enderezó la espalda, aunque le causó dolor, se echó el rebozo por los hombros con garbo y siguió caminando erguida. Con cada paso que daba veía las cosas con mayor claridad.

«No volveré a hacer como que no veo las cosas solo porque son desagradables. Seré fiel a mí misma, a mi verdad, ya que es mejor ponerle nombre a la verdad, aunque haga daño, que mentirse a uno mismo. Al final las mentiras acaban apuñalando a uno por la espalda. A partir de ahora no haré como que Diego no me engaña. Si antes de casarme confié en que no tuviera necesidad de estar con otras mujeres si me tenía a mí, no pude ser más tonta, pero ahora ya sé cómo son las cosas.» Se asustó cuando cayó en cuenta de que lo había dicho en voz alta.

Pero ¿por qué Diego le era infiel? Si ella se lo daba todo. Su dañado cuerpo a veces le pedía miramiento, pero en el amor ella siempre se mostraba sumamente apasionada.

¿Qué significaba su traición? ¿Debía abandonarlo? La sola idea hizo que se quedara helada, horrorizada. No, lo quería demasiado.

No dejaría a Diego, pero a partir de ahora tampoco haría la vista gorda a sus aventuras. Ella seguiría su camino, el único por el que podía ir. Aunque difícil, era la única decisión acertada. La idea la hizo sentirse un poco mejor.

Diego regresó a casa por la noche, y ella vio que pretendía darle explicaciones. Le bastó una mirada para hacerlo callar. Frida no quería hablar del tema, la duda solo le haría más daño aún. Los dos sabían que no había nada que decir: Diego no dejaría de estar con otras mujeres y Frida no lo abandonaría por ello.

Aunque en los días que siguieron Frida le llevó la comida a Diego, no se quedó en el palacio, sino que paseó sola por la ciudad y los alrededores, dando rienda suelta a sus pensamientos. Cuanto más veía de Cuernavaca, tanto más le gustaban la ciudad y sus habitantes. La localidad aunaba el pasado precolonial de México y su modernidad. En ella había vivido sus últimos años el conquistador Cortés y ahora Diego pintaba su palacio. En Cuernavaca seguían en pie las grandes haciendas y las plantaciones de caña de azúcar de la época del dictador Porfirio Díaz, pero allí habitaba también el espíritu de Zapata, al que habían matado no muy lejos y cuyo cuerpo habían exhibido públicamente. Cuando iba por las calles, Frida solía ver los grandes sombreros que llevaba el líder de la revolución. Y cuando se levantaba viento, los indios decían que veían el polvo que levantaban los cascos de su caballo. Pero Cuernavaca era muchas más cosas. Frida descubrió allí la naturaleza misma, que le fascinaba y le daba paz interior. Se inclinaba para agarrar hojas y flores, contemplaba la infinidad de formas y aspiraba con fruición los olores. Tomaba en la mano la tierra roja, dura, y desmenuzaba los terrones entre los dedos. Y mientras lo hacía pensaba en la sangre de los rebeldes que había empapado esa tierra. Marcaba las formas de las colinas y los tejados. Sin embargo, le impresionó más aún la vida que llevaban los campesinos y las gentes sencillas en el campo, que vio por primera vez allí,

142

en Cuernavaca. Esa era la vida de la que hablaban los pequeños exvotos. Solo tenía que mirar y escuchar con atención para saber cómo vivían esas personas, qué amaban y qué temían. «Me siento unida a ellas —pensó—. Me gustaría pintar lo que sienten.» Observaba a las mujeres que, cargando con grandes cántaros en la cabeza, con la espalda muy recta y envueltas en ropas de colores, iban al mercado a vender sus productos o trabajaban en los campos. En el mercado había un pintor que pintaba imágenes votivas por encargo. Frida entabló amistad con él, y el hombre le contaba las historias que plasmaba en las pequeñas ofrendas. El anciano era muy diestro con el pincel, y a Frida le encantaba su forma de utilizar los colores. Otro de sus puestos preferidos era el de una tejedora que ofrecía tejidos con antiguos motivos indios. Le pidió que le explicara con detalle el significado de los dibujos y colores. Cada pueblo tenía sus propias tradiciones, que a lo largo de los siglos habían encontrado su modo de expresión en esos alegres diseños.

—Este tejido es de Tuxtla, lo bordan las mujeres de allí. ¿Y ve este dibujo? Representa a la mujer fuerte.

Frida la miró y después examinó de nuevo la tela.

—Me la llevo —decidió—. Y las otras también. Y también esas cintas de ahí.

Poco tiempo después todas las vendedoras conocían a Frida, y en cuanto llegaba al mercado se podía sentar en un banco, a la sombra, y ellas iban a enseñarle lo que tenían. Frida siempre llevaba bastantes pesos para dar unas monedas a los mendigos, y a los niños, dinero para un helado. Y para comprar lo que le gustara a ella: rebozos y telas con las que mandaba confeccionar sus faldas y los huipiles, las blusas de corte cuadrado. Un niño indio se las llevaba a casa.

—Frida, ¿qué pretendes hacer con todas estas cosas? —preguntó Diego entre risas cuando volvió a casa y se la encontró en medio de coloridas telas.

—Estas cosas me conmueven. Son México. Y me siento fuerte cuando las llevo.

—Me gusta verte con estas telas. ¿Te harás una falda con esta? —Señaló un tejido oscuro, casi negro, bordado con profusión en rojo a punto de cruz. Era valioso aunque solo fuera por las horas y horas que se habían invertido en confeccionarlo.

—No, una blusa. Y mira esta de aquí... —Le enseñó un montón de cintas de seda de todos los colores. Al lado tenía distintos encajes de ganchillo—. Con esto añadiré un volante, pero todavía no sé cómo lo haré exactamente.

—Yo también he traído algo para ti —dijo Diego, mirándola con esa ternura que solo tenía él y que lograba conmoverla siempre. Le entregó una bolsita tejida, y al tomarla oyó un sonido prometedor.

Frida la abrió y vio dos docenas de piedras de jade de distintos tamaños, unas redondas, otras planas, con tonalidades de verde que iban del casi blanco al turquesa.

—Diego, son preciosas, me encantan.

—Mira el puñito. Pensé que podía ser un colgante.

—¿De dónde has sacado esto? —quiso saber.

—Alguien me las ofreció. Deben de tener unos cientos de años. Supongo que en su día formaban un collar. Podrías volver a ensartarlo.

—Gracias —contestó Frida. Se levantó y le dio un beso.

Cuando se vio sola de nuevo, sostuvo las piedras de jade en las manos hasta calentarlas. Las pintaría.

«Diego», pensó, rebosante de amor.

Alzó la vista y contempló por el gran ventanal el desértico paisaje que rodeaba a la casa más allá del jardín. ¡Qué distinto era todo en ese sitio! Allí todo apuntaba al exterior, el interior de la casa y el paisaje que la rodeaba parecían fundirse. Su casa en Coyoacán estaba rodeada de muros y se aislaba del mundo.

Frida dejó vagar la mirada y vio los enormes agaves fuera, ante las ventanas. Le vinieron a la memoria sus primeros cuadros, los retratos pintados en los que no había fondo. ¿Por qué?, ahora que lo pensaba. ¿No sería mucho más apropiado plasmar el mundo con cosas, símbolos? ¿Representar a las personas en su entorno y dotarlas de ese modo de significado?

La embargó un gran entusiasmo, sentía que era una creadora, que en su interior estaba creciendo algo nuevo, algo que le causaba una profunda satisfacción.

Miró otra vez a su alrededor, empapándose de todo cuanto la rodeaba: los colores y las formas, incluso los olores y los sonidos, el viento y los ladridos de un perro a lo lejos. Se acordó de las numerosas historias del pintor de retablos, de la línea del cuello de la joven del mercado que llevaba a su hijo a la espalda, de las manos curtidas de la campesina que molía el maíz con un metate, de los dibujos de los bordados... Todo encajaba en un gran cuadro que representaba a México.

Echó mano de un carboncillo y papel y comenzó a trazar líneas y siluetas en una hoja. Apenas tenía necesidad de mirar, la comunicación entre su imaginación y la mano que dibujaba fluía con naturalidad.

Cuando levantó la vista de nuevo había pasado mucho tiempo. Empezaba a oscurecer. Frida contempló lo que había esbozado en el papel. Para cualquier otro tal vez fueran únicamente garabatos, pero Frida sabía qué significaba cada trazo. Se sentía exhausta, pero también satisfecha como hacía mucho que no estaba.

«A partir de ahora mis cuadros tendrán otra dimensión —se dijo—. He descuidado mi pintura demasiado tiempo.»

Al día siguiente se puso a organizar las piedras de jade. Las clasificó por tamaños y colores y las dispuso formando un círculo en la mesa. Fue cambiando piedras de sitio hasta que creyó haber encontrado el orden adecuado. Confiaba en que quizá lograría que se viera igual que en su día. El puño le quedaría justo en la oquedad del cuello. Se lo colocó ahí a modo de prueba y sintió el frío de la piedra, que, sin embargo, se calentó al poco tiempo y parecía blanda al tacto. Desprendió un destello o un titilar, una suerte de aura que contaba la historia de esas piedras centenarias.

Tuvo que deshacer los nudos dos veces, hasta que estuvieron en su sitio. Las piedras debían de haber estado ensartadas muy juntas, lo que hizo posible que fuesen planas por un lado. Frida no sabía si se debería a años de uso o si alguien las habría trabajado. Probó de nuevo y pensó: «Sí, ahora es perfecto». Se puso el collar; tenía un peso considerable. El peso de la historia de los mayas, que seguía viva en el collar.

En el espejo reparó en la suave luz y el color distinto que tenían las piedras. Se preguntó cómo conseguiría obtener un color así y cómo quedaría en el lienzo. Agarró la paleta y fue probando. Tomó un pincel y dio una pincelada minúscula en una de las piedras para poder ver mejor si había logrado el tono adecuado. Iba a retirar la pintura, pero decidió dejarla. Así era mucho más bonita. De ese modo tendía un puente entre el pasado y el presente.

Ya se había hecho con un caballete y lienzos. Le habría gustado pintar de inmediato otro autorretrato con ese collar, pero ese día ya no había suficiente luz. Colocó el pincel y el collar de jade con sumo cuidado en la mesa. Ya tenía la composición del cuadro en la cabeza. Esperaría al día siguiente.

Salió de su habitación tarareando y fue a la cocina.

«He estado demasiado tiempo sin pintar en serio, y es algo que echaba en falta. Todas las cosas que he ido observando y recogiendo en mis paseos. Todo eso quiero pintar. Serán cuadros llenos de vida, cuadros con los colores y las formas de México, en los que contaré historias como se cuentan en los retablos. Pero, sobre todo, quiero mostrar mi vida, con todo cuanto forma parte de ella: mis miedos, los dolores que me acompañan, mis amigos. Pintaré mi realidad.»

De repente se sentía sumamente aliviada, se volvió hacia el gran ventanal que daba al jardín; para entonces ya había oscurecido, su silueta se reflejaba en el cristal.

Miró casi con nostalgia el caballete, al que poco a poco engullía la penumbra.

11

Unas semanas después llegó un amigo de Diego a pasar con ellos unas semanas, el escritor e historiador del arte Luis Cardoza y Aragón. Era oriundo de Guatemala y vivía exiliado en México.

A Frida le cayó bien desde el primer momento, ya que con su bigotito le recordaba a Charles Chaplin. Era por lo menos tan buena persona como el vagabundo de Chaplin, además de inteligente y muy culto. Su forma de hablar de las obras era fascinante.

—Es como si recorriese un museo a su lado —le dijo Frida en más de una ocasión, después de oír sus explicaciones.

Le caía tan bien que le enseñó el autorretrato con el collar de jade en el que estaba trabajando y algunas hojas de su bloc de dibujo para pedirle su opinión.

—Lo que pinta usted es tan mexicano... Muy personal y muy alejado de todo cuanto he visto hasta el momento.

—También puedo imitar a Botticelli —repuso con una sonrisa—, pero ya no pinto así. Quiero tener mis propios colores, mis propios motivos.

—¿Dónde ha aprendido a hacerlo?

Frida se encogió de hombros.

—Por mi cuenta. Con mi padre. Los libros me han enseñado muchas cosas. Y hablo con Diego sobre el trabajo que realiza.

—¿Ya ha vendido algo? ¿A quién? —Lo preguntó muy serio, y Frida se echó a reír.

—No. ¿En qué está pensando usted? Mis cuadros los regalo o me los quedo. Para venderlos tendría que pintar con regularidad.

—Bueno, tampoco es algo tan descabellado. Piénselo.

Frida le hizo caso y reflexionó sobre su comentario. En su día le había preguntado a Diego si creía que podía vivir de sus cuadros, pero desde entonces habían pasado muchas cosas. Y él era el gran artista.

A la mañana siguiente Diego salió de casa de madrugada para ir a trabajar. Frida y Luis se levantaron tarde y desayunaron tranquilamente en la terraza, a la sombra de un gran mango.

—Bueno, y ahora se pondrá usted a trabajar —indicó él, dejando en la mesa la taza de café.

Frida lo miró con cara de sorpresa. Tenía visita, no podía pintar.

—Pensé que saldríamos de excursión... —replicó—. El paisaje aquí es muy variado. Y más tarde podemos ir a buscar a Diego.

Luis apoyó los codos en la mesa y enarcó las cejas.

—Frida, usted debe pintar. Tiene un gran talento y algo que decir. Y necesita la pintura. Sin ella, a su vida le faltará algo decisivo. ¿Acaso pretende esperar siempre hasta que encuentre tiempo para pintar cuando todo lo demás esté hecho? ¿Cómo cree usted que nace el arte?

Al ver que Frida no reaccionaba, se levantó y la invitó a hacer lo mismo.

—Vamos, le haré compañía, si me lo permite.

Poco después Frida estaba delante del lienzo y la invadió una gran sensación de paz. Naturalmente, él tenía razón. ¿Cómo había podido olvidarlo? ¡Quería pintar! A toda costa. Pintar era sus alas, su baile, su vida. Era lo que le había regalado la vida. Si quería hacer arte, si quería trabajar, debía tomarse el tiempo necesario para hacerlo. Como Diego. Siempre y a diario. A la cabeza le vinieron Tina Modotti o Anita Brenner, dos mujeres a las que admiraba por la labor que realizaban. Ambas vivían por su profesión, se esforzaban. Para Tina y Anita y muchas otras mujeres, el trabajo era lo primero, porque era importante, más importante que todo lo demás. Y Frida quería ser como ellas.

Luis le había hecho ver lo que en el fondo ya sabía: que debía pintar a diario y que la pintura ocupaba el lugar más importante en su vida.

—Gracias, Luis —le dijo.

A lo largo de los días que siguieron hicieron eso mismo: él se sentaba a su lado y veía cómo trabajaba o leía mientras ella pintaba. Solo cuando Frida tenía la sensación de que bastaba por ese día, hacían excursiones por los alrededores, visitaban mercados y jardines o iban de pícnic. A la vuelta recogían a Diego en el palacio de Cortés.

—Mire esto, Luis —comentaba Frida, señalando las paredes que ya había pintado Diego—. Diego es un mago. De nosotros dos, él es el pintor.

Diego oyó lo que decía Frida.

—Si yo puedo crear es porque tú estás a mi lado —afirmó—. Estás presente en cada parte de mis cuadros, no solo en las patas del caballo de Zapata. —La abrazó y la retuvo un instante.

A Luis esa intimidad entre ellos lo incomodaba. Carraspeó ruidosamente.

—Y Frida es una pintora magnífica —sostuvo.

Diego soltó a Frida y aplaudió complacido.

—Frida, has vuelto a embrujar a alguien. —Y a Luis le dijo—: Como no se ande con cuidado, se enamorará de ella. Y ahora tengo sed. Vámonos de aquí.

Fueron a un local, donde bebieron en abundancia, y Diego contó sus historias.

—¿Cómo lo logra usted, Diego? —preguntó Luis, haciendo como si se tirara de los pelos cuando Diego pidió otra botella de tequila—. ¿Cómo es capaz de aguantar este ritmo mortífero? ¿Cuándo duerme usted?

Diego se rio y le sirvió. Frida lo miró con cara de admiración. Cómo amaba a ese hombre corpulento, que rebosaba energía, ganas de vivir y creatividad. Diego trababa amistad con facilidad, pero también estaba dispuesto a hacer enemigos si la situación lo requería. «Prefiero tener un enemigo inteligente a cien amigos estúpidos», decía siempre.

La mirada de Frida, llena de agradecimiento, pasó de Diego a Luis. Luis le había dado valor para ser pintora. Disfrutó las semanas que pasó con él, tan plenas. Siguió reuniendo motivos en su cabeza. El bloc de dibujo que Diego le había regalado cada vez estaba más lleno. Le preguntó a Carleta, la mujer del jardinero, si quería posar para ella. Pintó a la robusta mujer de pechos generosos semidesnuda, delante de una vegetación tropical de brillantes hojas digitiformes, melones de carne roja y las flores con forma de pico de las aves del paraíso. Carleta estuvo tarareando todo el tiempo y ese tarareo también se plasmó en el cuadro. A Frida le encantaba, porque estaba lleno de vida. Después pintó a los hijos de Carleta con rostros grandes y ojos despiertos. Cuando llevaban mucho tiempo sentados quietos, les daba golosinas y jugaba con ellos.

—Los niños están locos por usted —comentó Luis mientras Frida limpiaba los pinceles y las hijas de Carleta se iban. Seguía espoleando a Frida y hablaba con ella de sus cuadros. A los niños les contaba cuentos y les hacía muecas cuando se cansaban de estar sentados—. Escribiré un artículo sobre usted —aseguró—. Ya va siendo hora de que el mundo conozca a Frida Kahlo.

Luis llevaba dos semanas con ellos en Cuernavaca y Frida ya no era capaz de imaginar cómo había pasado los días sin ese hombre encantador. Esa mañana, sin embargo, no lo acompañó en el desayuno. Nada más levantarse tuvo que vomitar y cada vez que pensaba en comer sentía náuseas. «Ayer me excedí con el tequila», pensó.

Alrededor de mediodía se encontraba mejor y se olvidó de su indisposición. Además, las hijas de Carleta la esperaban en el estudio.

Sin embargo, a la mañana siguiente se volvió a sentir mal. Dio un pequeño paseo por el jardín con paso vacilante, ya que el aire fresco le venía bien. Se detuvo junto a un arbusto y se acercó una rama para olerla. El olor le dio náuseas. Se llevó la mano al estómago, retorciéndose de dolor.

Al verla, Paco corrió hacia ella.

—Señora, ¿qué le pasa? —le preguntó, preocupado.

—No es nada —contestó ella, intentando erguirse.

El jardinero la miró.

—Voy por Carleta —decidió—. Ahora mismo vengo.

Salió corriendo y regresó poco después con su mujer, a la que intentaba convencer de algo con insistencia.

—Ahora calla un momento —le pidió ella a su marido. Le apartó la mano a Frida y le puso la suya en el vientre—. Paco tiene razón. Esto le pasa porque está esperando un hijo. Le he traído una cosa. —Se sacó un frasquito del bolsillo de la falda—. Tome una cucharadita disuelta en agua, la ayudará.

Frida la miró sin dar crédito a sus oídos.

—¿Estoy embarazada?

—¿Es que no lo sabía?

—No. Pero ¿cómo lo sabe usted?

Carleta se echó a reír.

—Usted me ha estado observando cuando pintaba, y yo también a usted. Además, el señor Rivera y usted son recién casados. No hace falta ser adivino.

Quería decírselo a Diego esa noche. Ya estaba en la cama y tenía algo de frío, ya que hasta hacía un momento habían estado sentados fuera, frente a la casa, y la noche refrescaba. Se tapó con la manta y aguardó a que llegara Diego, que se estaba tomando un último trago con Luis. Los ventanales de suelo a techo estaban abiertos de par en par, oía a los dos hombres hablar fuera en voz baja, hasta que se dieron las buenas noches. Las cortinas se mecían con la brisa y Frida escuchaba los sonidos de la noche que se colaban en el jardín. El susurro de las hojas en los árboles y el croar lejano de las ranas en uno de los estanques. Diego entró de puntillas en la habitación para no despertarla.

—Todavía estoy despierta porque debo decirte algo: voy a tener un hijo, Diego. Lo supe hoy.

Al rostro de Diego asomó una sonrisa de incredulidad.

—¿De verdad? —musitó, asombrado. En ese momento no podía estar más guapo.

Frida asintió con la cabeza y levantó la manta.

Él se tendió a su lado con sumo cuidado y, como siempre, el colchón cedió bajo su peso. Sintiendo frío, Frida se dio la vuelta y se refugió en sus brazos. Soltó una risita. Eso era lo que más le gustaba de todo.

Diego acomodó la cabeza de Frida en su hombro y la miró a los ojos.

—Frida, te quiero —susurró—. Me regalas todo cuanto he soñado en la vida. Lo que siento por ti no lo he sentido por nadie. Nunca dejas de asombrarme. Me entiendes como nadie. Cuando me subo al andamio a pintar, te pinto a ti en cada una de mis figuras. La lucha de los indios contra los españoles es tu lucha; el orgullo y la belleza de las mujeres del mercado es tu orgullo y tu belleza. Te admiro por la fortaleza con la que llevas los dolores que te aquejan. No creas que no lo veo. Yo pinto los colores de México en los murales, pero tú los llevas en tu vestimenta y resplandeces a mi lado como México. Te doblo la edad, casi soy un viejo, y sin embargo haces que viva el amor como si fuese la primera vez. No quiero estar nunca sin ti. Y ahora me regalas un hijo. Te doy las gracias, Fridita. Te quiero. —Sus besos y caricias se tornaron más apasionados y Frida se abandonó a ellos. Se pegó a su cuerpo caliente y se sintió a salvo—. ¿Te hago daño?

—No —contestó ella en voz baja—. Y si así fuera, la dicha que siento cuando estoy en tus brazos me hace olvidar el dolor. Contigo soy la mujer más feliz del mundo.

«Voy a ser madre», pensaba Frida al menos cien veces al día, y la felicidad que sentía le daba vértigo. Con un hijo su dicha sería perfecta. Se puso de lado frente al espejo para ver si se le notaba ya. Las náuseas matutinas se las tomaba con tranquilidad; a cambio pronto tendría a un niño en brazos. Ya se imaginaba cómo lo pintaría: dormido, cuando riera... A veces la arrollaba una oleada de gratitud que hacía que todo su cuerpo se estremeciera.

«Soy la esposa de Diego, formo parte de su obra y me está permitido habitar en este entorno maravilloso y vivir mi historia, mexicana. Y pintaré. Soy la mujer más feliz del mundo.»

Esa tarde Luis tenía que volver a la ciudad porque debía entregar un artículo. Frida estaba triste. Había ganado un amigo y no quería que se fuera.

—Gracias por el aliento que me has insuflado —le dijo al despedirse.

—Soy yo quien te las da. Eres una mujer maravillosa... —Le dirigió una mirada rebosante de afecto—. He disfrutado mucho de tu compañía, y echaré de menos las horas que hemos pasado delante del lienzo, en silencio. Desprendes una luz que veo en tus cuadros, y desde ellos se irradia a quienes los contemplan. —Se acercó a ella y le tomó las manos—. Prométeme que agarrarás tu felicidad con las dos manos. Y, sobre todo, prométeme que no dejarás de pintar, porque eso forma parte de tu felicidad.

—¿Por qué iba a hacerlo? —se apresuró a preguntar ella—. ¿Por qué dices eso?

—Tú prométemelo.

Frida asintió.

Ahora solía estar sola de día, lo cual le dejaba más tiempo para pintar e ilusionarse con la llegada del niño. Cuando se sintió muy sola, retomó la costumbre de ir a ver a Diego y sentarse con él en el andamio.

Henchido de orgullo, Diego había contado en el palacio de Cortés que iba a ser padre, lo cual, sin embargo, no le impidió tener una aventura con Ione Robinson, su asistente.

—¿La vas a dejar? —preguntó con cansancio Frida. Estaba en la cama porque sentía un desagradable tirón en la espalda. No era el dolor de siempre, el que se derivaba de sus lesiones, sino algo distinto—. Esta vez es serio, ¿verdad? —Ione no era una modelo que se marcharía dentro de unos días, sino su actual asistente, estadounidense.

—No —negó Diego, tomándola de la mano—, no es serio.

—Pues entonces déjala. —Retiró la mano, furiosa—. El otro día me dijiste que yo te lo daba todo y que nunca habías sentido por una mujer lo que sentías por mí. Si es así, ¿por qué necesitas a otras mujeres? ¿Por qué? ¿Tú sabes lo que me haces a mí con eso? Me rompes el corazón.

Diego bajó los ojos como si reflexionase. Después la miró.

—A ella la deseo, pero a ti, Friducha, te quiero.

La respuesta la hizo enfurecer.

—Pero si me quieres, ¿por qué me haces daño? ¿Qué te da esa mujer que no te pueda dar yo? ¿Es mi cuerpo? ¿Es mi maldita pierna?

Él se arrodilló pesadamente delante de la cama y la abrazó.

—Frida, escúchame. Creía que estábamos por encima de esas ideas burguesas. Somos socialistas. Queremos acabar con la burguesía y vencerla, tanto en la política como en el amor.

Ella lo cortó moviendo la mano con gesto airado.

—Ya veo que lo tienes bien pensado. Sé comunista y podrás ir por ahí acostándote con quien te dé la gana, ¿no? Sé comunista, pero toma el dinero del embajador estadounidense, ¿es eso?

Él la miró con severidad.

—Tú también vives de ese dinero. Y los celos son pequeñoburgueses —contratacó—. No te quedan. Te puedo prometer que no te dejaré nunca, pero más no.

Se levantó y salió de la habitación. Frida se quedó desazonada. Se llevó las manos al vientre para reprimir el dolor que sentía. El médico había dicho que debía estar tranquila y cuidarse, porque su constitución física no era la mejor para tener un hijo. Frida vio la preocupación reflejada en su rostro, pero no quiso admitirla. Por suerte al día siguiente Cristina iría a verla con sus sobrinos, así Frida tendría a alguien a quien poder pedir consejo.

Cristina fue con Isolda y Antonio, su hijo recién nacido. El motivo oficial era echarle una mano a su hermana en su difícil embarazo, pero nada más llegar le confesó a Frida que no iba a volver con su marido.

—Anda siempre con otras mujeres. Y me pegó incluso cuando estaba embarazada de Antonio. No pienso volver con él.

—¿Lo sigues queriendo?

Cristina resopló.

—¿Cómo voy a querer a alguien que me pega? Y que me engaña.

«Yo lo hago —pensó Frida, con tristeza—. Yo quiero a un hombre por encima de todas las cosas, aunque me engaña.»

Frida no se cansaba de sostener en brazos a su pequeño sobrino. Observaba cuando su hermana lo amamantaba y escuchaba los ruiditos que hacía el niño. No podía estar más ilusionada: dentro de unos meses tendría en brazos a su propio hijo.

—A mí, mamá no me dio el pecho —le dijo una tarde a su hermana—. Me puso en manos de una nodriza india. Siempre le lavaban los pechos antes de dármelos. Me lo contó Matita.

—Nada más naciste tú, mamá se quedó embarazada de mí. No podía darte el pecho.

Frida la miró con cara de sorpresa.

—No te lo cuento porque me cause sufrimiento, sino porque recibí leche india de la nodriza. Y el padre de mamá era indio. Por mis venas fluye sangre india, cada vez lo tengo más claro.

—¿Qué quieres decir con eso?

Frida no tuvo que pensárselo mucho, había hablado largo y tendido al respecto con Luis Cardoza, y la idea de que pronto sería responsable de un hijo había despertado muchas cosas en ella.

—Quiero pintar al estilo mexicano. Quiero mostrar mi país. No como Diego, sino a mi manera. Quiero enseñar la belleza de México.

Cristina le tomó la mano.

—No conozco a nadie que pueda hacerlo mejor que tú.

Por la noche estaban sentados todos a la mesa.

—¿Por qué no comes? —preguntó Cristina, señalando el plato de Frida, que apenas había probado bocado—. ¿Es que no te gusta?

—Mi Friducha ahora es una excelente cocinera —respondió Diego—, pero tu asado de puerco no está nada mal.

—Te puedes comer el mío —repuso Frida, pasándole el plato por la mesa.

—¿Qué ocurre? —inquirió Cristina, preocupada de nuevo, pero Frida no contestó.

Estaba sentada muy recta, paralizada de horror, y no se atrevía a moverse. Tuvo que hacer un esfuerzo para no ponerse a gritar. No quería que ellos se dieran cuenta. No quería darse cuenta ella misma de lo que estaba pasando. Tal vez de ese modo pudiera hacer como si no sucediera.

Con una voz que se le antojó extraña a ella misma, Frida intentó tomar parte en la conversación. De pronto su sobrina exclamó, asustada:

—¡Mamá, en la silla de la tía Frida hay mucha sangre! ¡Está cayendo al suelo!

Diego se plantó a su lado sin demora, la tomó en brazos y la llevó a la cama mientras Cristina mandaba a buscar un médico.

Solo entonces despertó Frida de su entumecimiento. Rompió a llorar mientras se retorcía de dolor.

No necesitó esperar a que llegase el médico para saber que había perdido al niño.

PARTE II
En la frontera, 1931-1935

12

Noviembre, 1930

Frida mantenía en equilibrio los numerosos paquetes de colores y balas de tela atadas con cintas de seda en el ascensor. En la pequeña cabina el espacio era bastante angosto y de pronto olía a perfume fuerte e incienso. El ascensor se detuvo en el segundo piso y la puerta se abrió.

—Frida, ¿ha ido de compras? —Lucile Blanch subió y se apretujó con ella—. En realidad quiero bajar, pero subiré con usted primero. Quién sabe cuándo volverá a pasar esta condenada cosa.

Frida sonrió y le dejó sitio. Al hacerlo, otra nube de aromas orientales salió de las bolsas que llevaba.

—Buenos días, Lucile. He ido al barrio chino y me temo que se me ha ido un poco de las manos. Pero hay tantas cosas bonitas... —Pasó la mano por las balas de telas con hilos de oro y las pesadas sedas.

Lucile asintió.

—Y además no es caro. Pero ¿se puede saber qué piensa hacer con estas cosas?

—Vestidos.

—Estoy segura de que estará arrebatadora con ellos.

Frida hizo una mueca.

—Precisamente hace un momento unos niños se me han quedado mirando con la boca abierta en la calle —repuso.

Lucile se rio.

—¿Qué tal está su esposo? —le preguntó.

—Trabajando como un loco. Después iré a llevarle la comida; si no lo hago, se olvida de comer.

—¿Tomamos una copa en casa mañana?

—Claro.

El ascensor se detuvo en el piso de Frida. Lucile bajó para dejarla salir con los paquetes.

—Entonces hasta mañana, querida.

—Hasta mañana.

Frida abrió la puerta de su casa. Una vez dentro dejó los paquetes. La escena que acababa de vivir con los niños no se le iba de la cabeza. Con Lucile había logrado esbozar una sonrisilla, pero la cosa ocultaba algo más. Eran seis o siete, niñas y niños en edad preescolar. Niños pequeños chinos que, con sus anchas mejillas, sus grandes ojos oscuros y su pelo sedoso, recordaban a los indios mexicanos. Le parecieron tan guapos y conmovedores que escribió a su amiga Isabel que le gustaría adoptarlos a todos. Los niños la miraron con cara de curiosidad y después uno de ellos, niño, se adelantó, la señaló con un dedo y preguntó dónde estaba el circo al que, a su juicio, ella debía de pertenecer por fuerza. Caramba, ¿por qué le había hablado a Lucile de los niños? Había tardado meses en asimilar la pérdida de su hijo. Aún le dolía cuando pensaba en ello. Tras el aborto, los médicos le desaconsejaron que volviera a quedarse embarazada, ya que debido al accidente del au-

164

tobús sus órganos estaban muy dañados. Desde entonces era peligroso que pensara en niños o hablase de ellos. Nunca sabía si sería capaz de contener las lágrimas.

Fue a la cocina y se sirvió un gran vaso de agua para tranquilizarse.

Desde hacía casi un mes estaban en San Francisco, y dentro de unas semanas sería Navidad. Vivían en el departamento de Ralph Stackpole, un amigo al que Diego había conocido en Europa. Lucile y su marido, Arnold, vivían en la misma casa, y como también eran pintores habían trabado amistad.

A Frida le gustaba San Francisco. Hasta el momento solo conocía las apreturas de Coyoacán y México y después Cuernavaca, y ahora estaba en Estados Unidos, en Gringolandia, como lo llamaba ella. El sueño que había compartido en su día con Alejandro se había hecho realidad. Frida iba conquistando la ciudad poco a poco. Su curiosidad la llevaba a diario a otros barrios. «No te preocupes por mí —le había asegurado a Diego—. No me perderé. Voy por la ciudad con los ojos abiertos.» Desde que había acabado la primera vez en el barrio chino, que para su sorpresa se hallaba a tan solo unas calles del departamento de Stackpole, le entusiasmó. Siempre que podía, iba allí a pasear por sus calles, que a cualquier hora eran un hervidero de personas. Le gustaban los tejados de las pagodas y los móviles que colgaban delante de muchas puertas y que el aire hacía tintinear. Entraba en las tiendas donde se podían comprar las cosas más singulares: ranas e insectos vivos, penes de animales y hierbas que olían que apestaban. Lo que más le gustaba era revolver en los comercios en los que podía comprar telas, botones, galones y cintas, farolillos y miles de variopintas cosas más. Le caían bien las personas, sobre todo los niños, que le parecían preciosos. Mucho más guapos que los gringos, cuyo rostro era como pan de ayer.

La bahía también estaba cerca del departamento. El mar la había impresionado nada más verlo. Cuando lo tuvo delante, se quitó los zapatos y las medias y se metió en el agua con los pies desnudos. Una ola le empapó el bajo de la pesada falda, pero no le importó. Nunca había sentido un agua tan fría. Subía y bajaba en tranvía por las sumamente empinadas calles y en el puerto veía cómo descargaban barcos enormes.

Por la noche solía acompañar a Diego a recepciones y cocteles o a alguna de las numerosas conferencias a las que lo invitaban para hablar de la relación entre el arte y la política.

Unos meses atrás, cuando le habían ofrecido pintar un mural en la Bolsa de San Francisco y después en la Escuela de Bellas Artes de California, Diego no lo pensó mucho. En México no se sentía a gusto desde que sus amigos políticos se habían alejado de él y el nuevo gobierno había abandonado cualquier impulso revolucionario en favor del poder. En México ya no había mercado para los murales. A su regreso de Cuernavaca, Diego no había vuelto a recibir ningún encargo. Si quería pintar, debía hacerlo fuera de México, de modo que los encargos de San Francisco fueron su salvación, si bien le costó obtener un visado para entrar en Estados Unidos, ya que se le seguía considerando comunista. Dwight Morrow y el comerciante de arte Albert Bender abogaron en su favor y salieron fiadores de él, y por eso estaban allí.

—Te dije que te llevaría a Estados Unidos. Primero a

San Francisco, pero también iremos a Nueva York, ya verás —le había asegurado Diego.

Para Frida era un sueño hecho realidad. Al llegar a San Francisco se había bajado del avión expectante. No paraba de mirarlo todo para asimilar ese país desconocido. Pero Gringolandia era distinto de como pensaba. El país que desde lejos brillaba como el oro tenía rincones feos y herrumbrosos por todas partes. Algunas cosas de la ciudad le recordaban a México, pero la mayoría era completamente distinta: los rascacielos y los enormes polígonos industriales que cubrían el horizonte, el tráfico demencial, por no hablar del estilo de vida, del todo ajeno. ¡Los sempiternos cocteles! Esas fiestas no le hacían mucha gracia. No se separaba de Diego, porque no conocía a nadie y no sabía qué decir. Esos gringos eran tan estirados... Les faltaban las ganas de vivir. Casi siempre se quedaban contemplándola solo porque vestía de manera distinta.

Frida reunió impresiones, buenas y malas, inspiradoras y repugnantes. Las plasmaría en sus cuadros, aunque pintar solo solía ser posible en circunstancias desfavorables.

«Aquí nos ven, a mí, Frida Kahlo, junto con mi amado esposo, Diego Rivera, pinté estos retratos en la bella ciudad de San Francisco, California, para nuestro amigo Mr. Albert Bender, y fue en el mes de abril del año 1931.»

Frida dio un paso atrás, el pincel aún en la mano. A decir verdad esa inscripción en el cuadro no habría hecho falta, ya que Diego y ella eran reconocibles a primera vista. Había estado trabajando en él las últimas semanas. Era grande para lo que solía hacer, un metro por noventa centímetros. Retrocedió un paso más y se dio contra un montón de bastidores que Diego había dejado contra la pared. Frida lanzó una grosería en voz queda. El estudio de Ralph Stackpole no era pequeño, desde luego, y sin embargo ella apenas tenía sitio para colocar sus útiles de pintura porque Diego se había apropiado de todo el espacio, aunque ni siquiera pintaba allí, sino que acudía a diario al comedor de la Bolsa. En el estudio almacenaba toda clase de cosas que le servían de inspiración: pequeños muebles, fotos, herramientas, piezas de coches, frutas y flores, que antes o después se acababan echando a perder y empezaban a oler fatal, aviones de juguete, raquetas de tenis, pelucas, joyas y una batea de hojalata para buscar oro, instrumentos náuticos... Hacía tiempo que Frida había dejado de querer saber con más exactitud. La fantasía de Diego era inagotable, y él se rodeaba de miles de cosas que después plasmaba en sus frescos.

Se volvió con cuidado y los bastidores resbalaron y arrastraron unos sombreros que estaban apilados en el suelo.

Frida lo colocó todo como estaba. Quizá más tarde ordenara un poco el caos, pero ahora quería seguir con el cuadro.

Eran Diego y ella. «La paloma y el elefante», pensó al ver la diferencia de altura. Su madre tenía razón. Diego le sacaba por lo menos una cabeza, el ancho cinturón que llevaba le quedaba a Frida a la altura del pecho. Lucía un traje burdo y zapatones de faena. A su lado daba la impresión de que Frida flotaba, con los delicados pies asomando bajo un vestido verde con un volante. Diego la tomaba de la mano, casi un poco como un padre a su hija. En la otra sostenía una paleta. Los accesorios de Frida eran un rebozo de un rojo vivo con flecos y llamativas joyas, entre ellas el collar de jade con el colgante en forma de puño.

Absorta en sus pensamientos, hacía girar el pincel en las manos. La inscripción con la dedicatoria a Albert Bender sobre su cabeza no terminaba de encajar en el cuadro. Frida se paró a reflexionar y tuvo una idea. Con unas pinceladas añadió una paloma que sostenía la inscripción con el pico. Retrocedió de nuevo y observó el cuadro un buen rato. «He hecho que la diferencia de altura que hay entre Diego y yo sea más ostensible de lo que es. A su lado casi parezco una niña —pensó—. ¿Y por qué solo lleva él esa paleta en la mano? En ese sentido probablemente mi subconsciente me haya jugado una mala pasada y he plasmado en el lienzo ese desequilibrio de manera automática. Pero no quiero ser así.» Tomó de nuevo el pincel y borró el rebozo para añadir a la falda verde unos pliegues, como si debajo llevara varias enaguas. Después volvió a pintar el rebozo. «Como una armadura —se dijo—. Así está mejor. Ahora se ve que soy una mujer, aunque sea delicada.» ¿Y si añadía una flor o un lazo en el pelo para parecer más alta? Se llevó la mano al cabello: ese día llevaba una cinta ancha atada con un lazo en la parte superior de la cabeza. Y aretes largos. Justo cuando iba a pintar los aretes oyó la voz de Diego.

—Frida, ¿dónde estás? ¿Frida? —Abrió la puerta y entró en la habitación, que de pronto parecía más pequeña aún. Con los bastidores volcados no se pudo acercar a ella—. ¿Se puede saber qué ha pasado aquí?

Exhalando un suspiro, Frida metió el pincel en el vaso de agua. La imagen que tenía en su cabeza hacía un instante había desaparecido. Y sabía que no tenía sentido pedir a Diego que fuese paciente y esperase hasta que hubiera esbozado la idea. Al propio Diego lo interrumpían continuamente cuando estaba subido al andamio pintando. Un asistente quería saber algo, debía dar indicaciones, un amigo o un admirador se pasaba a verlo... Sin embargo, a Frida eso no le funcionaba. Necesitaba silencio y sumergirse en el cuadro. Y espacio...

—Ahora voy —contestó, mirando una vez más el lienzo: reflejaba con exactitud cuál era su relación. Diego ocupaba el mayor espacio de su vida, todo lo demás iba después.

—Dime, ¿qué has hecho hoy? —preguntó él cuando, poco después, estaban sentados frente a frente a la mesa de la cocina—. Te he echado de menos en el trabajo.

—Me puse a pintar —respondió ella—, y perdí la noción del tiempo. No quiero que el señor Bender tenga que esperar mucho tiempo por su cuadro.

Con el retrato quería dar las gracias a Albert Bender por intervenir en favor de Diego para que pudiera entrar en Estados Unidos y encargarle el mural.

—Le hará mucha ilusión.

Frida asintió. Pero a menudo era difícil encontrar la ocasión para pintar. Con demasiada frecuencia algo se interponía en su camino, ella se distraía y las ganas y la inspiración se esfumaban. Aquello también se debía a la solución provisional que ella llamaba estudio y que en el fondo no era más que un rinconcito junto a la ventana de la abarrotada habitación. Necesitaba más sitio y una estancia que no estuviera tan llena de trastos que no le permitiera pensar con claridad.

Por otro lado, Diego la necesitaba. Habían ido a San Francisco porque allí él tenía trabajo y ganaba dinero para los dos.

A pesar de todos los inconvenientes, Frida había instalado el caballete y le producía una gran alegría pintar ese cuadro para Alfred Bender. Sin embargo, que gracias al cuadro se diese cuenta de lo grande que era la diferencia entre Diego y ella no era algo planeado. Como tantas otras veces, la pintura la había ayudado a ver las cosas con claridad.

Aun así, echaba de menos a sus amigos y su familia, sobre todo a su padre, a Matita y a Cristina. Y también a los camaradas del partido, que eran como una gran familia. Allí todavía no había hecho ningún amigo de verdad, a lo sumo tenía admiradores o personas que confiaban en sacar provecho de Diego si Frida intercedía por ellas. No hablaba inglés lo bastante bien para conversar de manera fluida y permitir que entrara en juego su carisma. Y las estadounidenses no tenían nada que ver con ella. Le parecían superficiales y en su mayor parte más bien desagradables. Cuando notaba sus miradas desdeñosas, se arrebujaba más en el rebozo y se daba una vuelta para ensanchar la falda. Así su vestimenta mexicana y las enormes joyas se tornaban una suerte de armadura. Justo como la falda verde en el cuadro de Albert Bender.

Mientras trabajaba en el lienzo, volvió a ser consciente del bien que le hacía, de lo reconfortante que era. Al pintar olvidaba que su familia y sus amigos estaban muy lejos. Cuando un cuadro le salía bien, sentía una profunda satisfacción interior. Tenía la sensación de literalmente haber hecho algo, y por la noche se iba a la cama llena de ilusión porque al día siguiente podría seguir pintando.

La emoción que mostró Bender cuando le regaló el cuadro hizo que Frida se sintiera reafirmada y henchida de orgullo.

—Me gusta mucho —aseguró el mecenas—. Lo colgaré en mi casa en un lugar destacado y le hablaré de usted a todo el que quiera escuchar. —Contempló el lienzo de nuevo con atención—. Nunca me separaré de él. Es el comienzo de algo grande, me lo dice la experiencia.

A Frida le vino bien oír el elogio. Ya le había servido de mucho trabajar en él, y ahora un reconocido experto y coleccionista la animaba a continuar. Y ella ya tenía una idea para pintar otros retratos. Pintó al horticultor Luther Burbank, y en ese cuadro traspasó por primera vez los límites de la realidad y pintó a Burbank creciendo de un árbol. Las raíces del árbol salían de su propio cadáver.

Cuando lo vio, Diego se quedó sin aliento.

—¡Frida, es increíble! —exclamó con profunda admiración. Él también había pintado al botánico en la escalera de la Bolsa de San Francisco, pero en una pose más bien convencional: arrodillado en el suelo, estudiando una planta.

—Cuando me quise dar cuenta, estaba ahí, de repente —contestó ella—. Me resultaba más real que la realidad. Y quería enseñar que de la muerte nace la vida.

El otro retratado fue el médico Leo Eloesser. Stackpole se lo había presentado a Frida cuando esta había necesitado atención médica porque le dolía un pie. Frida confió de inmediato en ese hombre menudo de naturaleza compasiva. Le fue contando poco a poco toda su historia clínica, incluido el aborto. Con él sentía que sus miedos y sus sentimientos de culpa estaban en buenas manos. Leo Eloesser escuchaba con paciencia y formulaba preguntas. Por primera vez, Frida tenía la grata sensación de que la tomaban en serio. Leo le explicó en detalle lo que le había sucedido. Entendía lo importante que era para ella comprenderlo todo. Incluso llevó libros de medicina e hizo dibujos de sus lesiones. Le dio consejos y le prescribió medicamentos e inyecciones fortalecedoras. Y al final acabó siendo más un amigo que un médico para Frida. Otros doctores no le caían bien, y solía sentir que la trataban mal y con aires de superioridad, pero en Leo Eloesser tenía una fe ciega y le hacía caso. Frida se sentía tan unida a él que lo quería pintar. Y empezó a escribirle cartas. «No quiero volver a tener otro médico que no sea usted, mi querido doctorcito», escribió. Lo pintó de pie, con un traje oscuro, la cabeza ligeramente inclinada hacia delante, como si la estuviese escuchando, como hacía tantas veces, y estuviese a su lado.

En junio de 1931, Diego concluyó sus trabajos y ambos volaron de regreso a México.

Frida se alegraba de volver a estar en casa. La primera mañana cuando despertó todavía era temprano, pero no quería dormirse de nuevo. Oyó a los guajolotes, que glugluteaban en el jardín. Amelda se aproximaba a la puerta, arrastrando los pies, para ir al mercado a comprar comida para preparar el almuerzo. A Frida le habría gustado ir con ella y sumarse al indolente río de personas que se dirigían al trabajo. Entonces oyó otros pasos, los de su madre, que iba a misa. Cuánto había echado de menos todas esas cosas: los ruidos de la calle, al otro lado del muro que rodeaba la casa, el sabor de los moles y de las enchiladas, las tormentas diarias, que descargaban con truenos y aguaceros en el jardín de la Casa Azul, trayendo consigo el maravilloso frescor que hacía que pudiese volver a respirar. Cuán natural era todo allí, en comparación con el ruido y la artificialidad de Estados Unidos. Ahora podía disfrutar del silencio en Coyoacán, escuchar de nuevo los sonidos familiares, comer sus platos, hablar en su lengua. Se levantó con una sonrisa de felicidad en los labios.

Pasaba tiempo con su familia, sobre todo con su padre y con Cristina y los niños.

Diego, en cambio, no tardó en estar de mal humor. Le gustaba más la vida en Estados Unidos. ¿Y en qué trabajaría cuando terminase la escalera del Palacio Nacional? No tenía ningún encargo a la vista. Mientras tanto, planeaba construir una casa en San Ángel, un barrio de la Ciudad de México, como Coyoacán, a unos cuatro kilómetros de distancia.

Cuando vio los dibujos, Frida se asustó: Diego tenía pensado erigir dos casas, una grande para él y otra de menor tamaño para ella, unidas por las azoteas mediante una pasarela.

—Cada uno tendrá su propio estudio. Podrás pintar siempre que quieras; al fin y al cabo, es lo que siempre has querido. Será preciosa, Frida, ya lo verás —le explicó.

Frida pensó que él tramaba algo.

—Conque así es como imaginas nuestra relación —le reprochó—. Quieres que esté siempre a tu lado, pero con una distancia de seguridad entre nosotros. Pues ten cuidado, no vaya a ser yo quien levante el puente levadizo.

13

—Pero si acabamos de volver. ¿Ni siquiera he deshecho aún todas las maletas y ya te quieres marchar otra vez? —Frida miró con pesar su preciosa y alegre cocina. En la mesa estaban los chiles de vivos colores y las berenjenas, los limones, los jitomates y las flores que había comprado en el mercado—. Estoy harta de Estados Unidos. Ahora allí hace frío, y aquí empieza la estación más bonita del año. ¡Diego! —Empezó a colocar las cosas en las grandes fuentes de cerámica.

Diego le tomó las manos.

—Escucha, Fridita, el MoMA me ofrece una exposición individual, algo que hasta ahora solo ha logrado Matisse. Eso supondrá mi consagración en Estados Unidos.

—¿Y qué hay de tu trabajo en el Palacio Nacional? A fin de cuentas, no hay lugar mejor para que tus ideas calen en el pueblo. Eso es lo que siempre has querido: impulsar la revolución con tus cuadros.

Diego se encogió de hombros.

—Los trabajadores estadounidenses también han de ser liberados. Allí van mucho más adelantados en lo que respecta a la industrialización. Con los enormes parques industriales que han levantado... Ahora es tanto más necesario abrirle los ojos a la gente, convencerla de qué es lo adecuado. Del mismo modo que los obreros han construido la industria, construirán el socialismo.

—Pero no con una exposición en un museo.

Diego la miró.

—En primer lugar, el MoMA es el museo más famoso del mundo; y, en segundo lugar, después iremos a Detroit, al corazón de la industria automovilística estadounidense.

Tras enzarzarse en más discusiones en las que cada uno defendía siempre los mismos argumentos, Frida acabó dándose por vencida. La razón le decía que era buena idea abandonar México. El clima político cada vez estaba más emponzoñado, y además el dinero podía irles muy bien. También era consciente de que Diego debía aprovechar la oportunidad que se le brindaba, y quizá al cabo de unos meses la situación en México fuese más favorable. A pesar de eso, no tenía ningunas ganas de volver a hacer las maletas. Cuánto había echado de menos México los últimos meses, el país que tanto la emocionaba y al que se sentía unida por la historia que compartían... Ahí, una jacaranda en flor o una mujer india especialmente bella en el mercado podían conmoverla hasta las lágrimas. Ahí estaban su familia y sus amigos. En Estados Unidos todo era frío y superficial, no se podía ver el corazón de las personas. Allí no tenía amigos. Suspiró hondo. Pero, claro estaba, acompañaría a Diego. Jamás lo dejaría ir solo.

Recorrió las habitaciones de la Casa Azul pensando en qué podía llevarse para tener consigo un pedazo de su hogar, ya que en Gringolandia lo añoraría.

Dos días después Diego llegó sacudiendo los pasajes de barco.

—Imagínate, ¡iremos en el *Morro Castle*! —exclamó.

Frida entendía su entusiasmo. El transatlántico cubría con regularidad la ruta entre La Habana y Nueva York, y era famoso por las comodidades que ofrecía. Los estadounidenses compraban los boletos en el Caribe para escapar durante un tiempo de la ley seca y proveerse de alcohol.

La llegada a Nueva York fue una desilusión.

«Ni siquiera se ve la estatua de la Libertad.» A pesar del desagradable tiempo que hacía en noviembre, Frida había subido a la cubierta de paseo con Diego, ya que no querían perderse la vista. Pero había niebla, estaban como envueltos en una nube; el abrigo que llevaba Frida, demasiado fino, se empapó en un abrir y cerrar de ojos, y de todas formas no podía ver nada.

Cuando el barco atracó, distinguieron a los numerosos amigos y admiradores de Diego, que los esperaban en el muelle agitando sombreros, desenrollando mensajes. «Bienvenido, Diego», se leía en todas partes. Este, visiblemente contento, se dejó abrazar y dar palmaditas en el hombro. Habían acudido algunos periodistas, que le formularon preguntas. Frida permanecía a su lado, en silencio.

Después cruzaron la ciudad en taxi. Allí los edificios eran más altos aún, había mucho menos espacio incluso que en San Francisco. El taxista iba a toda velocidad por las estrechas calles, tocando la bocina todo el tiempo, y a punto estuvo de atropellar a un peatón. Frida dio gracias cuando, tras una carrera que se hizo eterna, el vehículo se detuvo dando una violenta sacudida delante del hotel Barbizon Plaza, en Central Park.

—Dentro de un momento estaremos en nuestra habitación y podrás descansar —le comentó Diego en el ascensor.

Pero, por desgracia, eso también resultó ser un desastre. Después del confort que habían disfrutado a bordo del barco, Frida tenía la sensación de estar en un gallinero. Cuando el mozo de hotel les subió todas las maletas, apenas podían dar un paso, ya que la habitación estaba atestada.

—Qué muebles más feos e incómodos —se quejó Frida—. ¿Y cómo voy a montar aquí mi caballete?

Diego la abrazó.

—No refunfuñes tanto, anda, nos las arreglaremos. Y mira por la ventana: la vista no tiene precio.

Frida esbozó una sonrisa torcida.

—Gracias por intentar hacer que esto me guste.

Empezaron a deshacer las maletas y cambiaron de sitio algunos muebles. Frida no vaciló en sacar al pasillo del hotel uno de los enormes sillones, pero al día siguiente, cuando regresaron del MoMA, cuyos espacios habían ido a visitar, todo volvía a estar en su sitio.

«Un gallinero, lo que yo decía», se quejó Frida.

Un día después, al pasar por delante de una florería mientras daba un paseo, eligió sin pensarlo una brazada de rosas, y como no le parecían suficientes, compró todas las flores cuyo color le gustaba. No podía parar, y al final casi vació la tienda. Mandó que le llevaran los ramos al hotel, y por la noche la habitación parecía un jardín.

—Aunque sigue sin ser tan bonito como el jardín de la Casa Azul —afirmó cuando Diego volvió a casa.

A este solo le hizo gracia a medias, ya que Frida debía de haber pagado una fortuna por ellas.

Sentada en uno de los voluminosos sillones con un bloc de dibujo en las rodillas, Frida intentaba pasar al papel las distintas formas de las flores. La infinidad de flores que había comprado hacía unos días empezaba a marchitarse, pero era precisamente esa ligera decadencia, la belleza agonizante, la que la atraía. A falta de alternativa, había colocado el vaso de agua para el pincel en el brazo del sillón. Al menos esos armatostes informes valían para algo. Quería mezclar un tono rojo para pintar el pétalo rizado de un clavel, pero cuando fue a meter el pincel húmedo en la pintura, le dio al vaso con el brazo y lo tumbó, y el agua sucia le cayó en la falda.

Al pegar un salto, Frida tiró el vaso al suelo, que se hizo añicos. Un fuerte dolor le recorrió la espalda.

—¡¿Cómo voy a pintar aquí?! —exclamó enfadada.

Enervada, se puso a recoger los cristales. Por más que se esforzaba, no le gustaba Nueva York. Como de costumbre, Diego estaba volcado en su trabajo y la dejaba sola. Siempre estaba helada, ya que el tiempo era frío y gris, y los numerosos indigentes que hacían largas colas delante de los comedores sociales públicos y la miraban con apatía la deprimían.

Además, la ciudad le parecía caótica. Cuando se había enterado de que en Nueva York también había un barrio chino, había decidido visitarlo, ilusionada, pero se había acabado perdiendo de mala manera en las estrechas calles y no había logrado regresar al Barbizon Plaza hasta horas después.

—Ya no sabía dónde estaba, y la gente me miraba con desconfianza. Nada que ver con San Francisco. Nadie me ha preguntado si podía ayudarme —se había quejado a Diego cuando por fin había llegado.

—¿Por qué no has tomado un taxi? —había preguntado él, perplejo. La observaba como si fuese una niña pequeña que no sabía hacer las cosas más sencillas. ¡Como si fuese culpa suya!

Mientras limpiaba la alfombra con un trapo, volvió a acordarse de aquello. No era solo que se hubiera perdido en Chinatown, era que estaba a punto de perderse de vista a ella misma. La idea la asustó. Agotada, se tumbó en el suelo, sin importarle que la falda se le mojara. ¿Quién era ella? Nada más que un adorno exótico al lado de Diego. ¿Qué hacía en ese sitio, en esa ciudad que no le gustaba y que la paralizaba? En vez de pintar, gastaba un dineral en flores y era infeliz. Y se estaba perdiendo.

Al día siguiente estuvo horas yendo de un lado a otro en la habitación del hotel, chocando contra los poco prácticos muebles. ¡Si pudiera pintar...! En el lienzo habría conjurado sus miedos y decepciones y soñaría con otros mundos, más coloridos. Pero Nueva York no le daba nada. Enfadada, le propinó un puntapié a un sillón.

La exposición de Diego se inauguraba el 22 de diciembre. Frida se preparó para una velada que sería como tantas otras, pasadas y futuras: estaría junto a Diego como «madame Rivera» y no diría esta boca es mía, nadie la conocería ni conocería sus cuadros, mirarían con curiosidad su vestimenta exótica, les divertiría su acento y, por lo demás, no le harían el menor caso.

Sin embargo, había planeado su venganza cuidadosamente. El recuerdo hizo que una sonrisa aflorara a sus labios. Además, iría Anita Brenner. ¡Aún había un rayo de esperanza!

Cuando llegaron, sin embargo, junto a Anita estaba Lucienne Bloch. Enervada, Frida arqueó las cejas. Había conocido a Lucienne hacía unos días, en una comida. Era otra de las asistentes de Diego que le hacía ojitos.

Mientras a Diego lo rodeaban periodistas y admiradores, las tres mujeres se quedaron delante de uno de los cuadros.

De pronto, Lucienne se echó a reír.

—Este evento con tanta pompa es de lo más grotesco. Todavía no me entra en la cabeza que aquí esté presente toda la élite neoyorquina...

—Tu acento suizo tampoco es que lo mejore mucho... —apuntó Anita, riendo también.

Las tres observaban a los hombres, con frac y sombrero de copa, que fumaban gruesos cigarros puros; las mujeres vestían trajes de alta costura y lucían pesadas joyas.

—Esos vestidos y esas joyas cuestan varias veces lo que gana un obrero, y aquí las tienen, admirando un cuadro en el que el dueño de una plantación golpea con el látigo a un machetero. Vaya pandilla de santurrones. —Frida estaba fuera de sí.

—Rondan a Diego y quieren que se les vea con él. Quizá les excite el peligro. Ojalá les saque todo el dinero que pueda —espetó Lucienne, examinando deprisa a Frida—. Lo siento, no quería faltarle al respeto a su marido. Admiro su trabajo, pero me resulta algo curioso que se las dé de comunista de salón en este sitio.

«Así que su interés en Diego es solo profesional», pensó Frida aliviada. Lo cierto era que la suiza parecía muy simpática, y a decir verdad también era extranjera en ese país. Tal vez pudiera acabar siendo una amiga. Poco a poco la velada empezaba a resultarle divertida. Carraspeó y acto seguido dirigió a Anita y a Lucienne una mirada significativa mientras se levantaba la falda y se dio una vuelta para que pudieran verle la enagua, que le llegaba casi hasta los tobillos. Bajó la vista e instó con gestos a las dos mujeres a hacer lo mismo. Lucienne fue la primera en verlo, y prorrumpió en una risita histérica.

—Es... es genial. Aunque no hablo español, sé lo que significa «porquería», eso lo entiendo hasta yo. Frida, es usted asombrosa.

Ahora también Anita reparó en el bordado que Frida había hecho con vivos colores en la enagua. Decía, con letras grandes, «porquería». Las tres mujeres se volvieron a reír. Se taparon la boca con las manos, pero no podían parar. En cuanto se cruzaban sus miradas, eran incapaces de aguantar la risa. Frida se había levantado la falda para que todos vieran el bordado. La gente la observaba y sus expresiones horrorizadas le decían a Frida que también entendían lo que opinaba ella de semejante evento. Se golpeaban con sutileza con el codo y la señalaban.

Frida dio otra vuelta despacio, sin pestañear. Esa era su pequeña venganza. Se bajó la falda y puso cara de no haber roto un plato en su vida. Las tres mujeres se contemplaban con expresión risueña.

—¿Vamos mañana al cine? —preguntó Anita.

—Uy, sí, podemos ver una película de Laurel y Hardy —propuso Lucienne.

Frida no sabía de qué película hablaban, pero al día siguiente, por la tarde, fue al pequeño cine de Broadway donde había quedado con Anita y Lucienne. Las acompañaba Suzanne, hermana de Lucienne. Mientras hacían cola, Frida constató que allí había neoyorquinos de todas las clases sociales, incluidos hombres y mujeres pobremente vestidos. Estaba claro que el cine era una diversión barata para todos.

Se sentaron juntas en las cómodas butacas y la película comenzó con música alegre. Absorta, Frida miraba al hombre gordo y al flaco hacer payasadas escena tras escena, cayéndose constantemente el uno encima del otro. Se rio tanto que le dolía el costado. Dos horas después, cuando la luz se encendió, Frida estaba convencida de no haber visto nunca en su vida nada más divertido en la pantalla.

—¿La podemos ver otra vez? —preguntó cuando ya estaban en la calle. Para entonces ya había oscurecido y un sinfín de anuncios luminosos parpadeantes bañaban la calle de colores estridentes.

Anita negó con la cabeza.

—Pero ¿qué les parece si vamos a ver *Frankenstein*? La ponen en la otra sala. Empieza dentro de una hora.

—¿Te refieres a la película del monstruo? —Frida señaló el cartel de la vitrina, en el que se veía a un hombre con el rostro desfigurado y un único ojo que estrangulaba a una mujer rubia.

Anita asintió.

—No tengas miedo. Nos armaremos de valor bebiendo algo antes. Conozco un *speakeasy* que está a la vuelta de la esquina.

—¿Un *speakeasy*? —se extrañó Frida.

—Un local donde sirven alcohol, aunque esté prohibido. Síganme.

Poco después se encontraban frente a un edificio anodino.

—¡Pero si esto es una funeraria! —exclamó Frida al leer el letrero de la puerta. Delante había un hombre vestido de uniforme.

—Verás la sorpresa —replicó Anita. Intercambió unas palabras con el portero y jaló a Frida para que franqueara la puerta maciza.

Una hora después volvían a estar en el cine de lo más animadas. Frida gritó y cerró los ojos cuando la escena se volvió demasiado terrorífica, ya que en la pantalla se veía a una mujer por la espalda, caminando completamente sola por una calle oscura, y el monstruo iba detrás. Solo se oía el taconeo de ella y la respiración pesada del monstruo. Vio que otros espectadores se tapaban la cara con las manos, de puro miedo. Al igual que Frida, se dejaban llevar por lo que estaba sucediendo en la pantalla.

Cuando terminó la segunda película, Frida había vivido toda una montaña rusa de sensaciones y se había divertido de lo lindo.

—No sabía que los gringos también podían ser así, tan alegres y joviales. Ni que podían soltarse de esta manera. Y luego están esos bares tan curiosos. No saben cómo les agradezco que me hayan traído a estos lugares.

Con las amigas a su lado todo era más fácil para Frida. Hacía lo que hacían todos los neoyorquinos, y se dio cuenta de que en esa ciudad uno se la podía pasar bien. Ya no permanecía tiesa junto a Diego cuando los invitaban a una cena con la alta sociedad, sino que tomaba la palabra. Recuperó la confianza en sí misma, ya que sabía de qué hablaban los invitados cuando comentaban una película, un nuevo rascacielos o una revista.

La exposición de Diego en el MoMA fue un gran éxito. La alta sociedad de Nueva York se peleaba por invitarlos. Poco a poco Frida se fue acostumbrando a ello. Esa noche también acudieron a una celebración en la Quinta Avenida. Por desgracia ni Anita ni Lucienne estaban invitadas, y con los demás asistentes Frida no tardó en aburrirse.

Después de la cena los invitados se distribuyeron por el amplio espacio. Malhumorada, Frida se sentó en un rincón. Un criado iba pasando una charola con bebidas. Ella tomó una copa de champán, aunque habría preferido un brandi. No preguntó cómo era posible que allí hubiera alcohol. Era evidente que a los ricos se les permitía todo, pero en esa ocasión hasta le pareció bien.

Miró a Diego, que estaba acomodado en una butaca. Una vez más a su alrededor revoloteaba una de esas mujeres que buscaban la cercanía de hombres famosos o ricos y le hacía ojitos sin disimulo. Después de observar aquello un rato, fue hacia ellos con su copa en la mano, provocativamente despacio, con la falda meciéndose.

—*Fuck!* —dijo en voz alta, y se secó unas gotas de champán que le habían caído en la ropa. De pronto, a su alrededor se hizo el silencio, y la dama con cara de pan que estaba junto a Diego la miró abochornada. El gran collar que lucía casi desapareció entre los pliegues de su papada—. Uy, disculpe, ¿era una palabrota? Cuánto lo siento... Lo que pasa es que todavía no hablo muy bien su idioma... —adujo, esbozando una sonrisa inocente, como de niña.

Se sentó con elegancia en el brazo de la butaca de Diego y se puso a acariciarle las manos; su rival salió de la habitación echando chispas.

Frida miró a Diego: el cuerpo le temblaba, reprimiendo a duras penas la risa que pugnaba por salir.

—¿Te sientes mejor, Fridita? —preguntó con ternura cuando ya estaban en la cama.

Ella asintió.

—Con Anita y Lucienne a mi lado la ciudad es soportable. Nos divertimos mucho juntas, y aprendo muchas cosas nuevas.

—Pronto nos iremos a Detroit.

—Lo sé.

—¿Estarás también así en Detroit? ¿Triste y sin que te guste la ciudad?

Frida se paró a pensar un instante.

—Puede que no —respondió al cabo—. He cambiado. Ya no soy la niña pequeña con la que te casaste, y en Detroit pintaré, ya lo verás. No tendré tiempo para otras cosas. —Tras una breve vacilación añadió—: Estoy harta de que la gente no me vea cuando estoy a tu lado.

Él se rio con suavidad.

—Así que a eso se deben tus pequeñas provocaciones, ¿eh? Aunque me gustan, lo cierto es que tuve que gastar mucha saliva para arreglar el desaguisado. Me pregunto cómo plasmarás a esta nueva Frida en tus cuadros.

Hasta ahí no había llegado aún, y eso que era evidente

que los cambios que se estaban operando en ella también se verían reflejados en sus autorretratos. En su cabeza surgieron imágenes de inmediato. Le habría gustado levantarse en ese mismo momento para hacer unos bocetos.

—¿Cómo crees que sería si me pintase como si fuera estadounidense pero solo por fuera, porque por dentro siempre seré mexicana...? —Se paró a pensar cómo podía expresar algo así, y le iba a preguntar algo a Diego, pero su respiración regular le reveló que se había quedado dormido.

«Bueno, ya se lo pregunto mañana», pensó ilusionada.

14

El tren tardó un día largo en llegar de Nueva York a Detroit. Frida se pasó todo el trayecto asomada a la ventanilla, devorando el paisaje con los ojos. En esos momentos, a finales de abril, se vivía una explosión de la naturaleza. Vio alfombras enteras de flores blancas junto a los arroyos y el verde delicado de las píceas, que en México no había visto nunca. Y en medio, a veces un árbol enorme que descollaba majestuoso en el paisaje. Tan solo se permitió una cabezadita, porque no quería perderse nada. ¿Cómo podía ser tan bonito un país que creaba ciudades tan espantosas?

—¡Diego, mira! Ahí detrás, los tonos de verde de las hojas.

Él levantó la vista un instante.

—¿Dónde? Ah, sí. Es bonito. —Acto seguido se volcó de nuevo en sus dibujos.

Frida se hartó: quería que hablara de una vez con ella.

—Bueno, pues me voy a afeitar —comentó, e hizo ademán de levantarse.

—Buena idea, hazlo —contestó él con aire ausente. Acto seguido cayó en lo que había dicho, levantó la cabeza e infló las mejillas, con lo que parecía una rana.

Ambos se miraron y se echaron a reír a carcajadas, lo

que les granjeó una complicidad risueña con los demás viajeros.

Poco después, aunque volvía a tener delante sus bocetos, Diego conversaba con ella y le hablaba de la maquinaria con la que se construían los automóviles Ford. La tecnología moderna le fascinaba. Creía en el milagro del acero, que estaba al servicio de los hombres. Sentía el mayor de los respetos por los individuos que se hallaban ante los altos hornos que no paraban de rugir y manejaban la maquinaria de Ford.

—En Detroit están los sindicatos con más fuerza de todo Estados Unidos. Los trabajadores de la Ford tienen poder.

Le interesaba cada paso del proceso de producción, ya que eso sería lo que pintaría. Sus ayudantes y asistentes se habían adelantado para ir midiendo las paredes y preparando la primera capa. Pidieron arena y la gravilla más fina a México y se hicieron con las materias primas de la pintura.

En Detroit volvieron a instalarse en un hotel, pero en ese al menos había una cocina. Frida se alegró de poder cocinar. La comida estadounidense ya no le hacía gracia, la encontraba demasiado sosa y demasiado poco especiada. En cuanto tuviera ocasión, preguntaría sin falta si había algún sitio donde pudiera comprar ingredientes mexicanos.

Al día siguiente formaron parte de una gran comitiva: Edsel Ford y otros miembros de la comisión de artes de la ciudad, los colaboradores de Diego con sus respectivas esposas y un par de periodistas. La visita guiada por la fábrica Ford duró horas, ya que Diego no se cansaba de ver cosas. Realizó bocetos y efectuó anotaciones e instruyó a sus asistentes para que hiciesen lo mismo y que midieran cada una de las máquinas. Frida llevaba sandalias de tacón alto y fino y un vestido de brocado oscuro. Sin duda no la mejor ropa para visitar una fábrica, como también le indicaron las miradas de los demás. Su vestimenta mexicana ni siquiera habría sido adecuada para una fiesta en Detroit. Las cejas enarcadas en gesto inquisitivo le revelaron que allí regían unas normas más estrictas incluso que en Nueva York, e intuyó que la observarían más todavía.

—Señora Rivera, una foto, por favor. —Un fotógrafo la apuntó con su cámara y ella frunció la boca y esbozó una sonrisa irresistible, a pesar de que los pies le dolían ya y le costaba subir y bajar las estrechas escaleras.

Observaba a Diego, que estaba en su elemento. La admiración que le inspiraba esa producción industrial era contagiosa, los demás estaban pendientes de todo lo que decía. Habló con los obreros, les dio palmaditas en los hombros y los bosquejó. A Frida no se le escapó que las mujeres que los acompañaban lo devoraban con la mirada. Aunque no era un hombre atractivo en el sentido convencional, con su entusiasmo, su bondad y su sentido del humor se ganaba las simpatías de todos.

Sumida en sus pensamientos, Frida se apoyó en una pared para descansar durante un instante los adoloridos pies. Si al menos estuviera allí Lucienne..., pero esta no saldría de Nueva York hasta pasados unos días. Para entonces Frida se alegraba de que fuese la asistente de Diego,

191

pues para ella ya era una amiga. La delegación estaba saliendo de una de las grandes naves de producción cuando Diego se detuvo y señaló un pasaje que llevaba a otra nave.

—¿Qué se hace ahí? Me gustaría verlo.

Exhalando un suspiro, Frida fue tras ellos.

Por la tarde, cuando después de visitar la fábrica Henry Ford los invitó a un coctel, Diego seguía entusiasmado. Frida se sentó junto a una dama que, con su parloteo sobre un baile benéfico que organizaba todos los años, la sacó de quicio. Cuando empezó a hablar acaloradamente de la desfachatez de los criados, Frida se hartó. ¡Esa hipocresía la ponía de malas! Se inclinó hacia Henry Ford, antisemita confeso, y le preguntó con voz melosa:

—Dígame, ¿es verdad que es usted judío? Como es un hombre tan poderoso...

De pronto, en el círculo se hizo silencio. Todos bajaron la vista. Solo Diego le guiñó un ojo cuando nadie miraba. Poco después se despidieron un tanto atropelladamente. Frida dio gracias cuando por fin se pudo quitar los zapatos en el hotel. Apoyó los pies desnudos en el regazo de Diego, que se los masajeó con sus manos grandes, delicadas.

—Es increíble lo que hacen los obreros estadounidenses en la Ford —comentó—. Introduces un pedazo de metal por un lado y por el otro sale un coche.

Frida resopló.

—Con su trabajo hacen inmensamente ricos a unos pocos, que para colmo se consideran mejores que los demás y alivian su mala conciencia con obras de caridad. ¡Si hubieras oído lo que estaba diciendo esa mujer hace un rato...!

—Todo va de la mano, y tengo claro que es imposible pintarlo solo en dos paredes. Voy a proponer a la comisión de artes que pintemos las cuatro paredes del Instituto de Artes.

—Pero, Diego, son casi quinientos metros cuadrados.

Él la miró con una sonrisa pícara.

—Negociaré el precio por metro cuadrado, ya verás. Lo principal es que no desbarates mis planes. Lo de esta noche ha sido bastante violento. En el futuro quizá convenga que seas un poco más prudente; aunque tienes razón, eso sin duda —se apresuró a añadir cuando vio que ella iba a protestar.

Frida torció el gesto.

—Mientras tú impulsas la revolución, yo iré a ver cómo va la cena. —Fue descalza a la estancia donde se encontraba la enorme cocina eléctrica con numerosos botones giratorios e interruptores con los que estaba en pie de guerra. Olía a quemado, y cuando levantó la tapa de la cazuela vio que el pollo que estaba cocinando se había achicharrado—. Tú pintas la saga de la construcción de automóviles y yo ni siquiera sé manejar una sencilla cocina —se quejó.

Él se acercó y le rodeó la cintura con las manos. Después tomó uno de los muslos de pollo carbonizados y le dio un mordisco.

Frida lo miró de reojo con descaro.

—Esto en México no habría pasado —indicó con expresión desafiante.

A finales de mayo Frida supo que se había quedado embarazada de nuevo. Cuando regresó del médico que confirmó sus sospechas estaba como loca de contenta. Deseaba tanto tener un hijo..., y los síntomas que tenía apuntaban a un embarazo, pero no se había atrevido a abrigar esperanzas de que así fuera para no llevarse una decepción. Sin embargo, el doctor Pratt se lo acababa de ratificar.

Le habría gustado ir corriendo a ver a Diego para contárselo, pero algo se lo impidió. Primero quería estar del todo segura de que no perdería a ese niño. El doctor Pratt le había garantizado que podría tenerlo por cesárea sin mayor problema, pero, a pesar de todo, de pronto sintió miedo. ¿Y si volvía a perderlo? ¿De verdad podía ser peligroso para ella?

A eso había que añadir que, al igual que la primera vez, sentía unas náuseas terribles y apenas era capaz de realizar las tareas más simples. Escribió al doctor Eloesser, en el que seguía confiando como en ningún otro.

¿Usted cree que sería más peligroso abortar que tener el hijo?

Hace dos años aborté en México y me tuve que someter a una operación, más o menos en las mismas condiciones que ahora, con un embarazo de tres meses. Ahora no llevo más de dos y creo que sería más fácil, pero no sé por qué el doctor Pratt piensa que me convendría tener al hijo. Usted mejor que nadie sabe en qué condiciones estoy. En primer lugar, con esa herencia en la sangre, no creo que el niño pudiera salir muy sano. En segundo lugar, yo no estoy fuerte, y el embarazo me debilitaría más... Para mí no le sé decir si sería bueno o no tener un niño.

Dejó el bolígrafo a un lado y releyó lo que había escrito. ¿Se podía saber en qué estaba pensando? Un embarazo en esas condiciones. ¿Y dónde daría a luz? ¿Allí, en Detroit, donde estaría completamente sola? ¿Sin el apoyo de su madre ni de sus hermanas? ¿O volvería a México, con toda probabilidad en un estado de embarazo avanzado? Pero entonces Diego no estaría a su lado en el parto. No, ambas posibilidades eran inimaginables. Se le ocurrió otra cosa. Seguro que Leo le propondría que abortara. Había dicho en todo momento que un embarazo sería muy peligroso para ella. Y de todas formas no veía muy posible que pudiera llevarlo a buen término. ¿Cuál era la solución? Frida sintió náuseas de nuevo y fue corriendo al baño a vomitar.

Unos días después recibió la respuesta del doctor Eloesser. Con dedos temblorosos, Frida abrió el sobre y leyó la carta de pie, junto a la puerta. Febriles y atemorizados, sus ojos buscaron las palabras decisivas. Allí estaban: tal y como ella pensaba, su amigo le aconsejaba que interrumpiera de inmediato el embarazo; ya había informado a sus colegas de forma velada, pues a fin de cuentas el aborto estaba prohibido.

Frida releyó la carta entera y luego la dejó a un lado. «No puedo seguir su consejo, mi querido Leo —pensó—. Aunque sé que probablemente tenga razón.» Para entonces había cambiado de opinión: se encontraba mejor, se sentía con más fuerzas, ya no tenía tantas náuseas. Traería a ese niño al mundo.

Por la tarde, cuando Diego volvió a casa, le comunicó la decisión que había tomado.

—Es demasiado peligroso para ti. Mírate, cada vez estás más delgada. No te mueves, no sales a tomar el aire...

—A partir de ahora me cuidaré más. ¿No podrías pasar más tiempo conmigo? Al final y al cabo, este hijo es de los dos. —Lo miró con expresión desafiante.

—Pero yo no quería tenerlo. Por distintas razones. Es tu decisión, yo debo trabajar. —Dicho eso, salió de la habitación con pasos pesados.

Frida se quedó donde estaba, enfadada.

Al día siguiente, Lucienne Bloch se instaló en la habitación, en una cama plegable. Se lo había pedido Diego, porque estaba preocupado por Frida.

Esta se alegró de no tener que estar sola. Y es que, aunque había decidido continuar con el embarazo, a veces la atenazaba un miedo paralizador por lo que se avecinaba.

Durante aquella semana el calor que hacía en la habitación se volvió insoportable. No hubo ni una sola hora del día que prometiese un poco de alivio, y la perspectiva de que las cosas siguieran así las próximas ocho o diez semanas la exasperaba. Era imposible escapar al calor, así que se preparaba baños de agua fría, fuera de sí. Varias veces al día llenaba la tina de agua y se metía en ella, con los ojos cerrados del agotamiento, pensando.

Lucienne expresaba sus dudas de que eso fuera bueno para el niño.

—Al menos ve a ver al doctor Pratt con regularidad —pidió.

—Estas casas estadounidenses son como hornos —se quejaba Frida—. Y cumplen mejor su función que las estufas eléctricas de las cocinas.

Cerró de un portazo la puerta del baño, se deslizó en el agua fría exhalando un suspiro de alivio y cerró los ojos. No se aguantaba ni ella misma. Lucienne hacía lo que podía, y a menudo Frida se portaba mal con ella. Y también con Diego. ¡Si no tuviera tanto miedo...! Intuía que la cosa no iba bien con el niño, y precisamente por eso tampoco iba a ver al doctor Pratt. Quería abandonarse un poco más al sueño de ser madre. De pronto volvió a sentir el tirón en el vientre, se estremeció y el agua lamió el borde de la tina. Ya conocía el dolor, llevaba unos días con él. Sin embargo, ese día era distinto, el tirón era más fuerte, y entonces... Frida abrió los ojos y vio un hilo de sangre en el agua. Se tapó la boca con la mano para no gritar. Se le escapó un gemido.

Lucienne corrió a su lado, la ayudó a salir de la tina y a meterse en la cama.

—¿Quieres que llame al médico?

—No, se me pasará. El doctor Pratt ha dicho que es normal que aparezca uno que otro sangrado.

Por la tarde, en efecto, había dejado de sangrar.

—El doctor Pratt dice que estas cosas pueden pasar —insistió, intentando tranquilizar a Diego cuando este regresó del trabajo, aunque ni ella misma se lo creía del todo.

—Te quedarás en la cama —ordenó Diego—. Tienes que cuidarte.

—Siéntate conmigo —le pidió—. Cuéntame qué has hecho hoy.

El rostro de Diego se iluminó.

—¿Recuerdas la visita que hicimos a la fábrica Ford? ¿Donde se fabrica cl V8? Pues ese será un motivo central en la pared sur. Encima, a modo de alegoría, plasmaré las distintas naciones que viven y trabajan en Estados Unidos. ¡Cien mil hombres solo en la Ford! En las secciones inferiores irán distintas ciencias: la química, la farmacia... Y algo muy importante: la producción de cristal. Sabes que fabrican su propio cristal de seguridad, ¿no? Y después reflejaré el montaje en sí: cómo se colocan las puertas, cómo se añade la carrocería y demás. Y habrá por todas partes armadores y obreros. Como modelos tomaré a mis asistentes y a algunos trabajadores. Ya he hablado con ellos. ¿Te acuerdas del mexicano fuerte que sostenía la enorme llave inglesa? Se llama Enrique y es de Oaxaca. Luchó a favor de Zapata y vino a Detroit hace tres años porque en México temía por su vida. Lo voy a convertir en un líder sindical, es perfecto para el papel, ¿tú qué opinas?

La miró exhortándola a contestar, esperando su aprobación. Frida recordaba con gran respeto a ese hombre que había renunciado a su país debido a sus convicciones políticas, así que asintió, aunque estaba pensando en Diego. «En el fondo es como ese mexicano —reflexionó—. Lucha por sus convicciones, día y noche. Por eso lo quiero tanto y debo dejar que pinte. Aunque no tenga tiempo para mí.»

—Frida, ¿me estás escuchando?

—Sí, claro...

Diego se había levantado e iba de un lado a otro, nervioso.

—Casi siempre pinto a los obreros de perfil o por detrás. Mira, así... —Se dio la vuelta y se inclinó hacia delante, levantando el brazo derecho por encima de la cabeza como si manejara un martillo grande—. Deben estar completamente concentrados en el complejo trabajo que desempeñan. Si cometen un error, por pequeño que sea, el coche no funciona y ellos pierden su empleo. Quiero dotar a esos obreros de dignidad; serán hermosos. Y en el cuadro habrá alusiones al sindicato de fabricantes de automóviles. Estaba pensando en un cartel que asome del bolsillo del pantalón de Enrique o una pancarta o..., ya se me ocurrirá algo. Por la tarde enseñé los bocetos a la comisión de artes y todos se mostraron conformes. Ahora ya podemos empezar poco a poco con los preparativos, y después... —Se volvió de pronto hacia ella y enmudeció. Su mirada cambió, se tornó tierna y afectuosa. No dejó de ir de un lado a otro, pero empezó a tararear algo en voz baja, una melodía mexicana, que acompañaba con palmadas en los muslos. La canción fue cobrando intensidad y Diego acabó tomando del tocador uno de los cascabeles que Frida cosía a veces a su ropa, que hizo sonar al ritmo del canto. Parecía un oso bailarín gordo, realizaba piruetas, levantaba brazos y piernas.

Frida se rio a carcajada limpia, hasta que se dio cuenta de que sentía de nuevo el tirón en el vientre.

—Gracias, Diego —murmuró en voz queda cuando él se dejó caer en la cama, agotado—. Me ha gustado mucho. Te quiero.

—Yo también te quiero, Frida.

El domingo siguiente el sangrado regresó con más fuerza.

Al verla, Lucienne se asustó.

—Tienes la cara azul. Voy a llamar al médico.

Frida oyó que en la habitación contigua Lucienne, aterrorizada, hablaba por teléfono con Diego. Frida se derrumbó y se llevó las manos al vientre para proteger a su hijo, pero intuyó que no podría salvarlo. ¿Moriría incluso ella antes de que hubiese pintado sus cuadros? Una nueva oleada de dolor la recorrió. Lanzó un gemido. ¡Quería que aquello acabara!

Diego llegó poco después, aún más blanco que ella, si es que era posible, y con el cabello alborotado.

—¡Frida! —exclamó, corriendo junto a su cama.

Ella sintió otra contracción y un aluvión de sangre oscura tiñó la sábana. Frida vio el horror escrito en el rostro de Diego y se retorció de dolor. Apenas se percató de la llegada de la ambulancia que la llevó al hospital Henry Ford.

Cuando despertó, se sentía vacía y aún sufría dolores aislados.

—¿Qué ha sido del niño? —preguntó, aunque ya se lo imaginaba.

La enfermera sacudió la cabeza con cara de pena.

—Tendrá otro, usted todavía es joven.

—¡No, no lo tendré! —le gritó a la enfermera. En ese momento lo supo: no tendría hijos. Otro sueño que no se cumpliría. La acometió una ira incontenible, impotente por lo injusto que era el destino. Si hubiese podido hacerlo, habría roto algo—. Lo quiero ver —espetó a la enfermera.

—Eso no puede ser.

—¿Por qué no? Es mi hijo, lo quiero ver.

—Es algo inusual.

—Vaya a buscar al doctor Pratt enseguida.

El médico acudió y tampoco le pudo decir otra cosa.

—Ver un feto muerto es más de lo que una madre puede soportar, créame. No tiene... Ni siquiera tiene la forma de un niño aún. Lo digo por su bien. Su esposo me ha contado que quería ser usted médica y que sabe un poco de medicina. Aun con todo, le desaconsejo seriamente que haga esto. Además...

—¿Qué?

—Ya no está. Siempre nos los llevamos de inmediato. Lo siento. Descanse, debe reponer fuerzas.

Cuando se fue, la ira de Frida se desinfló, ya solo podía llorar. Le habría gustado disfrutar de un momento de silencio para pensar en ese hijo muerto, pero la señora que ocupaba la cama contigua roncaba con fuerza y tenía problemas para respirar.

—No he dado un solo paso adelante desde entonces, desde el accidente —le dijo con amargura a Diego cuando fue a verla—. Vuelvo a estar en una cama de hospital. No sé qué me pasa, y a mi lado mueren personas. —Le tomó la mano y sus ojos se ensombrecieron—. Diego, quiero ver al niño —suplicó—. Debo hacerlo para entender lo que ha pasado. Sabes que siempre caigo de pie, como los gatos. Pero necesito entender lo que sucede a mi alrededor. Tú lo sabes, Diego.

Él intentó calmarla.

—Haré lo que pueda —aseguró—. Volveré lo antes posible.

Desde su cama, Frida podía ver por la ventana una pequeña franja de cielo. Su mirada seguía cada una de las nubecilla que pasaban por delante. En su cabeza se iba formando una imagen cada vez con mayor claridad: se veía a sí misma desde cierta distancia tendida en una cama de hospital que era demasiado grande para ella. Estaba desnuda, expuesta a las miradas de todos. Tenía el vientre abultado, los pechos más grandes, como los de una embarazada. El cabello y el vello púbico negros destacaban. La cama no estaba en una sala de hospital, sino en un paisaje pelado, color tierra. En el horizonte se distinguía un paisaje industrial con silos, una central eléctrica, cintas transportadoras y torres de agua. La sábana sobre la que se hallaba tendida estaba manchada de sangre, y tenía una mano en el vientre, del que salían filamentos rojos; ¿eran vasos sanguíneos o cordones umbilicales? Había varios, y estaban unidos a objetos que se encontraban en el suelo, alrededor de la cama, o suspendidos como las pequeñas nubes de la ventana.

Frida cerró los ojos para saber qué objetos eran. Vio un modelo médico de un torso femenino, una pelvis y un caracol. El caracol simbolizaba la lentitud con la que había avanzado el parto. Delante de su cama estaba la orquídea violeta que Diego acababa de llevarle. Era muy grande y parecía una vulva bien irrigada. También había otro aparato médico. Frida había visto que los doctores esterilizaban los instrumentos clínicos en él con vapor. Para ello el recipiente debía estar cerrado de forma hermética. A diferencia de su útero, que había cedido y había expulsado el feto. Concentrada, ordenó mentalmente los objetos en las distintas partes del cuadro. No quería olvidar ni un solo detalle.

Miró a su alrededor y descubrió una revista usada en el buró que había junto a su cama. Alguien había resuelto el crucigrama y la había dejado allí. Al lado, un lápiz mordisqueado. Frida tomó ambas cosas con avidez. Cuando Diego volvió, con unos libros bajo el brazo, ella lo había bosquejado como había podido en los estrechos márgenes de la revista.

—¿Qué es eso? —preguntó él mientras observaba con detenimiento el dibujo que Frida había hecho deprisa y sin detenerse.

—Así es como me siento —contestó ella.

Diego contuvo la respiración y carraspeó para después estrecharla con sumo cuidado entre sus brazos.

—Ahora mismo voy a comprarte un bloc de dibujo y carboncillos. Tienes que pintar esto. Te ayudará a superarlo todo.

—Lo sé —replicó Frida.

Dejó los dos pesados libros que llevaba junto a la cama. Eran de medicina, concretamente de ginecología.

—Toma, he ido a la biblioteca médica. No me los querían dar, pero les supliqué y al final los insulté. Tenemos que devolverlos. Sobre el... feto, he vuelto a hablar con el doctor Pratt y no hay nada que hacer. Lo siento.

—¿Hay ahí alguna ilustración de un feto? —preguntó Frida, señalando los libros.

Él asintió con la cabeza.

15

Frida aún hubo de quedarse unos días en el hospital Henry Ford. Aprovechó el tiempo para seguir trabajando en los bocetos del cuadro. Incluyó cada uno de los elementos, pero los dispuso de manera distinta alrededor de la cama. En el centro del cuadro, suspendido sobre la cama, dejó espacio para el feto, que ya parecería un niño y al que quería representar según las ilustraciones que había visto en los libros de medicina. Era el último detalle que le faltaba, y le daba miedo dibujarlo. Pero era necesario enfrentarse a ese miedo para superar lo ocurrido. Agarró el carboncillo con mano vacilante y se dio cuenta del bien que le hacía distanciarse de esa forma de la pequeña criatura.

—Cuánto me alegro de tener la pintura para poder enfrentarme a mi sufrimiento y superarlo así. De lo contrario, me volvería loca en este sitio —le contó a Lucienne mientras miraba la cama de al lado, donde la anciana agonizaba.

Pocos días después le dieron el alta del hospital. Seguía sintiéndose mal, pero estaba firmemente decidida a ponerse a pintar de inmediato, mientras sus sentimientos eran aún tan genuinos. A Diego se le había ocurrido que podría trabajar en una lámina de metal, porque los bocetos le recordaban mucho a las imágenes votivas mexicanas. Le llevó una pequeña hoja de metal, no mucho mayor que un libro abierto. Frida siguió su consejo y se alegró al ver los vivos colores, que en el metal parecían más intensos que en un lienzo. Con pinceladas minúsculas, el cuadro fue creciendo ante sus ojos. Renunció a cualquier forma de perspectiva, incluso a ese respecto se mantuvo fiel a las imágenes votivas.

Al final escribió en el armazón de la cama la fecha, julio de 1932, y «Henry Ford Hospital Detroit». Detrás de la fecha, sus iniciales: FK. A partir de ese momento volvió a ser Frida Kahlo, en vez de Frida Rivera.

Al pintar la K, soltó una carcajada. Era estupendo ser ella misma de nuevo, otra vez Frida Kahlo. Sin embargo, de pronto se puso triste. ¿Acaso esa K simbolizaba también que aceptaba el hecho de que no podía ser la señora Rivera porque no era capaz de darle hijos a su marido? ¿Había perdido el derecho a llevar ese apellido? ¡No! No podía permitirse pensar algo así. Era la mujer de Diego, ante Dios y ante el mundo. Pero no era «solo» su mujer. Por encima de todo era Frida. Frida Kahlo. La pintora.

Cuando hubo dado la última pincelada y dejó el pincel, supo que había creado un cuadro sincero sobre el sufrimiento femenino, que con su estilo naif hundía sus raíces profundamente en su patria y su cultura mexicanas. La obra era la expresión del grandísimo dolor que le había causado el aborto, que la catapultaba a un desvalimiento absoluto y a una sensación de indefensión. No había omitido nada: en ese cuadro se podía ver plasmado cada recuerdo doloroso, tanto físico como espiritual, cada esperanza y, al final, el gran fracaso. Al mismo tiempo representaba la increíble fortaleza que tenían mujeres como ella incluso en los peores momentos. Y a través de la orquídea estaba presente en el lienzo el amor. El amor que había hecho posible el embarazo y el consuelo que Diego le proporcionaba después de la pérdida del niño. Esa orquídea morada le recordaba a Frida las horas que él había estado bailando alrededor de su cama para arrancarle una sonrisa.

Después de Diego, Lucienne fue la primera persona que lo vio. Su amiga estuvo unos minutos contemplando el cuadro y se echó a llorar.

—Es así —musitó—. Justo así. Verlo duele mucho, pero con este cuadro nos has devuelto la dignidad a las mujeres. —Se acercó a Frida y la abrazó.

—¿Tú también has pasado por esto?

Por toda respuesta, Lucienne prorrumpió en sollozos.

Por la noche, cuando le contó a Diego lo sucedido, él afirmó:

—Frida, escúchame bien. Has convertido tu dolor en una obra maestra. Nunca antes había plasmado una mujer en un lienzo esa poesía que lidia con la muerte. Es como... como una explosión expresionista, ¡eso es! Nunca había visto un cuadro con tanta verdad; en la historia del arte no hay ningún modelo. Eres un genio, Fridita, mucho más que yo. Yo necesito paredes del tamaño de un campo de futbol para lo que tú creas en una pequeña lámina de metal. Yo solo pinto lo que veo con los ojos. Tú pintas lo que te inspira el corazón. Este cuadro es la pena profunda de una mujer convertida en poesía.

Asombrada, Frida se enteró de que Diego se lo contaba a todos sus amigos y colegas. «Mi mujer es la verdadera artista de los dos», confirmaba a todo el que quería oírlo.

En un principio ella pretendía desmentirlo; el elogio casi le resultaba un tanto incómodo. Pero cuando también lo oyó de otras bocas, intuyó que estaba justificado. Sí, había creado algo extraordinario. Y esa manifestación artística la había ayudado a superar el inmenso dolor que sentía.

«Lo puedo volver a hacer cuando lo desee —pensó, experimentando una ligera sensación de triunfo—. Puedo conjurar cualquier dolor, por grande que sea. No puedo hacer que desaparezca, pero sí plasmarlo en mis cuadros.»

A principios de septiembre tocaron el timbre. Enojada, Frida dejó el pincel, se limpió una mancha de pintura que tenía en las manos y fue a abrir. Era un telegrama. Firmó el acuse de recibo. Llegaban constantemente telegramas para Diego, la mayoría de periodistas que querían concertar una entrevista con él, o de amigos que anunciaban su visita. Sin embargo, al ver que ese era de Cristina, el miedo se le metió en el cuerpo. ¿Su madre o su padre?, fue lo primero que pensó.

Abrió el sobre deprisa y su presentimiento se vio confirmado.

```
Mamá muy enferma. Ven enseguida si te
quieres despedir de ella. Cristina.
```

Fue lo más rápido que pudo al Instituto de Artes a ver a Diego. Cuando llegó se arrojó a sus brazos, llorando.

—Tengo que ir a verla cuanto antes —dijo, sollozando.

—Pues claro, Friducha.

No había lugar para ir en avión, así que tendría que tomar el tren y tardaría días en llegar.

—Este maldito país... ¿Dónde está el progreso cuando uno lo necesita de verdad? —despotricó, propinando un buen puntapié a la odiada cocina eléctrica.

Por la noche Diego le comunicó que no la acompañaría.

—No puedo ir. Debo quedarme a trabajar. Le he pedido a Lucienne que vaya contigo.

—¿No puedes o no quieres? —gritó Frida. Estaba fuera de sí de la rabia, pero no le faltaban razones: había perdido a un hijo, su madre iba a morir y, ahora que lo necesitaba, su marido no la apoyaba, ya que lo único que tenía en la cabeza era el trabajo.

Presa de la desesperación, se puso a romper platos e insultar a Diego, que la miraba sin decir palabra. Estampó los pies con fuerza en el suelo y acto seguido hizo una mueca de dolor. Arremetió contra él con los puños en alto y le soltó barbaridades. Y Diego se limitó a permanecer a su lado, esperando a que se calmase.

Al final Frida se quedó sin fuerzas. Se dejó caer en un sillón, y entonces permitió que Diego la abrazara y la llevara a la habitación.

—Descansa —musitaba él una y otra vez—. Duerme. Mañana verás las cosas de otra manera, y dentro de unos días estarás con tu madre.

Frida no opuso resistencia. Su ira había dado paso a una tristeza sorda. De pronto se sentía muy sola y deseaba sus caricias. No, deseaba más, deseaba sentir su pasión y, con ella, la vida.

Se pegó a él y enroscó las piernas en su cuerpo. Él le permitió hacerlo un rato, pero luego la apartó, con suavidad primero y después, al ver que ella insistía, con bastante brusquedad.

Frida se acodó y le preguntó, respirando pesadamente:

—¿Qué ocurre?

—Nada, Frida. No quiero acostarme contigo. No quiero que vuelva a pasar un desastre como este. Y no quiero tener un hijo.

Ella se quedó de piedra. De pronto sentía frío y un vacío inmenso, estaba demasiado débil para enfadarse, era como un cascarón. Se despegó de él y se dio la vuelta. Cuando no pudo soportar más tenerlo al lado, se levantó, se fue a la sala y se echó en el sofá.

A la mañana siguiente, tras desayunar en silencio, Diego la llevó a la estación, donde la estaba esperando Lucienne.

Frida estuvo toda la mañana buscando las palabras adecuadas para hablar con él de lo que había sucedido por la noche. No podían separarse estando peleados. Pero de camino a la estación tampoco fue capaz de decir nada. Después el tren partió. Frida se asomó por la ventanilla del compartimento. Quería decirle a Diego una última palabra cariñosa, quería volver a ver en su rostro que todo se arreglaría entre ellos, pero él ya le había dado la espalda y desaparecía entre la multitud.

Durante el viaje, que duró varios días, Frida no se dignó a mirar el vasto continente que atravesaban. Permaneció sentada en su asiento, tiesa como un palo, con la cabeza llena de sombríos pensamientos. Cruzaron diversos estados: Indiana y Misuri, Arkansas y Texas. Pero ni los oscuros bosques ni las montañas ni tampoco los paisajes desérticos del sur lograron despertar su interés. Solo quería llegar lo antes posible a su casa, con su madre. En los estados sureños se habían producido grandes inundaciones y el tren se detenía con frecuencia durante el recorrido o avanzaba a velocidad de paso por zonas inundadas. A veces esperaban el tren de enlace en una estación durante horas. Cuando por fin llegaron al río Bravo, que constituía la frontera con México, se enteraron de que el río se había desbordado y que tendrían que esperar a que el agua retrocediese para poder cruzar el gran puente que los llevaría al otro lado. Se vieron obligados a esperar un día entero. Frida intentó llamar por teléfono a Cristina, pero debido a las inundaciones las líneas telefónicas se habían interrumpido. De pura desesperación fueron al cine. Después por fin pudieron subirse a un autobús que cruzó el río despacio y bamboleándose.

«Este río separa mis dos vidas», pensó Frida.

Al cabo de cinco días de viaje agotador, al fin llegaron a las afueras de la Ciudad de México. Frida no podía dejar de pensar en su madre. ¿En qué estado la encontraría? ¿Seguiría viva? Ni siquiera sabía qué le pasaba exactamente.

—Háblame de ella —pidió Lucienne, que estaba como mínimo igual de cansada del viaje que Frida.

—Mi relación con ella no ha sido la mejor —empezó Frida—. Siempre me he sentido más unida a mi padre.

—¿Por qué?

—Mi madre era, es —se apresuró a corregir— una mujer muy religiosa. Teníamos que ir siempre a la iglesia con ella, hasta que un día me negué. Creo que no me perdonó que sufriera el accidente, como si hubiese sido culpa mía. Pero le descolocó la vida, con tantas preocupaciones y las facturas médicas tan caras. Siempre he sabido que le molestó tener que gastar tanto dinero. Puede ser muy agarrada. Creo que es una mujer muy dura de corazón.

—¿Por qué? —planteó de nuevo Lucienne.

Frida se encogió de hombros.

—¿Porque nunca ha amado de verdad? Una vez, en un instante de debilidad, me enseñó unas cartas que le había escrito su gran amor.

—¿Un hombre que no es tu padre?

Frida asintió.

—¿Qué fue de él?

—Se dio un tiro delante de ella.

—¡Por Dios! —exclamó Lucienne, horrorizada.

—Después se casó con mi padre. Pasaron buenos momentos, pero no creo que lo haya querido igual de apasionadamente que a ese otro hombre. De lo contrario, ¿por qué guardaría sus cartas?

—Quizá nunca haya sido feliz de verdad. Es una idea espantosa. —Lucienne sacudió la cabeza.

—Solo pensar que a mí me pudiera pasar algo así y perdiera a Diego me da miedo. ¡Dios no lo quiera nunca!

—Diego es mayor que tú, te lleva veinte años, casi una generación —replicó Lucienne. Acto seguido miró a Frida con cara de susto—. No quería decir eso, solo que...

Entristecida, Frida contestó:

—A cambio, yo estoy enferma. Creo que así se equilibra la balanza.

—Me figuro que a tu madre no le debió de hacer mucha gracia que te casaras con Diego —comentó Lucienne al cabo de un rato.

Frida se echó a reír.

—Diego representa todo cuanto ella desprecia. «La paloma y el elefante», así nos llama. Le echa en cara a Diego que esté divorciado. Y que sea comunista. Pero creo que a estas alturas incluso le cae un poco bien, porque cuida de mí.

El autobús por fin llegó al centro. Cristina la fue a buscar a la estación. Cuando abrazó a Frida se echó a llorar.

—¿Es demasiado tarde? —preguntó Frida, atemorizada.

—No, pero casi.

—¿Me reconocerá?

—No lo sé, le dan una dosis muy alta de morfina. El cáncer la está comiendo. Tiene muchos dolores.

Cuando Frida se acercó a la cama de su madre, Matilde dormitaba. Frida no pudo hacer otra cosa que sentarse a su lado, tomarle la mano y hablar con sus hermanas en voz baja.

Matilde murió dos días después. Frida agradeció a su madre en silencio que le hubiera dado la oportunidad de despedirse. Aunque estaba muy triste, también sentía cierto consuelo. Guillermo tenía a sus hijas preocupadas. No paraba de preguntar por su mujer, la buscaba y, cuando le explicaban que ya no estaba, podía suceder que se pusiera a blandir un cuchillo, fuera de sí. Lo curioso es que fue Lucienne la que pudo llegar a él. Le hablaba en alemán y le cantaba viejas canciones infantiles. Frida agradeció infinitamente a su amiga que la hubiese acompañado en ese viaje.

El día después del entierro, cuando volvían del cementerio, tristes, las hermanas y Lucienne se sentaron en el jardín de la Casa Azul, en un muro bajo, para disfrutar del sol. Isolda y Antonio jugaban a su alrededor con uno de los monitos araña que vivían en la casa. A veces eran muy descarados y tomaban un plátano de la mesa, pero también podían ser muy graciosos y les encantaba que los persiguieran.

—Me entristece tanto la muerte de mamá, y a pesar de todo me alegro tanto de volver a estar aquí... Echaba de menos México, los colores, el cielo, la comida. Los echaba tanto de menos... —les dijo Frida a Cristina y a Matita.

—¿Cómo es Detroit? —quiso saber Cristina—. No te veo deslumbrante, permíteme que te diga.

—He vuelto a perder un niño —confesó Frida en voz queda.

Cristina se tapó la boca con la mano, y Frida vio en los ojos de su hermana que recordaba el primer aborto.

—Esta vez fue peor aún, tuve que ir al hospital. Tardé días en expulsarlo todo del cuerpo.

—¿Por qué no dijiste nada? Habría ido a ayudarte —aseguró Cristina.

Frida le dedicó una sonrisa de agradecimiento.

—Tenía a Lucienne —contestó.

—Y tú superaste la terrible experiencia gracias al cuadro que pintaste —añadió Lucienne.

—¿Y Diego? ¿Estaba a tu lado?

Frida asintió.

—Tendrás un hijo —afirmó Matita, pero el vacilar en su voz reveló que ni siquiera ella se lo creía.

Frida soltó una carcajada amarga.

—Para eso Diego debería acostarse conmigo.

Las demás contuvieron la respiración.

—¿Quieres decir que te rechaza? —se atrevió finalmente a preguntar Lucienne.

Frida asintió.

—Dijo que no quería que se volviera a repetir el desastre.

—Lo que pasa es que se siente culpable, Frida —aventuró Lucienne—. Sabe que estás demasiado débil para tener un hijo.

—¿Lo echas de menos? —preguntó Matita en voz baja.

—Más que a cualquier otra persona. Le escribo cartas de amor a diario, e incluso me pinto los labios de rojo y estampo besos en el papel... —Vaciló antes de continuar—. Pero si quieres que te sea sincera, la vida es más fácil cuando no está a mi alrededor a diario...

—¡Frida! —la reprendió Matita—. ¿Cómo puedes decir una cosa así? Una mujer debe estar con su marido.

Frida se encogió de hombros.

—Lo quiero por encima de todas las cosas y no imagino mi vida sin él, pero es muy difícil existir a su lado.

—Me gustaría haber sentido alguna vez algo así por Pablo —replicó Cristina, haciendo una mueca cómica. El gesto hizo que las demás salieran de su pasmo y se rieran.

Cuando se hubieron calmado, Cristina le tomó la mano a Frida.

—Alégrate de poder querer así.

Y Lucienne añadió:

—Exacto. Y siempre te quedarán tus cuadros para expresar todo eso.

Isolda fue con ellas porque se había raspado la rodilla. Cristina la consoló, la sentó en el regazo y le sopló la herida. A Frida le dolió verlas así. «Yo sería una buena madre», pensó con melancolía.

Isolda se recuperó del susto y se plantó delante de Frida.

—¿Vienes a jugar conmigo a las muñecas? Antonio es bobo, dice que las muñecas solo son para las niñas.

—Pues claro que juego contigo. ¿Quieres que bañemos a las muñecas y las metamos en la cama?

—¡Sí!

—Ven, lo sacaremos todo aquí, se está muy bien afuera.

A finales de octubre Frida y Lucienne volvieron a Detroit. A Frida le costó despedirse de sus hermanas y de Guillermo, de México. Pero añoraba en igual medida a Diego.

Durante el largo viaje en tren estuvo callada y absorta en sus pensamientos. Reflexionaba sobre lo que dejaba atrás y sobre lo que la esperaba. El frío de Estados Unidos, Detroit en invierno, la sobrecarga de trabajo de Diego, su soledad. Una vez más el tren la llevaba de una vida a otra, y ella no sabía cuál de las dos era la buena. «Pero ¿qué pasa con mis cuadros?», se preguntó de pronto. Seguían con ella, en su cabeza y en su corazón. Los que había pintado ya y los que estaba por pintar. Eso no se lo podía quitar nadie.

Fuera empezaba a oscurecer, y vio su reflejo en la ventanilla del tren. «¿Esa soy yo? —se preguntó asustada—. Ni siquiera me reconozco. ¿Adónde ha ido a parar mi juventud? ¿Dónde están mi tranquilidad y la certeza que tuve cuando me casé con Diego de que la vida me depararía amor y magia?» Una vez más la asaltó la sensación de haberse desviado del camino.

«¿Y si soy dos Fridas? Frida Rivera, una mujer mexicana que viste ropas coloridas y llama la atención dondequiera que vaya. Que se rodea de imágenes votivas, de un esposo, padres y hermanas, de perros y un jardín. Una esposa que le lleva la comida a su marido al trabajo. Pero también soy Frida Kahlo, una mujer moderna que vive en el hotel, una mujer que fuma y bebe, comunista, que no tiene hijos, que viaja por el mundo sin su marido... Soy Frida, joven y bella. Me gusta bailar y cantar. Puedo hechizar a cualquier grupo de personas y hacer que se enamoren de mí. Salgo a la calle para luchar por mis derechos y por los derechos de los mexicanos. Me resulta difícil estarme quieta, porque hay mucho que hacer y ver. Y soy Frida, constreñida en un corsé que me impide correr. No puedo tener hijos, mi útero está vacío. Bajo mi vestimenta colorida se esconde un monstruo. Y bajo las numerosas flores que luzco en el pelo como una corona se esconde mi dolor...»

—¿Frida?

Volvió a la realidad y miró a Lucienne, que tenía en los ojos una expresión inquisitiva.

—Estás llorando. ¿Te encuentras bien?

—Sí —contestó—. Estaba pensando. En mí. En la situación en la que me encuentro.

—¿Y bien?

—Ahora no quiero hablar de ello, me resulta doloroso. Tendrás que esperar hasta que cuente mis sentimientos en un cuadro, cuando sea.

Frida divisó a Diego en el andén cuando el tren entró en Detroit. Estrujaba el sombrero en la mano de la alegría en lugar de llevarlo en la cabeza, aunque hacía un frío atroz. Estiró el cuello y al ver a Frida tras una de las ventanillas se puso a caminar junto al tren, y ella vio la dicha reflejada en sus ojos. «Me ha echado de menos tanto como yo a él», pensó con felicidad.

Había algo distinto en él, tuvo que mirar dos veces. Diego había adelgazado mucho y llevaba un traje que ella no conocía. Necesitaba ir con él de inmediato, no podía esperar ni un minuto más.

Se acercó a la puerta sin miramiento y fue una de los primeros viajeros en saltar al andén. Él fue corriendo hacia ella. Durante un instante permanecieron frente a frente, sin aliento, y después se abrazaron. Diego parecía otro, casi un desconocido, ya que Frida podía abarcarlo mucho más con los brazos.

—Diego —musitó—, mi rana.

—Frida, mi Fridita. —La apretó de tal modo que ella pensó que la aplastaría, pero no dijo nada, pues estaba muy feliz. Quizá todo volviera a ser como al principio, cuando su amor aún estaba lleno de magia.

Frida no tardó en abandonar esa esperanza. Diego estaba siempre irritado. Y cuando ella le llevó el almuerzo en dos ocasiones en vano, ya que no se encontraba allí, y sus colaboradores vacilaron cuando les preguntó dónde estaba, supo que tenía una nueva amante. Les dejaba la comida a los trabajadores y se iba a casa.

Un día después, para gran asombro suyo, un periodista le preguntó si podía entrevistarla.

—No hace mucho la vi trabajando con su marido —comentó el reportero de *Detroit News*—, y él me dijo que es usted una gran artista, que llegará muy lejos.

Más tarde Frida no supo por qué lo hizo, pero volvió a sentir la irrefrenable necesidad de provocar... y de vengarse.

—Aunque a Rivera le va bien como artista menor, la gran artista soy yo.

La entrevista causó revuelo precisamente por esta frase, y hubo más periodistas que quisieron hablar de ella. Frida se acostumbró enseguida. Aprendió a hablar con seguridad de sus cuadros, además de a mostrarse ingeniosa y siempre sorprendente.

Frida contemplaba por la ventana la ventisca; había llegado el invierno. Se abrazó el cuerpo y se frotó con brío los brazos, pues estaba helada. Apenas podía ver las banquetas y las calles debido a los metros de nieve que se acumulaban en estas. Desde hacía días nevaba sin parar, y el frío se le metía en los huesos. Sobre todo la pierna le daba problemas. Los dedos del pie derecho se le habían oscurecido, y veía las estrellas con el más mínimo roce. Ya no era capaz de mover el pie y por eso apenas salía de casa. Sabía que algo estaba mal y que debía ir a que se lo viera el médico.

En esos momentos se alegraba de que Lucienne ya no vivía con ellos. No la habría dejado en paz.

Frida se arrebujó más en el rebozo, pero no sirvió de nada. Tenía frío no solo por fuera, sino también por dentro. Echaba de menos a Diego. Estaba ahí, sí, volvía por la tarde o por la noche a casa, dormían en la misma cama, pero hacía tiempo que no le daba calor. Se había distanciado mucho de ella, probablemente pensaba en su querida. Ella hacía como si hubiese aceptado la situación; en sociedad era ruidosa, utilizaba palabras malsonantes inglesas y después fingía no saber bien lo que significaban. Desde la publicación del artículo, sus ganas de provocar habían ido en aumento.

Resoplando indignada, se apartó de la ventana y recorrió las dos amplias habitaciones en las que vivía. Cómo echaba de menos el sol, un jardín como el de la Casa Azul, al que podía salir por la mañana, sentir el aire aterciopelado, oler las flores, sentarse junto al pequeño estanque a contemplar los peces... «Heimweh.» A la cabeza le vino la palabra alemana; la conocía por su padre. Nostalgia, eso era exactamente lo que sentía. Pero Diego aún no había terminado el fresco, le llevaría al menos hasta marzo. Frida tendría que aguantar hasta entonces.

En su dormitorio, en una cómoda, estaba el cuadro que plasmaba su aborto. Todavía sin enmarcar. Frida se plantó delante y lo estuvo observando un buen rato.

¿Y si pintaba un parto como era en realidad? No un cuadro de una madre feliz dando el pecho a un niño, sino un cuadro que reflejase sin maquillar el dolor y la sangre durante el parto. Una mujer tendida en una cama con las piernas abiertas y la cabeza del niño asomando entre ellas.

¿Y la madre? No mostraría el rostro, quedaría oculto bajo la sábana. ¿Sería su propio nacimiento o sería ella la madre? Ya estaba viendo el cuadro. Una vez más sería pequeño; de lo contrario, la fuerza de la imagen resultaría insoportable.

Obedeciendo a un impulso, colocó en el caballete una de las láminas de metal que le había proporcionado Diego y empezó a bosquejar la cama.

Horas después llegó Diego, y ella aún seguía delante del caballete.

—Me alegro de que pintes —afirmó, y le dio un beso en la nuca.

—Lo sé —replicó ella—. Lo titularé *Mi nacimiento*.

—Pinta las etapas de tu vida —la animó Diego—. El nacimiento, tu nodriza, el aborto, tu vida en Estados Unidos...

—Y a ti —añadió Frida, volviéndose hacia él—. Pero mañana, por de pronto, iré a comprarme un abrigo de pieles. No quiero seguir pasando frío.

Diego estalló en una carcajada atronadora.

—¿Qué harás con un abrigo de pieles en México? Pero bueno, haz lo que quieras. Después te invito al cine, para que lo puedas lucir.

Frida estaba impaciente por que llegara marzo. Por fin volverían a casa. Pero entonces Nelson Rockefeller en persona le preguntó a Diego si quería pintar el vestíbulo del nuevo edificio RCA, el Centro Rockefeller, en Nueva York. El salario era desorbitado. Frida se puso furiosa, pero después se resignó. ¿Qué otra cosa podía hacer? Al fin y al cabo Diego tenía razón: ella podía pintar sus cuadros en cualquier parte, solo necesitaba un caballete y un lienzo, pero él estaba supeditado a paredes grandes en edificios públicos. Debía ir allá donde tuviera encargos. En un primer momento se entendieron bien con el millonario, pero después a Diego se le ocurrió pintar a Lenin en el mural. En los borradores no se le veía aún, pero la prensa se enteró. Mientras los diarios conservadores lanzaban una campaña contra Diego, la izquierda dio muestras de solidaridad. Al final Rockefeller exigió a Diego que borrase a Lenin, pero él se negó, de manera que fue despedido. Aunque recibió el dinero estipulado, taparon el mural y nadie lo llegó a ver. Diego se sentía humillado.

—Me quedaré en Nueva York hasta haber derrochado a manos llenas hasta el último centavo de mis honorarios —afirmó.

Se instalaron en un departamento propio, salieron mucho y despilfarraron miles de dólares. No se marcharon hasta finales de diciembre. Sus amigos estadounidenses y algunos periodistas acudieron al muelle a despedirse de ellos. Habían tenido que hacer una colecta para comprar los pasajes, ya que Diego había cumplido su amenaza y no tenía un solo dólar.

El Oriente era el buque gemelo del *Morro Castle*, pero en esa travesía Frida no sentía la paz necesaria para disfrutar del lujo. Se encontraba en cubierta, abatida, diciendo adiós a sus amigos con la mano. Allí se quedaba Lucienne Bloch, que había acabado siendo una buena amiga y confidente. Frida la echaría de menos, se daba perfecta cuenta. Anita Brenner también había acudido, y había prometido ir a verla pronto. Frida estaba ligeramente apoyada en Diego, que se hallaba a su lado, despidiéndose también. Por lo general, en esas situaciones él le pasaba un brazo por los hombros y la estrechaba contra sí, pero en esa ocasión se separó de ella con un movimiento casi imperceptible. Frida lo observó de reojo: él miraba al frente. Le echaba la culpa de tener que volver a México. Diego creía haber encontrado la libertad en Estados Unidos, un punto sobre el que habían mantenido enconadas disputas.

—¿Qué entiendes tú por libertad? ¿No poder pintar lo que quieres? —le preguntó ella—. ¿Que llevemos una vida inútil y gastemos dinero a manos llenas?

—Me habrían dado otros encargos.

—¿Te refieres a tu trabajo en el Comité Central trotskista? No es que sea el lugar más visitado de Manhattan. —No pudo disimular el sarcasmo. Y es que era ridículo pintar frescos en un sitio así, un nido de conspiración en el que solo se podía entrar si se era un trotskista fiable acreditado.

—Si llega la revolución, lo hará en un país industrializado, de manera que no será en México. Y quiero estar presente. Al fin y al cabo mis cuadros tienen por objeto impulsar la revolución.

—Pero si ni siquiera has aprendido inglés. Siempre tengo que traducir yo.

—Llevo a Estados Unidos en el corazón, para eso no hace falta conocer el idioma.

—Diego, no nos queda dinero, debemos volver. Por fin podrás terminar el fresco del Palacio Nacional. Además, echo mucho de menos mi hogar —añadió ella en voz queda.

Al final se vio obligado a ceder, aunque Frida notó que

la culpaba de su derrota. Si no hubiera insistido tanto en ir a casa, si hubiera estado dispuesta a transigir para poder quedarse más en Estados Unidos, habrían encontrado la manera. Pero contra las circunstancias externas y la voluntad de Frida él no podía.

—Diego, me alegro de que regresemos a casa. Gracias —dijo, conciliadora. Puso la mano, enfundada en un guante forrado de pelo, sobre la suya, que estaba apoyada en el pasamanos. Esta vez él no la retiró, y ella esbozó una sonrisa.

Soltaron amarras y, al compás de música militar, *El Oriente* se hizo a la mar despacio. En el muelle y en cubierta la gente se dirigía las últimas despedidas.

—Voy abajo, tengo frío. —Frida se arrebujó en el abrigo de pieles y lo miró con expresión expectante.

—Yo me quedo un rato —contestó Diego.

Frida percibió el mudo reproche y suspiró afligida. Mientras bajaba la escalera para dirigirse a su camarote, notó molestias en el pie malo, medio entumecido con el frío. Apretó los dientes y siguió caminando. Era un dolor que conocía, podía con él. El descontento de Diego, en cambio, le preocupaba. Ya en el camarote se tendió en el sofá. Su cuerpo fue entrando poco a poco en calor. En el pie derecho eso se tradujo en un dolor palpitante.

Estaba pendiente de los pasos que oía ante el camarote. «¿Cuándo vendrá Diego? —se preguntaba, intranquila—. La vida en México no será fácil al principio. Tendré que esforzarme para que Diego se sienta satisfecho. Lo más importante es que vuelva a trabajar. Así todo saldrá bien. Pero este maldito pie me va a tener en vilo, lo presiento.»

Diego tardó una hora en bajar, con la mandíbula tensa.

—Ven a sentarte conmigo, anda —le pidió ella.

Diego se dejó caer pesadamente a su lado. Con la dieta que había seguido había adelgazado mucho, pero continuaba siendo un hombre voluminoso, y los dos apenas cabían en el mueble con filigrana. Sin embargo, a Frida él le gustaba tal y como era. Estaba como loca por apoyarse en su cuerpo y desaparecer entre sus brazos. Le tomó la mano y la cubrió de pequeños besos.

—¿No te alegras nada de volver a México, de ver a tus amigos? La vida allí habrá cambiado.

—Pero dudo que para mejor —espetó, arisco.

—Viviremos en San Ángel, en la casa nueva. Tengo muchas ganas de ver lo que ha hecho Juan. La amueblaré yo, haré que sea cómoda. Y tendrás un estudio en condiciones para pintar.

Lo dijo un poco en contra de sus propios principios, ya que no estaba segura de cómo se sentiría cuando Diego viviera en una casa y ella en la otra. «Por lo menos yo también tendré mi propio estudio en mi casa», pensó. La perspectiva la alegró. Sin embargo, se preguntó si encontraría tiempo suficiente para pintar. Por lo pronto, lo más importante era que pintase Diego.

Se inclinó hacia él y lo besó en la mejilla.

—Vamos a comer. La comida en estos barcos siempre es buena, aunque tengo ganas de comer tortillas y chile. Te juro que el primer sitio al que iré será al mercado. Y después cocinaré para ti, como antes, al principio de todo, cuando estábamos recién casados y Lupe me enseñó... Te volveré a llevar el almuerzo a mediodía cuando trabajes en el estudio. Adornaré la cesta de la comida con una servilleta bordada a mano en la que ponga «Diego» y colocaré una flor en el borde. Y después me sentaré a tu lado y hablaremos. Como antes... —A medida que hablaba se iba exasperando, y no se dio cuenta de que él guardaba un silencio obstinado.

—No tengo hambre —bramó él al cabo.

Frida dejó de hablar. Se levantó para ir por su rebozo preferido, el de color magenta. Al hacerlo volvió a sentir el dolor del pie.

16

La fiesta sorpresa que organizaron sus amigos para celebrar su vuelta a casa fue legendaria. Y eso que para Frida la sorpresa no era tal, ya que les había pedido a Cristina y a Isabel Campos, amiga desde la escuela, que la organizasen, pero Diego no sabía nada. «Prepárame quesadillas de flor de calabaza y pulque», le había dicho a Isabel en una carta que le había mandado desde Nueva York. Isabel era una de las pocas amigas mexicanas con las que Frida se escribía. Había comprado regalos para Chabela, que era como la llamaban, cosas vistosas de Chinatown y un par de zapatos de tacón alto, que en México no había.

El día de la fiesta se levantó muy temprano para decorar el comedor. Había farolillos de colores por todas partes. La comida, que habían preparado Isabel y Cristina, olía de maravilla.

Cuando llegaron los invitados, a Diego le alegró mucho la sorpresa, y se rio con viejos amigos a los que no veía desde hacía tiempo. Frida estuvo muy contenta, incluso bailó, desoyendo el dolor que sentía en el pie.

Dejó que Isabel le sirviera otro trago y buscó a Diego. Cuando vio que estaba sentado en un rincón, solo, se llevó un chasco. Quería a toda costa que disfrutase de esa velada. Que la fiesta saliera bien para ella era una promesa de que su vuelta a México sería un éxito. Sin embargo, cuando él vio que lo miraba, una sonrisa afloró a sus carnosos labios. Frida se acercó a él despacio, contoneándose, y le clavó sus ojos oscuros. Diego se irguió en el sillón y apoyó las manos en las rodillas. Llevaba, como siempre, un traje enorme y los toscos zapatos de faena. «Nadie me conoce tan bien como Diego —pensó mientras se acercaba a él—. Y nadie lo conoce a él tan bien como yo. Lo amo con cada fibra de mi cuerpo y de mi alma. Tal vez Diego sea feo para otros, pero para mí es la persona más bella que he conocido en mi vida. Nadie podrá sustituirlo nunca.»

Frida notó que la contemplaba con cariño, y en esa mirada ahora además había deseo. «Él también me quiere —meditó dichosa—. Siente lo mismo que yo.» Se plantó justo delante de él, se sentó en su regazo y él la rodeó con sus brazos.

—¿Te estás divirtiendo? —le preguntó.

—¿Tú no? —quiso saber Frida.

—Ay, Frida. Tal vez esto no sea fácil.

—Lo principal es que estoy contigo.

—Y yo contigo.

Llegaron más invitados. Frida besó a Diego en la boca y se levantó para saludarlos.

—¡Frida, cuánto tiempo! —exclamó alguien detrás.

Ella se volvió, y delante de ella apareció Alejandro. Notó una punzada en el corazón cuando él la abrazó. Después la soltó y ambos se miraron en silencio. Su amor de juventud había envejecido más de lo que ella habría pensado después de los cuatro años que hacía que no se veían. Sus entradas, que ya se dejaban entrever antes, ahora eran bastante pronunciadas. Sin embargo, Frida seguía encontrándolo atractivo, aunque solo fuera por lo que había sentido por él en su día. Un amor de juventud no se olvidaba así como así; era más fácil olvidar las heridas que él le había infligido.

—Frida... —Tenía la voz ronca.

—Alejandro, me alegro de que hayas venido. ¿Cómo te va? ¿A qué te dedicas?

—Me casé.

Frida miró a su alrededor.

—Mi mujer no ha venido. Te manda saludos. Sales en los periódicos, eres una celebridad.

Frida le restó importancia con un gesto.

—Pero solo porque soy la mujer de Diego.

—Antes tenías más confianza en ti misma. A veces eras incluso demasiado resuelta, en mi opinión.

El recuerdo los hizo reír a ambos.

Frida vio con el rabillo del ojo que Diego los observaba con atención. Naturalmente sabía quién era Alejandro. ¿Estaría celoso?

—Aquel accidente... —empezó Alejandro.

Frida no lo dejó continuar, lo tomó del brazo y dijo:

—Esta noche no. Esto es una celebración —afirmó—. Ven, tienes que probar las quesadillas de Isabel. Eso si Diego ha dejado alguna.

Casi había amanecido cuando por fin se metió en la cama. Estaba algo ebria y feliz. ¡Volvía a estar en casa! Y el primer día se había deleitado con los colores y formas. Estaba impaciente por plasmarlos en el lienzo.

Aguzó el oído para saber si Diego iría. Aún sentía en su cuerpo la mirada de deseo que él le había dirigido. Al ver que no pasaba nada, se levantó y examinó el patio por la ventana, pero no lo vio por ninguna parte. La desilusión se apoderó de ella. ¿Se habría ido a su habitación? Pero entonces oyó sus pesados pasos. Se dio contra algo y soltó una grosería ahogada. Después entró en la habitación. Frida no pudo evitar reírse.

—Me he dado un golpe en el dedo gordo en la oscuridad.

Ella se rio de nuevo.

—A ver.

—No es para tanto —aseguró él, y la tomó en brazos para besarla.

La amó con una gran ternura bajo la que bullía la pasión, pero se contuvo para no hacerle daño. Frida lo estrechó, pero contra su fuerza ella no tenía nada que hacer. Después permanecieron tendidos juntos, Frida con la cabeza apoyada en su pecho y él acariciándole la espalda con indolencia.

—¿Por qué ha venido Alejandro? —inquirió—. ¿Lo has invitado tú?

Frida sonrió sin querer. A veces Diego era muy infantil. Se reservaba el derecho de estar con otras mujeres, pero se ponía celoso al verla hablando con otro hombre.

Adormilada, se volvió y se arrimó a él. El primer día en México había salido bien, Frida esperaba que todo siguiera así.

Al día siguiente fueron a San Ángel a ver la casa nueva. Diego deseaba mudarse lo antes posible, aunque Frida habría preferido quedarse en la Casa Azul. Así, además, habría estado cerca de Guillermo, que desde la muerte de su madre había envejecido mucho.

Pero Diego no quería.

—¿Para qué hemos hecho construir la casa nueva si no nos instalamos en ella? —preguntó—. Además, allí podremos trabajar mejor. Frida, por fin tendrás estudio propio. Podrás pintar sin que nadie te moleste, siempre que quieras. Y disfrutarás amueblándola.

«Quizá Diego tenga razón», se dijo mientras subía con Cristina por la avenida Altavista. Vieron el San Ángel Inn, un hotel que gozaba de popularidad entre las estrellas de Hollywood y que con su jardín semejante a un parque parecía una hacienda.

Frente a él se alzaban sus dos casas, y el contraste no podría haber sido mayor. Frida se asustó. Las dos casas se diferenciaban de todas las demás de la calle. El arquitecto Juan O'Gorman, amigo de Diego y discípulo de Le Corbusier, había levantado dos cubos pelados de estilo Bauhaus. El de Diego era grande y rosa; el de Frida mucho más pequeño y azul. Ella lo había querido así, quería seguir viviendo en una casa azul. ¡Pero no en una como esa! Era tan pequeña... Y en el jardín no había nada: ni naranjo, ni flores, ni colores, ni estanque. El único verde que había se encontraba en una cerca de cactus que rodeaba el terreno. Todo el mundo podía ver lo que había dentro. Allí no pasaría un solo segundo sin ser observada.

Se bajó del coche con paso vacilante.

—Esta es una casa chica —se le escapó a Cristina. La casa chica era la casa de la amante, en contraposición con la casa grande en la que vivía la esposa—. Pero ¿qué se habrá creído? —Acto seguido se tapó la boca con la mano, pero Frida ya había oído el comentario. Después de todo ella había pensado lo mismo.

—Tú no lo entiendes —le espetó Frida, y al ver la expresión herida en el rostro de su hermana, añadió, conciliadora—: Esto es algo exclusivamente entre Diego y yo.

Primero fueron a casa de Frida. Para ello tuvieron que subir una estrecha escalera de caracol hasta el primer piso, donde estaban la sala y el cuarto de Frida. La escalera era tan angosta que la falda rozaba las paredes a izquierda y derecha. Y era empinada e incómoda. En la habitación ya había una cama, que ocupaba casi todo el espacio. Frida se miró la falda de vuelo que llevaba: si la colgaba del gancho, no quedaría sitio entre la cama y la pared. Al ver la cocina apenas pudo reprimir las lágrimas: era minúscula, en tres pasos llegaba de la puerta a la ventana. Allí no cabían ni una mesa ni unos fogones grandes. Había concreto expuesto por todas partes, y ni siquiera podría poner una estantería para colocar sus vasos y copas de colores y sus piezas de cerámica. Allí no había sitio para nada. Con el corazón encogido subió al segundo piso, donde estaba el estudio. Y un baño con una tina. Algo era algo.

—Esto sí que es bonito. Aquí podrás trabajar bien —comentó Cristina, que notó su angustia.

Frida asintió con la cabeza, pero no estaba muy convencida.

—¿Y dónde está la pasarela que va a la de Diego?

Para encontrarla tuvieron que subir por una escalera exterior que unía el primer piso con el segundo. Frida se agarró al sencillo barandal, ya que estaba bastante alto. Por la estrecha pasarela que conectaba las azoteas cruzaron a la casa de Diego. A través de un despacho llegaron a una galería, y bajo ellas quedó la habitación principal, el enorme estudio que hacía las veces de espacio de visitas y de ventas. El baño y el cuarto eran tan pequeños como los de Frida.

—Aquí solo cabe una cama —musitó Cristina.

Frida se preguntó angustiada cómo se las arreglaría con la escalera de caracol que unía los dos pisos de su casa. Anhelaba la Casa Azul, allí no había escaleras y se podía salir al exuberante jardín desde todas las habitaciones.

La confianza que había sentido la noche anterior se esfumó.

A lo largo de las semanas que siguieron no pudo estar más ocupada. Amuebló la casa de San Ángel, empezó a diseñar el jardín y apenas tuvo tiempo para pensar, y menos aún para pintar.

Diego recibió nuevos encargos, pero no ponía el corazón en lo que hacía. Se sentía desgraciado y se lo echaba en cara a Frida.

—Tendríamos que habernos quedado en Nueva York —le espetó un día—. Yo aquí no puedo trabajar.

«Y yo no me siento a gusto en esta casa», le habría gustado decirle a ella. Pero no lo hizo, y se esforzó al máximo por apaciguarlo. Intentó convencerlo de que volviera a pintar; cocinaba para él, lo cual no era fácil en aquella cocina minúscula; lo apoyaba siempre que lo necesitaba. No le habló de sus problemas de salud para no abrumarlo.

Ella Wolfe, estadounidense y comunista, acudió de visita con su marido, Bertram. Este estaba escribiendo un libro sobre Diego. Ella, que también era defensora de la igualdad de derechos de las mujeres, no entendía el comportamiento de Frida.

—¿Cómo puedes humillarte así a su lado? ¿Dónde está tu autoestima? Te adelantas a todos sus deseos, lo haces todo por él y soportas cada uno de sus caprichos como si tú no tuvieras vida propia. ¡Tienes que pintar!

Frida se sentía perdida e incomprendida. En el fondo le daba a Ella la razón, claro estaba, y de un tiempo a esa parte en más de una ocasión había llegado al punto de tirar la toalla con Diego y de encerrarse en su estudio. Tenía en la cabeza cuadros que quería pintar, que debía pintar, pero en ese momento sencillamente había cosas más trascendentes. Así que trató de explicárselo a Ella:

—Diego debe pintar, eso es mucho más importante. Él es quien gana el dinero. Y yo solo puedo ser feliz si él lo es. ¿Por qué no lo quiere entender nadie? Mi salud no es tan importante para mí como la suya. Llevo enferma tanto tiempo que me he acostumbrado, pero él no. Míralo: está amarillo y flaco y no descansa. Debo cuidar de él. Al mudarnos le he encontrado cartas que no había abierto, imagínate. En casi todas había un cheque, más de quinientos dólares, más de mil dólares. Ahora mismo eso es lo fundamental. Tenemos que pagar esta casa. Tenemos deudas.

—Como no te cuides, te perderás por el camino —vaticinó Ella—. Le diré a Bertram que hable con Diego.

—¡Ni se te ocurra! —espetó Frida cortante—. Sé cuidarme sola y cuidar de Diego.

Ella lanzó un suspiro, preocupada.

Pocas semanas después se dio cuenta de que estaba embarazada por tercera vez. A la memoria le vino la maravillosa primera noche que habían pasado cuando llegaron a México. Ambos se habían dejado llevar por la pasión. Con el corazón acelerado confesó a Diego su embarazo, que reaccionó como ella se esperaba.

—No puedes tener ese niño, estás demasiado débil.

—Pero el doctor Pratt dijo que si descansaba lo suficiente y me practicaban una cesárea...

—Ya viste cómo acabaste la última vez. Estuviste a punto de morir. —Su voz adoptó un tono de súplica—. Frida, no podría soportar la idea de que perdieses la vida ni de que corrieses peligro por mi culpa. Eres lo que más quiero. Frida, te lo pido por favor, es necesario. —Vaciló antes de manifestar—: Frida, no sabes cuánto me reprocho haberme acostado contigo. Debería haber dejado de hacerlo después del último embarazo.

Ella se quedó horrorizada.

—Pero yo quiero que lo hagas. Necesito tus caricias, y además tú siempre dices que para ti el sexo es como la comida, que no puedes renunciar a él.

Diego no contestó nada.

—¡Diego!

—Pero no contigo, Frida, no contigo. Es demasiado peligroso.

Fue al teléfono y llamó a un amigo que le recomendó a un médico.

El doctor Zollinger examinó a Frida a fondo. Después se quitó los lentes y se frotó el caballete de la nariz, donde la montura había dejado una profunda marca.

—Señora Rivera... —empezó.

—No hace falta que me explique nada. Tampoco podré tener este niño.

—Sería demasiado peligroso para usted. Y gestarlo... teniendo en cuenta las... lesiones que padece usted... Le aconsejo incluso que le sea extraído por laparotomía.

—¿Cuándo?

—De inmediato, para que la intervención la sobrecargue lo menos posible.

La operación se realizaría dos días después. Frida pasó el tiempo que faltaba llorando la pérdida. Ya antes de que la llevaran al quirófano se sentía destrozada. Ese sería su último embarazo. Nunca tendría hijos. Si en su vientre aún quedaba algo intacto, lo más probable era que quedase aniquilado irreparablemente con esa intervención. Permaneció con la mirada fija en el techo y se puso a contar las estridentes luces. Diego iba a su lado y le sostuvo la mano hasta que el médico lo hizo a un lado. Cuando despertó, Frida se sentía devastada. Esa vez no preguntó por el niño.

—Otra parte de mi cuerpo que no funciona —trató de bromear con Diego.

—Hay algo más —afirmó el doctor Zollinger, y ella vio en sus ojos que era grave.

Unas semanas más tarde le amputaron los dedos del pie derecho. Las úlceras tróficas que padecía desde la adolescencia habían ido creciendo con los años y amenazaban con extenderse a la pierna. Cada vez le costaba más ponerse un zapato. Siempre tenía que pasar algo.

Frida odiaba ver el pie mutilado. Le quitaba incluso las ganas de darse los baños que tanto le gustaban en la tina, ya que entonces no podía evitar verlo. Además, tenía que volver a aprender a caminar y llevar zapatos ortopédicos.

«Si ha de ser, que sea cuanto antes», pensó el día que entró en el taller de un zapatero especializado.

—Me gustaría que me hiciera unos zapatos de seda de color lila —dijo categóricamente al sorprendido hombre al mismo tiempo que señalaba su rebozo preferido—. De este color.

—Desde luego es bonito, aunque poco común —respondió el zapatero.

Frida hizo como si no hubiese oído la objeción.

—Y a la altura del tobillo me gustaría que pusiera esto... —Rebuscó en el bolsillo de la falda hasta encontrar lo que buscaba—. Esta cinta. La pasamanería la he incorporado yo misma. —Tendió al hombre las cintas con cuentas transparentes.

El hombre la miró con una sonrisa comprensiva.

—Se podrían ensanchar estas cintas para que cubran el comienzo del tacón. De esa manera se conseguiría disimular de una forma sumamente insólita pero tanto más bella que un tacón es más alto que el otro —propuso, guiñándole un ojo.

Frida asintió.

—Ya veo que nos entendemos.

Una semana después, cuando se probó los zapatos en el taller, se quedó entusiasmada: eran tan llamativos que era imposible no mirarlos, pero el que miraba veía los zapatos, no la hechura ortopédica.

—Me los llevo puestos —decidió Frida.

De nuevo hurgó en las profundidades del bolsillo y sacó un cascabel de latón minúsculo que anudó con un cordón dorado a la cinta de pasamanería del pie derecho. Dio unos pasos y se alegró al oír el tintineo.

El zapatero la observó sacudiendo la cabeza.

—Espero que vuelva a honrarme pronto con su visita.

—Espero que no —replicó ella, y se echó a reír.

A pesar de los zapatos nuevos, los dolores en el pie nunca desaparecieron del todo. Las heridas de la operación no cicatrizaban bien. Como ya había hecho de pequeña, después de enfermar de polio, Frida practicaba la forma de caminar. Ya que no podía evitar cojear, al menos hacerlo con gracia. Pero al principio cada paso suponía una tortura. Las consecuencias de la amputación también se hicieron notar en la columna vertebral. El doctor Zollinger le propuso llevar de nuevo un corsé que le descargase la espalda y al mismo tiempo remediara las adherencias.

—Lo podría pintar —le sugirió, mirando sus zapatos nuevos.

Hacía tiempo que no la invadía una desesperación así. Diego intentaba animarla. Se ocupaba de ella con una solicitud conmovedora y sus cuidados bastaban para que se sintiera mejor. Invitaba a amigos a menudo e iba con ella al cine. Al menos dos veces a la semana la llevaba al Palacio Nacional, lo cual no era sencillo, ya que Frida no podía caminar bien.

—Ya lo verás, todo será como antes. Yo pintaré y tú te sentarás a mi lado en el andamio a dibujar o bordar. Estaremos juntos todo el día —dijo mientras iban en taxi al palacio, en el Zócalo.

Ayudó a Frida a salir del taxi y la llevó en brazos al

edificio. De manera similar a un tríptico, había pintado las paredes con forma de U de la gran escalera con una epopeya del pueblo mexicano, que en la pared derecha mostraba los paradisiacos comienzos indios; en la principal, el periodo de la conquista española hasta 1830, y en la tercera pared, un futuro brillante según el ideal marxista. Sus asistentes aplaudieron al ver a Frida. Uno se apresuró a llevarle una silla, en la que Diego la acomodó con sumo cuidado.

—¿Qué te parece? —le preguntó, arrodillándose ante ella para poner su cara a la misma altura que la de Frida.

Esta miró a su alrededor. Los frescos iban bastante avanzados, allí donde todavía no estaban pintados se veían los bosquejos.

—Es precioso —musitó—. Desprenden mucha fuerza. Y encierran una promesa.

Diego la tomó en brazos de nuevo y subió con ella por la escalera, despacio.

—Y aquí estás tú. —Se detuvo y le enseñó una sección de la parte en que plasmaba el futuro que Diego deseaba para México.

Justo por encima del zócalo de la escalera de piedra, bien visible para todo el que pasara por delante, se veía a Frida junto a un niño con el que leía un libro, probablemente el manifiesto del partido, al que hacían alusión el uniforme que llevaba y el collar con la estrella roja. Delante de ella y cubriéndola en parte, Diego había pintado a Cristina con sus hijos. A Frida se le heló la sonrisa en la cara. Cristina era mucho más guapa que ella, su vestimenta femenina y seductora. Sus ojos, enormes y dorados, mirando a la nada, como si estuviese experimentando un clímax sexual en ese momento. Frida conocía esa mirada: Diego la reservaba para plasmar a sus queridas.

Se estremeció sin querer. Eso era imposible. Diego nunca le haría eso, y Cristina menos aún. ¡Era su hermana preferida, su confidente!

—Anda, enséñame el resto —pidió abrazándose con más fuerza al cuello de Diego.

17

Unas semanas después, Frida se encontraba bastante mejor. Dormía más, comía bien y pasaba mucho tiempo con su padre. Guillermo se animaba visiblemente cuando estaba con ella. Esos encuentros les resultaban reconfortantes a ambos. A menudo tomaban una de las innumerables cajas de cartón en las que Guillermo guardaba sus fotos. Si tenía un día bueno y la memoria le funcionaba, le contaba anécdotas de las fotografías. En esas ocasiones Frida se atrevía a preguntarle cómo era su vida en Alemania y los motivos por los que había emigrado. Sin embargo, no logró sacarle mucho más aparte de que Guillermo, que por aquel entonces aún se llamaba Hans, no se llevaba bien con la nueva mujer de su padre. Otros días daban pequeños paseos por Coyoacán, tomados del brazo. Iban hasta la plaza Hidalgo, Frida compraba un helado o una limonada y se sentaban en uno de los bancos a contemplar el bullicio del lugar. A Frida le venía bien moverse y estar al aire libre. Ya no bebía tanto. Revivía. Diego le decía a diario lo guapa que estaba.

—Dentro de poco solo tendré cicatrices —afirmó entristecida. Delante del espejo, vestida únicamente con una camisa, observaba las odiosas marcas que tenía en el vientre y junto a la columna—. Y el pie es repugnante.

—Ponte ropa bonita y nadie se dará cuenta —repuso Cristina, abriendo el armario de Frida. Cristina había ido a verla a San Ángel, como tantas otras veces. Les llegaba la risa de Isolda y de su hermano, que estaban jugando con Diego en el jardín.

Frida se animó en el acto. En el armario, que debido a la falta de espacio había colocado en la sala, vio los luminosos colores de sus vestidos y faldas, que estaban planchados y colgados en ganchos como era debido. En la cara interior de las puertas había colgado sus numerosos cinturones y cintas.

—Tu armario es como un bazar oriental —comentó Cristina, acariciando las coloridas telas. Allí estaban todos los colores del arcoíris, además del oro y el color plata. Descubrió los zapatos nuevos, abajo, y se quedó embelesada—. Ay, Frida, eres una mujer preciosa —suspiró—. A ver, dime qué te quieres poner.

Escogieron juntas una falda y una blusa tras probar distintas combinaciones.

—¡Esto es espléndido! —exclamó Cristina, sacando un huipil blanco del gancho.

—Me lo compró Anita en un sitio pequeño de Oaxaca. Lo he adornado un poco —explicó Frida.

—¿Un poco? —preguntó Cristina, ladeando la cabeza. La tela estaba bordada con flores a punto de cruz por todas partes y adornada con cintas de satén de un rosa y un azul vivos. Por lo general, un huipil era corto y solo llegaba hasta la cintura, pero Frida lo había alargado hasta la rodilla alternando las cintas de satén de colores de través y repitiendo los bordados. Las mangas tenían volantes amarillos—. Si no pintaras, deberías abrir un taller de moda —aseguró Cristina con una mirada de admiración. Se puso el huipil y negó con la cabeza—: Pero no tendría éxito, porque esta ropa solo te queda bien a ti. —Se lo quitó y se lo pasó a Frida, que se lo puso—. ¿Lo ves? Con él tú estás divina.

—Lo llevaré con la falda negra larga. Está a la izquierda del todo, ¿me la pasas?

Cristina sacó del armario con cuidado la valiosa falda y se la ofreció a su hermana. Después le tendió los zapatos nuevos. Combinaban a la perfección, excepcionalmente, ya que por lo demás en su vestimenta se mezclaba toda clase de estampados y colores.

Después de ponerse la falda, Frida se probó algunas de las numerosas cintas y cinturones.

—No, basta por hoy —resolvió al cabo—. Ahora vamos con el pelo. —Se retiró del cabello muchas horquillas y peinetas mientras se deshacía las trenzas y las dejó delante del espejo en el orden en que las utilizaría.

—Déjame a mí —se ofreció Cristina, y le cepilló el pelo, que le llegaba por la cadera, hasta dejarlo electrizado y brillante. Después lo separó en mechones, lo trenzó, lo recogió y lo fijó con las horquillas, las cintas y las peinetas que tenía delante.

—Mmm. —Frida se miró en el espejo con ojo crítico y, tras tomar una de las rosas blancas del ramo que le había regalado Diego el día anterior, la prendió sobre la oreja derecha.

Por último, las joyas. Frida tenía muchas, sobre todo collares y anillos, de los cuales algunos días llevaba seis u ocho. Muchas de las piezas se las habían regalado, y otras las había comprado ella o se las había dado Diego.

—Qué bonito es este —observó Cristina, sacando de un estuche un anillo de plata ancho con una piedra de un amarillo mate, del tamaño de una nuez.

—Te lo regalo —dijo Frida.

—No hace falta que me regales tantas cosas siempre.

—¿Por qué no? A mí me lo regalaron. Y si así te doy una alegría...

—Gracias, Frida —contestó su hermana—. Pero, dime, ¿por qué todo este despliegue? ¿Adónde quieres ir?

—A bailar a un sitio que está cerca de la avenida Insurgentes. Hay una orquesta nueva que canta buenos corridos mexicanos. Voy a ir con Isabel y hemos quedado con más gente. ¡Vente! Será divertido.

Cristina, que hacía un momento estaba tan alegre y atenta, evitó mirarla a los ojos cuando contestó:

—Me gustaría, pero no tengo a nadie con quien dejar a Isolda y a Antonio.

A Frida le extrañó, pero no dijo nada.

Era pasada la medianoche cuando Isabel la dejó delante de la casa de San Ángel. Había estado lloviendo toda la noche, y el agua seguía corriendo calle abajo, aunque para entonces el chaparrón había dado paso a una leve llovizna. Frida dio un paso grande para saltar un charco y franqueó la puerta que se abría en el seto de cactus. A lo largo de los últimos días algunas de las espinosas plantas habían empezado a dar cálices de un rojo delicado, de ese modo el seto ya no parecía tan hostil. «La lluvia les vendrá bien a las plantas nuevas», pensó satisfecha, y lanzó un vistazo a los frutales, las jacarandas azules y las buganvillas que había plantado. Las hojas brillaban a la luz del farol que había delante de la casa. Frida se quedó quieta un instante, disfrutando de la vista. Le daba lo mismo que el pelo se le mojase. Su mirada vagó hasta el estudio de Diego: todavía había luz, era probable que siguiera trabajando. Frida decidió darle una sorpresa. Subió la escalera de caracol y cruzó la pasarela con cuidado, ya que con la lluvia las baldosas resbalaban peligrosamente. Iba pensando en la velada: David Alfaro Siqueiros estaba allí, y quería contárselo a Diego.

La puerta no estaba cerrada con llave, como de costumbre. A fin de cuentas, nadie podía cruzar la pasarela sin pasar antes por la casa. Atravesó el despacho de Diego y se situó en la galería, desde la que se veía el estudio, en el segundo piso. La chimenea estaba encendida, porque había refrescado, y las llamas titilaban y proyectaban sombras trémulas en la pared. Frida vio el caos que solía reinar en el estudio de Diego: los cuadros contra las paredes, los caballetes, los libros y los bocetos que había por todas partes, los pinceles y su nutrida colección de figuras, las sillas y la otomana, cubiertas de papeles.

Oyó un ruido. Era como si alguien diese palmadas con suavidad. Después percibió gemidos. Dio un paso a un lado porque el pilar no le permitía ver. La lluvia había arreciado. Frida miró por la ventana que daba a la calle: las ramas del viejo cedro se mecían con el viento.

—¿Diego? —preguntó en voz queda, pero no obtuvo respuesta.

Bajó los tres primeros peldaños y se quedó petrificada.

Abajo, delante de la chimenea, Cristina se retorcía en el suelo. Un caballete la tapaba a medias, Frida solo veía su torso. Su hermana tenía los ojos entornados, la expresión de su rostro era similar a la del fresco que había visto en el Palacio Nacional.

«Diego la pinta —pensó Frida—. Está aquí porque Diego la pinta.»

Pero intuyó que no era así, la habitación estaba demasiado oscura para pintar. Sin embargo, su cabeza se negaba a aceptar lo que su corazón ya sabía. Bajó un poco más y vio del todo a su hermana. Y a Diego encima. Ambos estaban desnudos y podía ver el trasero de él, subiendo y bajando. Piel desnuda contra piel desnuda con un rítmico golpeteo.

Frida se tapó la boca con la mano, pero su desesperación era tal en ese momento que profirió un grito. Estaba allí plantada, con la vista fija en la escena que se desarrollaba abajo, y gritó. A la cabeza le vino una imagen: una mano que la soltaba. La mano que siempre la había sostenido de pronto ya no estaba. Era la mano de su padre, que sufría un ataque y se desplomaba a su lado, dejándola sola. Ese miedo de cuando era pequeña no la había abandonado nunca del todo y en ese momento volvía con toda su furia. Pero esa vez era Diego quien apartaba la mano y la dejaba desamparada.

Diego volvió la cabeza hacia ella, pero Cristina, que miraba en su dirección, la había visto antes que él. Sus ojos reflejaban horror en estado puro. Apartó a Diego de un empujón, se puso de pie de un salto y recogió la ropa, que estaba a su lado, en el suelo.

Diego se levantó más despacio. Se situó delante de Cristina y la tapó con su cuerpo.

—¿Friducha? —musitó—. ¿Qué haces aquí?

Frida seguía siendo incapaz de moverse. Observaba pasmada a su marido y a su hermana. Poco a poco iba cayendo en cuenta. Por eso no había querido ir con ella Cristina. Por eso de un tiempo para acá Diego estaba de mejor humor. Supo de golpe que se acostaban desde hacía bastante. ¿Desde cuándo?

Debió de formular la pregunta en voz alta, porque Diego repuso:

—Frida, esto no significa nada.

Sin embargo, la mirada indignada, de soslayo, que le dirigió Cristina le reveló que no era verdad.

No soportaba ver aquello ni un segundo más. Se dio la vuelta con rigidez, subió la escalera y cruzó la pasarela. Dio dos vueltas de llave al entrar. Después las fuerzas la abandonaron. Resbaló por la pared y prorrumpió en amargos sollozos.

Un instante después oyó que Diego llamaba a la puerta.

—Frida, abre. Hablemos. Friducha, por favor. No te lo tomes tan a pecho. No significa nada. Frida.

—Me prometiste lealtad —susurró—. Y has roto tu promesa. Me has retirado la mano.

—Frida, déjame entrar.

Se levantó con dificultad y fue al baño. Nunca en su vida se había sentido tan sucia. Dejó correr el agua en la tina, se metió y se frotó la piel hasta hacerla enrojecer. Era como si tuviese que quitarse del cuerpo la vida que había vivido con Diego. Oyó que él continuaba llamándola y después reinó el silencio. Solo cuando empezó a tener frío en el agua se fue a la cama.

A la mañana siguiente había tomado una decisión. Quiso ir a ver a Diego cuanto antes para comunicársela. Cuando abrió la puerta de la azotea lo encontró dormido; debía de haber pasado allí toda la noche. Pero ya no había nada que hacer.

Diego se pasó las manos por el rostro y el alborotado pelo, un gesto que a Frida le encantaba y que le gustaba hacer a ella misma. «No volverá a suceder», pensó entristecida. Él se levantó con torpeza.

—Frida, por favor, deja que te lo explique... Lo siento.

No lo dejó hablar.

—¿Alguna vez has sido mi esposo? Claro, es verdad, teníamos un acuerdo: nada de fidelidad. —Escupió literalmente la palabra—. Pero sí lealtad. Y amistad. Una unión. He perdido no solo a mi marido, sino también a mi hermana. ¿A eso lo llamas tú amistad? Diego, me has traicionado. Me has roto el corazón. —Rio con amargura—. La única parte de mi cuerpo de la que aún me podía fiar.

Él iba a decir algo, pero esa última frase pareció quitarle el habla.

—¿Y ahora qué hacemos? —preguntó al cabo de un rato, con aire desvalido.

—No sé lo que harás tú, yo me voy de esta casa. —Su voz sonó afilada como una roca. Y su corazón también era como una roca. Frida había desterrado todos los sentimientos, ya que si permitía que entrasen el dolor y la profunda desesperación que la embargaban, perdonaría a Diego y se quedaría. Y eso era algo que no podía ni quería hacer. Esa vez había ido demasiado lejos. Dio media vuelta sin decir más y se metió en su casa, cerrando de nuevo con llave.

Oyó que Diego llamaba a la puerta de abajo, pero ella ya había advertido a Miranda, su empleada, que no se le ocurriera dejarlo entrar.

Estaba introduciendo unas cosas en una maleta cuando entró Cristina, anegada en lágrimas.

—¿Cómo te atreves? ¿Te envía él? —espetó Frida.

—Frida, escúchame, por favor. No quería hacerte daño, nunca he querido hacerte daño. ¡Eres mi hermana! Pero he sucumbido a Diego. Es un genio, a su lado me siento tan bien... Yo solo soy una mujer sencilla, no sé pintar, de mí no hablan los periódicos, no tengo amigos famosos, mi marido me abandonó...

—A mí también me acaba de abandonar el mío. Y tú por lo menos tienes hijos —la cortó Frida con aspereza.

—Tú siempre has sido la preferida de papá. A tu lado yo no tengo nada que hacer. Todos te admiran, eres una artista magnífica, y yo no soy nada. Y de pronto me miró, me deseó... Me dijo que no le puedes dar en la cama lo que necesita... Frida, es un hombre con muchas necesidades.

—Sé que ha estado con otras mujeres, pero hasta ahora mi hermana no era una de ellas. Maldita sea, Cristina, tendrías que haberte negado. Y ahora vete.

—¿Podrás perdonarme algún día? ¿Qué les digo a Isolda y Antonio? Te quieren de verdad, y tú a ellos.

Frida cabeceó.

—Vete —repitió. Volvía a tener la sensación de que no podría decir una sola palabra más sin desmoronarse.

Cuando se vio sola de nuevo, se dejó caer en la cama. De pronto veía con claridad cuál era el resultado de sus actos hasta las últimas consecuencias. Había perdido no solo a Diego y Cristina, sino también a sus sobrinos. Había perdido su hogar. Y no sabía de qué viviría en el futuro. Se levantó decidida y se sacudió la ropa. Todo se arreglaría, en ese momento lo más importante era alejarse de Diego. De lo contrario se hundiría.

18

Fue precisamente Alejandro quien la ayudó a encontrar un pequeño departamento en el centro de la ciudad. Frida se rodeó de sus ropas coloridas, de muñecas, de figuras antiguas mexicanas y de los cuadros que pintaba. Pasaba mucho tiempo sola, por primera vez en su vida vivía sola. Se maravillaba de lo bien que le sentaba de vez en cuando. Podía pintar siempre que quería y todo lo que quería. Pero por la noche, en la cama, en ocasiones la asaltaba la soledad. Y entonces extrañaba a Diego y se servía un coñac para consolarse.

Frida echaba de menos a Diego todos los días, y también echaba de menos a sus animales, a los perrillos y los monos que siempre estaban a su alrededor en San Ángel. Los días así se encontraba con sus amigos y salía, pero la mayoría de las veces se quedaba en casa, sin ver a nadie salvo a Miranda, que cada dos días iba a lavar la ropa y otras tareas. La enviaba Diego, y Frida sabía que cuando la muchacha regresaba, él la sonsacaba, pero le daba lo mismo. Pensaba mucho, leía, volvía a interesarse por los clásicos de la revolución, pero también por novelas nuevas estadounidenses. Intentaba crearse un mundo a su alrededor que no tuviera nada que ver con Diego. Curiosamente, a veces se sentía bien. Hasta que volvía a echarlo de menos.

Y pintaba. Sin embargo, hubo de renunciar a pintar la escena entre Diego y Cristina, que fue lo primero que se le pasó por la cabeza. El recuerdo le resultaba demasiado doloroso. Encontró el tema de su siguiente cuadro por casualidad, al leer en el periódico la noticia de un crimen violento que se había perpetrado unas calles más allá. Un hombre había matado a su mujer por celos apuñalándola infinidad de veces y le había dicho a la policía que solo quería picarla un poco. La historia no se le fue de la cabeza en todo el día; lamentaba haber leído el artículo. Entonces, de pronto, en su cabeza apareció un cuadro: una mujer desnuda en una cama, cubierta de sangre, con un sinfín de puñaladas en el cuerpo. Junto a la cama, un hombre con una camisa blanca pero con manchas de sangre y un sombrero en la cabeza. En la mano derecha aún sostenía el cuchillo ensangrentado; en la izquierda, un pañuelo. La mujer que yacía en la cama no guardaba ningún parecido con ella, pero el hombre tenía rasgos de Diego. Estaba impaciente por llegar a casa y hacer un esbozo. ¡Había encontrado un tema para un cuadro nuevo! Por primera vez desde que Diego la había traicionado, a su rostro asomó una sonrisa.

—En este cuadro he pintado mi propio dolor, no el físico, sino el espiritual. Los hombres siempre están dispuestos a infligir violencia a las mujeres para después afirmar que solo eran unos piquetitos —le contó a Isabel, que iba a visitarla a menudo. Rio con amargura porque no pudo evitar recordar la frase que Diego le había dicho en una ocasión a un periodista: «Cuanto más amo a una mujer, más la quiero lastimar»—. Ahí se ve cuánto me quiere.

—Ay, Frida, no digas eso —repuso Isabel.

—¿Por qué no, si es verdad?

Isabel y el doctor Eloesser, al que escribía largas cartas, eran los únicos que sabían cómo estaba en realidad.

«He sufrido tanto en estos meses que va a ser difícil que en poco tiempo me sienta enteramente bien —le había escrito Frida al médico de San Francisco para darle las gracias por unos libros que le había enviado—, pero he puesto todo lo que está de mi parte para ya olvidar lo que pasó entre Diego y yo y vivir de nuevo como antes. Creo que trabajando se me olvidarán las penas y podré ser un poco más feliz.»

Por las noches, cuando daba vueltas sin poder dormir en una cama que era demasiado grande, se culpaba de lo sucedido. «No he querido ver cuáles son las necesidades de Diego —pensó—. ¿Acaso no me juré y le juré a él que haría cualquier cosa para que fuese feliz? No lo he conseguido, y ahora tengo mi merecido.»

De cara a los demás, Frida continuaba dándoselas de la mujer alegre a la que no afectaba nada. Cuando Isabel le dijo que Diego estaba celoso porque ella salía a menudo, Frida experimentó una sensación de triunfo, aunque ese triunfo no le supo a nada. Habría renunciado a él encantada.

A lo largo de las semanas que siguieron fue recuperando poco a poco las fuerzas, sobre todo gracias al arte. Salía a divertirse en función de lo fuerte que se sentía, aunque a veces la pena la golpeaba como si fuera una maza.

Diego no se informaba de ella únicamente a través de Miranda. Interrogaba a todos los amigos comunes, e incluso a Alejandro, que acto seguido se lo contaba todo a Frida.

—Hasta me ha dicho que está orgulloso de ti por cómo te defiendes —le explicó—. «Cualquier otra mujer habría permanecido a mi lado y se habría tragado la autoestima, pero Frida no. La verdad es que no conozco a ninguna otra mujer que camine de manera tan recta por la vida. Ni siquiera acepta mi dinero. Parece delicada y vulnerable, pero tiene el corazón de una leona.» Esas fueron sus palabras.

Algo parecido le relató Ella Wolfe. Su amiga fue a verla nada más enterarse de que había dejado a Diego.

—Están hechos el uno para el otro —comentó con tristeza—. No conozco a ninguna pareja como ustedes.

Frida suspiró.

—A Diego y a mí nos une una cinta elástica. Cuanto más tiramos de ella, más se tensa, y cuando nos hemos alejado todo lo posible el uno del otro, se siente impulsada a contraerse de nuevo, con una fuerza contra la que no podemos hacer nada...

—... y que los vuelve a unir —concluyó Ella—. ¿Y están en esta fase? —preguntó esperanzada.

—Ojalá fuera tan sencillo. Cuando estamos cerca, falta la tensión entre ambos, como sucede con la cinta elástica. Comenzamos a aburrirnos, buscamos el cambio y nos alejamos. Y todo vuelve a empezar desde el principio. Ni siquiera sé si podrá haber un nosotros de nuevo.

—Ay, Frida —exclamó Ella, abrazándola—. La verdad es que Diego está haciendo todo lo posible por recuperarte. No para de contar lo orgulloso que está de ti y lo mucho que te admira.

Frida estaba en la cocina, preparando tortillas. Se daba maña rellenándolas de pollo, enrollándolas y colocándolas juntas en la charola del horno.

Llamaron a la puerta. Frida miró el reloj: probablemente Isabel llegaba un poco antes. Habían quedado dentro de una hora, porque querían ir al cine. Fue a abrir.

Y era Diego.

Frida se asustó al verlo. Tenía un aspecto enfermizo y los hombros caídos. Vio en sus ojos el miedo a que lo echara, pero no le provocó ninguna sensación de triunfo, solo tristeza.

—¿Qué quieres? —le preguntó, y fue como si alguien le diera un puñetazo en el estómago. Tuvo que hacer un esfuerzo enorme para no echarle los brazos al cuello. Pero si lo hacía, todo volvería a empezar y ella no sabía si tenía la fuerza necesaria para aguantarlo de nuevo.

—Frida —se limitó a decir.

Sin pronunciar palabra, Frida se hizo a un lado para que entrara en la casa.

Diego la siguió con cara de sorpresa, pero también de alegría. «No contaba con que lo fuera a dejar pasar», pensó ella.

Dio unos pasos con tiento y echó un vistazo al departamento.

—Es bonito —dijo al cabo, y vio sus cuadros y las muñecas, las figuras de papel maché y las estatuillas que había por todas partes. Después sus ojos se toparon con el cuadro de la mujer apuñalada en la cama—. ¡Por el amor de Dios, Frida! —exclamó, mirándola con expresión suplicante—. Entonces, ¿así es como me ves? ¿Así es como te sientes?

—¿No te quieres poner cómodo? —Frida agarró el cuadro y lo colocó dándole la vuelta contra la pared. Después despejó una butaca de cintas y telas de colores.

A los ojos de Diego afloró la sorpresa de nuevo y algo que

podía ser esperanza. Se dejó caer en el asiento. La madera crujió de manera alarmante, y Frida no pudo evitar sonreír.

—¿Qué quieres? —repitió, esta vez con voz más suave. Él la miró.

—A ti, Frida. Te quiero a ti. Quiero ver cómo estás... A todas luces mejor que yo. Aunque este cuadro... Estaba preocupado...

—Pues no sé por qué, con los espías que tienes.

—Aun así, Frida, te echo tanto de menos... Nunca habría creído posible hasta qué punto. —Sin embargo, no le preguntó si volvería con él. No la consideraba tan débil, y eso le gustó—. Sé que no vas a volver —dijo, como si le leyera el pensamiento—, por lo menos no ahora. Cualquier otra mujer cedería, pero tú no. —Se levantó de la silla y se arrodilló ante ella.

Frida no pudo más que echarse a reír.

Él la observó, perplejo, y después sonrió. Se miraron y se rieron. Durante un breve instante Frida sintió alivio.

Aún en la incómoda posición, él preguntó:

—¿Puedo venir otra vez?

Frida asintió. Le dio la mano para que se levantara y lo acompañó a la puerta. Después se acercó a la ventana y esperó a verlo en la calle. Oyó que tarareaba. Caminaba con paso ligero, casi parecía haber dado un saltito. Frida se rio. Diego la oyó y se volvió hacia ella. Después abrió los brazos y dijo:

—Friducha, te quiero.

Esa noche, por primera vez desde hacía mucho tiempo, Frida se quedó dormida con una sonrisa en los labios. «Quizá al final se arreglen las cosas», pensó.

Diego regresó al día siguiente. Llevaba en brazos al

mono preferido de Frida, que extendió en el acto los bracitos hacia ella y se los echó al cuello.

—¿Ves?, te echa de menos tanto como yo. Para que no estés sola —añadió, y dio media vuelta, dispuesto a marcharse.

—Mañana iré a llevarte algo de comer, estás en los huesos.

Diego se volvió hacia ella con una ancha sonrisa en el rostro.

Frida cerró la puerta sin hacer ruido. «No creas que has ganado», se dijo.

Mientras el monito curioseaba por las habitaciones, Frida estuvo reflexionando. «Tal vez sea la solución a nuestros problemas —pensó—. Vernos, pero no vivir juntos.» A la cabeza le vino la profecía de Agosto. ¿Qué había dicho? Que Diego y ella eran como el sol y la luna: no podían vivir el uno sin el otro, aunque de vez en cuando se causaran el mayor de los dolores.

El mono descubrió la fuente con fruta fresca que había en la mesa y se abalanzó hacia ella. Frida movió los brazos para ahuyentarlo.

A partir de ese momento Diego y ella empezaron a visitarse a menudo y a pasar mucho tiempo juntos, pero su relación no volvió a ser la que a Frida le habría gustado. Ya no confiaba en Diego de la manera incondicional e ingenua de antes. Él dejó unos trajes en su casa y le daba dinero. Le juraba que era su único gran amor, pero admitía que no podía dejar de ver a otras mujeres.

—Lo de Cristina ha terminado —le había dicho—. Está sufriendo, igual que yo. Deberías hacer las paces con ella, también por ti.

Sin embargo, a Frida le faltaban las fuerzas necesarias para hacerlo. No sabía cómo actuar con su hermana. Una vez que se cruzó con Cristina por la calle por casualidad, se metió en una tienda para no tener que hablar con ella. Cristina también la vio y se paró delante de la tienda, sin saber qué hacer; después se fue con la cabeza gacha.

El encontronazo dejó dolorosamente claro a Frida lo herida que seguía estando. ¿Y si se topaba con Cristina en una fiesta o un restaurante, tal vez en compañía de Diego? ¿Podría mantener la calma? La sola idea hizo que le entrara el pánico. «Debo encontrar la manera de manejar esto —pensó—. Y necesito distanciarme de Diego y de la vida que llevo aquí.»

PARTE III
Las dos Fridas

19

Verano, 1936

A finales de esa semana Anita Brenner y su marido, David, fueron a pasar unas semanas en la ciudad. Frida se alegró mucho de volver a estar con Anita, que era un auténtico torbellino y contagiaba a todos su capacidad de asombro.

—¡Anita! —exclamó Frida con alegría al ver a su amiga en la puerta.

Anita estaba radiante. Llevaba el cabello oscuro con un corte del todo masculino y lucía un traje de caballero marrón oscuro y un fedora en la cabeza. Quien no la conociese, podría haberla tomado por un hombre.

Esta la abrazó.

—Querida —repuso—. Diego me dijo que ahora vives aquí. ¿Qué ha pasado? ¿Por fin te has decidido a ponerlo de patitas en la calle?

—De ser así él viviría aquí y yo seguiría en San Ángel.

—¿Te has ido de tu casa?

—Pasa y te lo cuento todo.

¡Qué bien sentaba conversar con una buena amiga! Frida le habló de la infidelidad de Diego y le contó que se había mudado, pero que empezaban a acercarse de nuevo.

—La cosa entre ellos ya lleva tiempo, nueve meses. No creo que él la quiera, a él le basta con el sexo. Pero ¿por qué tuvo que elegir precisamente a mi hermana? De esa forma nuestro amor ha perdido la inocencia, ¿lo entiendes?

Anita asintió.

—Creo que sí. Tú tienes una idea del amor mucho más romántica que él, pero no puedes vivir sin él —resumió Anita.

Frida exhaló un suspiro.

—Y con él tampoco. —Fue a la cocina por algo de beber—. Pero mejor háblame de ti —le pidió cuando volvió con dos vasos.

Anita había entrevistado a León Trotski. Su amiga tenía una forma de pensar muy independiente, una mente aguda, y Frida la admiraba por ello. Anita era una intelectual de pies a cabeza, y se negaba a que los sentimientos o las falsas lealtades confundieran sus ideas políticas. Quizá se debiera a que, siendo judía en el católico México, siempre había sido una marginada. Cuando emigró con su familia a Estados Unidos, fue consciente de lo poco que entendía su país, México, y empezó de inmediato a escribir en contra de esos prejuicios.

—David y yo nos estamos planteando volver a México. El ambiente en Estados Unidos es horrible, y nuestra familia sigue teniendo la casa en Aguascalientes.

—¿Van a volver a México? Anita, sería estupendo. Podríamos vernos más a menudo.

Anita asintió.

—Sí, pero antes voy a ir a España.

Frida se asustó.

—Pero si están en guerra.

—Alguien debe hacerlo. Creo que los estalinistas están cometiendo un crimen allí. Prefieren matar a trotskistas y anarquistas en lugar de luchar contra Franco.

Frida había oído hablar de ello. Los partidarios de Stalin, al mando de Siqueiros, echaban pestes de los republicanos que estaban en contra del estalinismo. Los amenazaban de muerte incluso desde México. Cómo odiaba eso Frida.

—Cómo me gustaría ir contigo, Anita, pero no sé escribir como tú, solo pintar. Y con estas piernas... —Se dio unas palmadas en los muslos—. Debo volver al hospital. Ay, Anita, qué harta estoy.

Anita se levantó y abrazó a su amiga.

—Por desgracia, debo irme. David me está esperando y aún tengo que terminar un artículo. Pero mañana doy una fiesta. Serás mi invitada de honor.

Anita también era famosa por sus fiestas. Invitaba a amigos, pero también a personas desconocidas, el alcohol corría a raudales, alguien cantaba o hacía parodias y el resultado eran unas fiestas por todo lo alto.

Al ser la invitada de honor, Frida quería lucir algo especialmente bonito. En un arrebato de obstinación se decidió por la ropa que llevaba la noche que sorprendió a Diego y Cristina. Se puso la blusa blanca con las luminosas cintas rosas y azules y la falda negra. Y por si no bastara con eso, añadió un soberbio abrigo con un estampado fabuloso que le llegaba hasta los pies. El abrigo era de tela rígida y daba la impresión de que se sostenía solo en el suelo. Frida remató el conjunto con varias cadenas en el cuello. «Parezco una reina o una sacerdotisa azteca, si es que existe tal cosa», pensó satisfecha.

Al entrar en la casa que Anita y David habían alquilado durante su estancia, Frida echó un vistazo alrededor para ver si estaba también Diego. Al no verlo, echó la cabeza atrás y se rio. Después dio una fumada honda al cigarro que estaba fumando.

—¡Frida! —Anita fue a su encuentro para darle un abrazo.

Esa noche llevaba un vestido claro al que conferían un toque masculino el cuello y los puños negros, pero que para lo que solía ponerse Anita era femenino. Ambas mujeres, tan diferentes, causaron impresión en los demás invitados.

Un piloto estadounidense le hizo la corte con vehemencia.

—Concédame un beso. Pasado mañana regreso a Nueva York. Quién sabe si la volveré a ver —le pidió, con una caída de ojos hollywoodense.

Frida hizo caso omiso.

—¿Ha venido en avión? —le preguntó—. ¿Me llevaría a Nueva York? Me iría bien un cambio de aires.

La pregunta la hizo medio en broma, pero cuando el piloto esbozó una sonrisa radiante y respondió que sí entusiasmado, a Frida dejó de parecerle descabellada la idea. Fue con Anita.

—¿Te vienes conmigo a Nueva York? —le planteó—. En avión, me refiero. ¿Ves a ese hombre de ahí? Nos llevaría en el avión que pilota.

—Estás loca —contestó Anita.

—Creía que tú también lo estabas.

Anita no se lo pensó mucho.

—Muy bien. Le preguntaremos a Mary Schapiro si quiere venir con nosotras. ¿Sabes que se va a separar? No le vendrá mal un poco de diversión.

—A mí tampoco —señaló Frida—. Nos divertiremos.

Diego se puso furioso cuando ella fue a San Ángel para comunicarle su decisión.

—¿Qué se te ha perdido en Nueva York? ¿Acaso no me querías sacar a mí de allí porque no aguantabas más?

Frida le sonrió.

—Esta vez será distinto. —Lo dijo pensando en sus amigas. Con ellas en Nueva York superaría lo de Diego. Estaba completamente segura.

Cuando despegaron llovía a cántaros. Al ver el avión, Frida, Mary y Anita sintieron miedo. ¿Tan pequeño era? Lograron meter el equipaje a duras penas y se sentaron en los incómodos asientos. Tom, el piloto, se volvió hacia ellas.

—Bien, señoritas, nos vamos. Por favor, agárrense bien.

—El consejo no era exagerado, porque en cuanto el aparato despegó, el viento lo zarandeó de un lado a otro.

Cuando atravesaban las nubes, el cielo se veía oscuro y gris, y Frida se preguntó cómo sabía el piloto adónde tenía que ir. Al mirar a Anita y a Mary, supo que sus amigas pensaban lo mismo. Después de lo que les pareció una eternidad y de unas cuantas sacudidas violentas, traspasaron la capa de nubes, pero a Frida se le había revuelto el estómago. A todas luces Tom quería impresionar a las tres mujeres y se disponía a realizar unas acrobacias arriesgadas. Mary se tapó la boca con las manos y le gritó que parara. Frida maldijo la idea que había tenido. Mucho después, cuando efectuaron la primera escala, tras un aterrizaje que fue más que desigual, todas estaban con los nervios de punta.

El día siguiente no fue mejor. Pasaron las horas en el

ruidoso y frío aparato con los asientos incómodos debatiéndose entre el miedo y las náuseas. Si al principio Tom se reía de ellas, para entonces estaba únicamente ofendido: no era así como imaginaba que sería ese vuelo. La segunda noche llegaron a Estados Unidos y la pasaron en una pensión de mala muerte. La tercera jornada continuaron el viaje por fin con buena visibilidad, pero Frida no era capaz de quitarse el miedo y tampoco disfrutó ese día. A Mary y Anita les sucedió otro tanto.

A esas alturas el humor de Tom había decaído por completo, ya que un motor se había averiado.

—Lo siento, señoritas, aquí se acaba el viaje. El aparato precisa reparaciones.

Sin decir palabra, Frida sacó el equipaje del avión.

—Iremos en tren desde aquí —decidió.

Cuando por fin llegaron a Nueva York, había pasado casi una semana.

Pero a partir de ese momento las cosas mejoraron. Frida y Mary compartían habitación en un hotel cercano a Washington Square. Iban casi a diario al cine y de compras, acudían a exposiciones y comían en restaurantes chinos e italianos.

Y Frida celebró su reencuentro con Ella Wolfe y Lucienne. Con ellas también podía hablar abiertamente de la traición de Diego. En conversaciones largas e íntimas poco a poco fue hallando la serenidad. Podía volver a respirar con libertad y mirar al futuro con más optimismo.

Después, una noche, Nick Muray apareció en su puerta. Frida se quedó muda. De su encuentro ya hacía algunos años. Para entonces ella había visto fotos suyas en revistas, y al verlas siempre recordaba con añoranza la tarde que había ido a visitarla con los Morrow. Pero en ese momento, cuando lo tuvo delante, fue consciente de que ahí había algo más.

—Me debes unas fotos —se limitó a decir él, pero en esa frase había una promesa. Estaba allí plantado con cierta torpeza, y Frida vio reflejados en sus ojos oscuros dolor y esperanza... y amor.

Frida apenas podía apartar la vista de su bello rostro, y le sentó bien percibir su admiración. Él la miró con aire vacilante, y cuando se dio cuenta de que Frida también sentía algo, la estrechó entre sus brazos.

—Hemos perdido tanto tiempo... —musitó él, con el rostro enterrado en el pelo de Frida.

—¿Por qué dices eso? —inquirió ella.

—Me enamoré de ti el día que te conocí, pero tú solo tenías ojos para Diego. He venido para ver si has cambiado de opinión. A fin de cuentas, estás aquí sola.

—Ay, Nick —suspiró Frida, y lo besó apasionadamente.

Se veían siempre que podían. Nick empezó a sacarle fotos, en color, para que resaltaran su vestimenta colorida y sus joyas.

Cuando le llevó las primeras copias, Frida se quedó sin respiración: se vio con una blusa de seda de un azul luminoso con bordados y en el cuello una cadena de oro de varias vueltas con un amuleto; además lucía unos pesados aretes, que se había puesto exprofeso para ese retrato, ya que el peso le hacía daño. Tenía el rostro claro y armonioso, los labios pintados de rojo y el gesto un poco obstinado. Lo más desconcertante era su mirada bajo las oscuras cejas. No se sabía con seguridad si miraba o no al espectador. Se podía pensar que el brillo de los ojos se debía a las lágrimas. Los ojos irradiaban luz, el flash se reflejaba varias veces en ellos.

—Pero yo no soy tan guapa, Nick. ¿Cómo lo hiciste? Parezco tan misteriosa, tan segura... Como si fuese varias mujeres a la vez.

No paraba de examinar las copias que tenía delante, en la mesa. Ahora sí que se le saltaron las lágrimas, las fotografías la habían conmovido profundamente. Se sentía comprendida y vista, se sentía ensalzada y apoyada.

Nick estaba a su lado y ella notaba su cercanía como un prometedor hormigueo.

—Justo así te veo yo —aseguró él con ternura.

—Gracias —repuso Frida.

Nick la abrazó y ella lo apretó fuerte y se fundió con él.

Por las mañanas, después de que Nick se marchara, Frida se quedaba un rato en la cama, pensando. De no haberse separado físicamente de Diego, tal vez Frida no hubiese tomado en consideración la posibilidad de enamorarse en serio de otro hombre. ¿Cómo habría podido suceder con los proverbiales celos de Diego, que hasta amenazaba con pegarle? Además, si siempre estaban juntos, o al menos lo habían estado hasta que ella se había ido de casa, ¿cómo habría encontrado Frida la ocasión? Nunca se había permitido más que alguna que otra aventura fugaz. Horas robadas, a escondidas, a las que, sin embargo, Frida se había entregado más bien por curiosidad, y a veces también por sentimientos de venganza.

Con Nick era distinto. A Frida le sorprendió la fuerza con que conquistó su corazón, que siempre había creído que solo pertenecería a Diego. Desde que Nick había aparecido por sorpresa en su puerta, se veían casi a diario. Se amaban, pero también trabajaban. Se complementaban, se encontraban bien juntos. Junto a Nick, Frida se sentía en igualdad de condiciones; a su lado no era la joven esposa de un genio. Con él todo era mucho más fácil.

Frida intentaba ser discreta. Lo último que quería era que Diego se enterase.

—¿Por qué no? —le preguntaba Nick, al que no se le había pasado por alto ese hecho.

Frida notaba la irritación en su voz. ¿Cómo explicarle que no podía dejar para siempre a Diego? Desde que ella estaba en Nueva York, él no paraba de tirar de la cinta elástica como un loco. Le escribía cartas de amor rebosantes de ternura y pasión, le suplicaba que regresara a México. Incluía fotos de los monos y los perros de Frida e incluso le enviaba dinero: «Para que te diviertas».

Frida le contestaba que a esas alturas ya veía con otros ojos todas sus historias de faldas y a sus asistentes.

Te quiero más que a mi propia piel, y tú algo me quieres, ¿no?

Dejó el bolígrafo a un lado y releyó lo que había redactado. No le resultaba fácil escribir esas palabras. Había necesitado muchas conversaciones durante horas con Anita, que siempre giraban en torno a si debía abandonar definitivamente a Diego o volver con él. Y si volvía con él, ¿con qué condiciones lo haría? Y Frida había llegado a la dolo-

269

rosa conclusión de que nunca, jamás, podría dejar a Diego, y de que las heridas que le había infligido e —intuía ella— le infligiría también en el futuro cicatrizaban muy despacio y nunca se cerrarían del todo. Pero creía haber encontrado la manera de soportarlas. Amaría a Diego, siempre, pero ese amor sería distinto al de antes. Cuando lo dijo por primera vez en voz alta, fue como si se quitara un peso enorme de encima. De pronto veía que ante sí se abría un camino: disfrutaría del tiempo que estuviese en Nueva York y después regresaría a México y retomaría su vida con Diego. Porque seguía queriéndolo, aunque de un modo distinto, menos romántico, quizá más maduro que cuando empezaron su relación.

No le dijo a Nick lo que tenía planeado. No le interesaba saber si de verdad él no intuía nada o tan solo fingía no hacerlo. Cuando estaban juntos, eran felices, eso era lo único que contaba. Frida disfrutaba de cada segundo que pasaba con él. Con Nick, el amor era muy distinto, tenerlo a su lado en la cama le producía una sensación muy diferente. Podía abarcarlo con los brazos, y eso era algo que le gustaba. Nick le daba a Frida todo lo que necesitaba en ese momento: un hombre en el que llorar, ternura y pasión.

—Si amas a Diego tanto como dices, ¿por qué lo engañas? —preguntó Lucienne desconcertada.

Estaban sentadas a una de las mesas siempre un tanto sucias de Katz's Delicatessen, en el Lower East Side. Desde que Frida había comido allí por primera vez un sándwich de pastrami era adicta a ellos. Le hincó el diente con ganas a uno de esos bocadillos repletos de carne. Llevaba un pepinillo encurtido, de forma que el sabor era perfecto. A esas alturas en Katz's ya la conocían y siempre la atendían con amabilidad.

—Podría morir por esta comida —aseguró con la boca llena—. ¿Cómo es que no la descubrí antes? Es lo único que sabe a algo en todo Estados Unidos. Aparte de los cocteles.

Lucienne se rio y bebió un sorbo de cerveza.

—En serio, Frida. Sigo sin entenderlo del todo. Casi te mueres de pena cuando Diego y tu hermana..., bueno, ya sabes. Y ahora eres tú la que tiene un amante que es más que una aventura inofensiva. Ayúdame a comprenderlo.

—No creerás que Nick es mi primera aventura, ¿no?

—Probablemente «aventura» no sea la palabra adecuada —apuntó Lucienne.

—Tienes razón. Solo quería decir que ya he tenido aventuras antes, pero nunca fue nada serio. Con Nick es distinto. Si no llevara a Diego en el corazón —levantó el sándwich y se señaló con la mano repleta de anillos el corazón—, viviría con Nick. Lo amo. Pero a Diego lo amo más aún. —Iba a dar otro mordisco al sándwich, pero se detuvo a medio camino de la boca—. Debo resignarme a que Diego y yo no podamos amarnos con la misma intensidad. Uno de nosotros siempre será el perdedor, eso es algo que he comprendido de un tiempo para acá. Y ahora hablemos de otra cosa, no quiero echar a perder mi sándwich de pastrami.

A la mañana siguiente Frida se despertó y se desperezó con indolencia. Se acurrucó cerca del hombre que tenía al lado. Aunque la ventana estaba cerrada, le llegaba el ruido de la calle. El departamento de Nick estaba en una de los últimos pisos de un rascacielos, pero el nerviosismo de la ciudad llegaba incluso hasta allí arriba.

En la calle hacía un frío que helaba, como el que solo podía hacer en invierno en Nueva York. En la habitación, en cambio, el calor era sofocante, porque la calefacción no se podía regular. Por un momento Frida echó de menos el calor de México. Qué alivio sería poder sentarse fuera al sol ahora. «Ya llevo aquí cinco largos meses —pensó—, quizá haya llegado el momento de volver a casa.»

Con cuidado para no despertar a Nick, se volvió hacia él y lo contempló. Le acarició con las yemas de los dedos los ojos cerrados, en los que veía su amor siempre que la miraba. Nick lo tenía todo para hacerla feliz: era encantador, sensible, un amante tierno y atento. Era inteligente y creativo, y ella admiraba profundamente las fotografías que tomaba. Con él se podía reír y se sentía comprendida. La trataba como a una reina y ya le había pedido en dos ocasiones que se casara con él.

Solo tenía una falla: no era Diego.

Frida exhaló un suspiro tan hondo que creyó que lo había despertado. Pero Nick continuaba durmiendo y ella apoyó la cabeza en el pliegue del codo para dormitar un poco más. Sin embargo, el sueño no llegaba. «¿Por qué sigo dependiendo de un hombre que me ha causado tanto dolor? ¿Por qué no abrazo la idea de vivir con Nick, o al menos lo intento?»

De pronto se vio mentalmente con un vestido blanco y una chaquetilla corta delante de un paisaje azul. Pero allí donde se encontraba el corazón se abría un gran orificio:

lo había traspasado una lanza. El corazón estaba a sus pies, enorme y sangrante. La Frida del cuadro derramaba grandes lágrimas, pero ya no era la mujer naif e ingenua de antes. Ahora era una mujer con mundo y experiencia de treinta años, que a pesar de todas las adversidades tenía el control de su vida. Una mujer que incluso sin los intrincados recogidos de trenzas y sin joyas irradiaba una luz especial.

Y entonces supo que podía volver a México, supo que ya era fuerte, lo bastante fuerte para comprometerse de nuevo con Diego sin perderse a ella misma por el camino.

Sintiéndose segura, en diciembre de 1936 volvió a casa, aunque Nick le suplicó que se quedara. No le preguntó si iba a volver con Diego, porque era listo y sabía cuál era la respuesta.

—Nos volveremos a ver —le prometió Frida en el andén. El revisor la había instado a subir al tren; las dos maletas enormes que llevaba llenas de regalos ya estaban dentro—. Y te escribiré muchas muchas cartas en las que siempre estamparé mis besos, ya lo verás. —Le apretó la mano por última vez y subió.

El tren apenas había salido de la ciudad y Frida ya echaba de menos a Nick. Si estuviera con ella en ese momento, apoyaría la cabeza en su hombro y conversarían en voz baja. Al mismo tiempo se moría de ganas de arrojarse a los brazos de Diego. La conciencia le remordía. ¿Acaso no se estaba comportando igual que él? ¿Acaso no le había sido infiel? Infiel quizá sí, pero no había roto su promesa de serle leal. Además, la monogamia es un invento burgués. Frunció la boca en un gesto burlón al pensarlo. La teoría de si era marxista o no en ese momento le daba absolutamente lo mismo. Echaría de menos a su amante porque le aportaba algo que en Diego no encontraba, o al menos ya no encontraba. Le asustaba la perspectiva de renunciar a las caricias de Nick, que inflamaban su cuerpo, a sus cumplidos, a las conversaciones íntimas que mantenían.

Lucienne le había echado en cara que engañaba a Diego solo para vengarse. En un primer momento a Frida le había molestado el reproche, pero después se había parado a reflexionar sobre ello.

—Es posible que tengas un poco de razón. Por lo menos al principio era así.

Lucienne la miró con expresión de desconcierto.

—No conozco a nadie que sea tan sincero consigo mismo —afirmó al cabo.

—Yo tampoco —contestó Frida. Y ambas rompieron a reír a carcajada limpia.

«Ay, Lucienne —pensó Frida mientras iba sentada en el compartimento, que se movía de un modo espantoso—. A ti también te echaré de menos. A ti y a Nick. Y a Anita. Y nuestras tardes en el cine. Y nuestras conversaciones. Y...» Se arrebujó en el rebozo, pero a pesar de todo tenía frío.

Cuando el tren se detuvo, subió una mujer entrada en años y se sentó frente a ella. Primero se quedó mirando a Frida y después le preguntó por la ropa que llevaba.

—¿Es mexicana? Discúlpeme, no quiero importunarla, pero trabajo de modista en Broadway y me interesan estas cosas.

Frida agradeció poder conversar con alguien para no tener que seguir devanándose los sesos.

Una vez que su compañera de viaje se bajó, Frida escribió la primera carta a Nick. Cuando llegó a la frontera de México ya le había escrito tres cartas para sentirse cerca de él. ¿Cómo podía ser? ¿Qué se suponía que iba a hacer? Su carrusel de ideas se puso otra vez en movimiento, dando vueltas cada vez más deprisa. ¿Cómo serían las cosas cuando viviera de nuevo con Diego? Cuidaría más de sí misma y no volvería a ser su prolongación. Viviría su propia vida e intentaría ser económicamente independiente de él. Eso era muy importante. Para ello tendría que buscar de forma activa compradores de sus cuadros y dejar de regalárselos a sus amigos.

Cuando cruzó el río Bravo, escuchó su voz interior: sí, se sentía lo bastante fuerte como para poner en práctica sus planes. Podía empezar a ilusionarse con ver a Diego.

20

¡Pintar! ¡Pintar! ¡Pintar! Frida estaba en su cuarto, en la avenida Insurgentes, con el pincel en la mano. Había llegado de Nueva York por la noche. A decir verdad, pensaba ir directo a ver a Diego, incluso había llegado a tomar el abrigo, pero todavía se sentía muy unida a Nick, aún creía percibir su olor en el cuerpo, y le habría resultado falso presentarse así ante Diego. Cuando estaba parada delante de la puerta, sin saber qué hacer, se apoderó de ella una inquietud, una tensión que hizo que corriera al caballete: un cuadro quería ver la luz. Frunciendo el ceño se quedó mirando el lienzo en blanco. Quería pintar sin saber cuál sería el tema del cuadro. A la cabeza le vinieron cuadros anteriores: cuando pintó a su familia, a sus abuelos y sus padres, pero también el último cuadro de Nueva York, de ella misma con un orificio allí donde debería estar el corazón. Y, cómo no, el autorretrato en la frontera entre Gringolandia y México. Rescató de la memoria los detalles principales y los esbozó deprisa. Se dio cuenta de que quería tener esos cuadros al lado, así que los sacó del estante para colocarlos alrededor del caballete. Al hacerlo, fueron a parar a sus manos algunos libros de arte, que hojeó. Su mirada cayó en el lienzo de Max Ernst que había visto en el Museo de Arte Moderno de Nueva York. Los tonos verdes oscuros, casi amenazadores de las plantas ante un fondo apocalíptico, le habían llamado la atención. Se había pasado horas delante del cuadro, cuyo tamaño no era mucho mayor que sus propios formatos. Frida siguió revolviendo y encontró la reproducción de un detalle de *El jardín de las delicias*, del Bosco. A esas alturas ya apenas se podía mover; por todas partes había libros abiertos o lienzos. Sencillamente, tenía demasiado poco espacio. En un ataque de rabia, Frida lo tiró todo al suelo y se dejó caer en una silla.

Media hora después, cuando Diego llamó a la puerta, Frida estaba hundida y tenía los ojos anegados en lágrimas.

Abrió y se echó en sus brazos. Él la estrechó con fuerza y Frida sintió un alivio instantáneo.

—Te he echado de menos, Diego.

—Ya estoy aquí.

—No tengo sitio para pintar, y debo pintar.

Diego reparó en el caos de cuadros, libros y objetos.

—¿Esto? —preguntó mirando el lienzo, donde reconoció detalles de cuadros anteriores. Asintió con expresión de reconocimiento.

Frida hizo un gesto afirmativo.

—Pero no tengo sitio —repitió.

Diego la besó. Primero en la coronilla y después en la boca, y entonces musitó:

—Vuelve conmigo, Frida. En San Ángel tienes tu estudio. Todo te está esperando, yo incluido.

Al día siguiente Frida se instaló de nuevo en la casa de San Ángel.

Diego se mostró servicial, encantador. Metió los muebles en la casa, la ayudó a limpiar y le regaló una valiosa escultura de jade. También colocó el caballete y le compró una mesa del tamaño adecuado, porque en las dos que había Frida no tenía bastante espacio para las paletas, los tarros con los pinceles, los carboncillos y las pinturas.

Cuando lo tuvo todo a su alcance y también hubo distribuido el sinfín de pequeños objetos que tenían que ver con el trabajo solo vagamente o le servían de inspiración (los espejos, retablos, piedras de colores y hojas, todos los tesoros que había ido acumulando), Frida sacó los bocetos del nuevo cuadro y los dispuso en el caballete. Le habría gustado ponerse a pintar en el acto. El nuevo y amplio espacio lleno de luz hacía que le entrasen ganas de trabajar. Era como una promesa. Pero después de ese día largo, en el que había estado cargando con tantas cosas, la invadió el cansancio. Cuando se metió en la cama, seguía sin poder quitarse el cuadro de la cabeza. Incluiría tantas cosas que temía que no fuera a bastarle con el espacio que le ofrecía el lienzo. Además, aún no sabía qué forma le daría a cada uno de los detalles. Aparecerían todos en un cuadro, pero ¿qué los uniría? Se tumbó del otro lado y cerró los ojos. «Mañana», pensó, y sintió una satisfacción inmensa.

Nada más levantarse, sus pies descalzos la llevaron al estudio. Respiró con alivio al verse en esa habitación llena de luz. Se puso delante del caballete y contempló por enésima vez lo que había hecho hasta el momento. Tenía cada vez más claro que ese cuadro, más que todos los anteriores, reproduciría su vida. Pero todavía faltaban algunos detalles decisivos: su enfermedad, sus sueños y Diego, sobre todo Diego.

«Necesitaré más espacio. Este cuadro tendrá que ser mucho más grande que mis otros cuadros.» Dio unos pasos a un lado para verlo desde otro ángulo. Seguía sin saber cómo conectaría todos los elementos.

Absorta en sus pensamientos, llenó la tina y se sumergió en el agua caliente. Se miró los pies, que sobresalían del agua. Se había pintado las uñas de los dedos del pie izquierdo de un rojo vivo; en el derecho no tenía dedos. Resignada, cerró los ojos y se hundió más en el agua. La espuma ya la cubría casi por completo, Frida se sentía más ligera. Sus manos recorrieron su cuerpo, las cicatrices, pero después rozaron la suave piel de los pechos y el vientre. Se acarició y siguió su inspiración. Segundos después se incorporó con tal brusquedad que una buena cantidad de agua se salió de la tina y fue a parar al suelo.

Había encontrado la idea para el cuadro. Era exactamente la imagen que tenía en ese momento: el extremo de la tina, los pies asomando del agua y, flotando en ella, todos los símbolos que constituían su vida.

—Diego —lo llamó, aunque sabía que no la podía oír—. ¡Diego!

Estaba impaciente por describírselo. Se puso una bata atropelladamente y cruzó la pasarela.

—¿Cómo lo titularás? —preguntó Diego después de que ella le contara, sin aliento, lo que se le había ocurrido para el nuevo cuadro.

—*Lo que el agua me dio* —respondió sin pensarlo mucho—. Ahora me tengo que ir. A trabajar.

Por la tarde Cristina fue a visitarla. Se dirigió con timidez a Frida.

—Cometí el mayor error de mi vida al enredarme con Diego. Tú eres mucho más importante para mí que él —confesó entre lágrimas—. ¿Podrás perdonarme?

Frida echaba de menos a su hermana preferida, con la que tantas cosas, buenas y malas, compartía. Para entonces también prevalecía en ella el deseo de reconciliarse y recuperar la estrecha relación que tenían. A fin de cuentas, Cristina era el único miembro de su familia que le quedaba. Su madre había muerto, Matita se había ido a otra ciudad y apenas la veía, y Guillermo vivía en su propio mundo. La añoranza venció a Frida.

—Te perdoné hace tiempo —afirmó, y ambas se abrazaron llorando—. Me resulta más fácil perdonarte a ti que a él —aseguró.

En ese instante entró Diego en la habitación. Frida vio la duda reflejada en sus ojos.

—¿Y a mí no me puedes perdonar? —fue lo primero que le preguntó cuando fue a verla por la noche cruzando la pasarela de la azotea.

Estaba delante de ella, alto y voluminoso como siempre. En su mirada Frida distinguió ira e inseguridad. Tras un silencio breve, comenzó a interrogarla: qué había hecho tal y tal día en Nueva York, a quién había visto, dónde se había alojado, qué había comido. La acribilló a preguntas. No era así como imaginaba ella su reencuentro, y al final se hartó.

—Yo a ti no tengo que rendirte cuentas. Y no me preguntas porque quieres compartir mis vivencias, sino porque me quieres controlar. Así que di, ¿qué es lo que quieres saber de verdad? ¿Si he conocido a otro hombre en Nueva York?

Frida se puso en jarras y lo observó con cara de enfado. Diego respiraba pesadamente.

—¿Hay otro hombre? —inquirió al cabo. Apenas se atrevía a mirarla.

—No está aquí. No vive conmigo. No corres el peligro de tropezarte con él.

—¿Quién es?

—Me pregunto con qué derecho me haces estas preguntas —empezó, y de pronto soltó todo cuanto la oprimía—: Tú para mí no eres mejor que ningún otro hombre. Ni siquiera vacilaste al encamarte con mi hermana. Eres tan culpable del sufrimiento que padecen las mujeres mexicanas, ¡de mi sufrimiento!, como todos esos machitos despreciables, maltratadores, que creen tener más derechos que sus mujeres. Hombres que tienen a una querida en la casa chica. Hombres que sienten la necesidad de conquistar y destruir y a los que les provoca placer el sufrimiento de las mujeres. Eres igual que ellos.

Al oír sus palabras, Diego se derrumbó. Quería rebelarse y defenderse, pero Frida lo hizo callar con un movimiento de mano.

—Todavía no he terminado. Sí, Diego Rivera, tú también eres un machito. Aunque no pares de hablar de la revolución. Dime, ¿a quién quieres liberar? Porque está claro que a las mujeres no. Tú también eres un traidor a esa revolución de la que haces bandera.

Él tomó aire, pero no dijo nada.

—En mi amor por ti buscaba una unión contigo, algo exclusivo, que hiciese que mi vida y la tuya formaran parte de algo mayor. —Las últimas palabras ya solo eran un susurro, Frida estaba agotada—. Pero no lo he encontrado.

—¿Me sigues queriendo? —preguntó Diego.

—Sí, aunque a veces desearía que no fuera así.

—¿Hay esperanza para nosotros?

Frida asintió.

—Pero yo ya no soy la mujer con la que te casaste. Hace mucho ya que no lo soy. He pasado casi medio año en Nueva York y he comprendido muchas cosas. He meditado mucho sobre mí y sobre la vida.

No le dijo que en Nueva York estaba Nick, que la amaba y quería casarse con ella, pero ese pensamiento le dio fuerzas. Diego captó el cambio de acto. Fue hasta ella y la tomó en brazos. Después se sentó en un sillón y la acomodó en su regazo. Acto seguido le cubrió de besos la cabeza y el cuello.

—Frida, te lo suplico: quédate conmigo. Vive conmigo. Encontraremos la manera.

—Ya ves que estoy aquí —repuso ella.

Frida quería volver con Diego, pero solo a su modo. Se independizó de él en lo tocante a las pequeñas cosas cotidianas. Ya no cocinaba para él ni le llevaba la comida. En su lugar acudían casi a diario para compartir una comida espontánea en San Ángel amigos, coleccionistas de arte o compradores interesados que pasaban por allí. Frida ponía en la mesa fruta y un plato sencillo y agasajaba a todo el que iba. Le daba lo mismo que Diego estuviera o que no. Y, pese a todo, Frida lo sorprendía mirando cuando se las daba de anfitriona bella y desenvuelta, que era amable con todo el mundo y encandilaba a todos. Cristina iba casi a diario, pero ya no tenía ojos para Diego.

Frida seguía pintando como una posesa, y el cuadro de la tina cada vez se perfilaba más; lo más difícil era dar con los elementos que debían formar parte de él. Diego la estimulaba, se interesaba por cómo iba avanzando, opinaba sobre sus progresos, formulaba preguntas y la alentaba. Frida se tranquilizó. Su vida discurría otra vez, al fin, por el camino adecuado. Tenía un hogar, a Diego, a sus amigos, su trabajo. Todo parecía perfecto.

Sin embargo, a principios del nuevo año los dolores de espalda volvieron a ser más fuertes. Frida no sabía a qué se debían, sencillamente su maldita espalda hacía lo que le venía en gana. Intentó desoír el dolor cuando pintaba, pero no pudo más que darse cuenta de que le impedía trabajar de forma continuada. Al cabo de media hora delante del caballete, justo cuando volvía a abstraerse en el trabajo, las punzadas y los tirones en la espalda y en el pie derecho eran tan intensos que se veía obligada a parar. Tenía el ánimo por los suelos. Como su deseo de pintar era tan fuerte, empezó a pintar de nuevo tendida en la cama, pero lo odiaba, ya que le recordaba al periodo que siguió a su accidente.

Fue a ver al doctor Zimbrón, del que había oído hablar muy bien. Le recomendó operarse otra vez del pie. Y debería volver a llevar un corsé.

—¡No volveré a ponerme un corsé de yeso jamás! —exclamó desesperada—. Antes prefiero morir.

Diego, que había ido con ella, le puso una mano en el brazo para que se calmara.

—Contamos con nuevos avances —aseguró el doctor Zimbrón—. Ahora podemos confeccionar soportes de cuero para la espalda. Son más blandos, no tienen los cantos tan marcados y se pueden ajustar a la espalda con un cordón, como si fuese un corsé. Sin embargo, antes es preciso realizar una pequeña corrección quirúrgica. Todo apunta a que su columna vertebral se está enrigideciendo. Si no quiere acabar con una parálisis, debemos hacer algo.

Con las medidas médicas que se tomaron transcurrieron algunos meses. Justo cuando Frida se sentía mejor, Diego enfermó. Los riñones le daban problemas.

Frida cuidó de él solícitamente, se sentaba junto a su cama y le leía en voz alta.

—Somos una curiosa pareja de lisiados —dijo, y se echó a reír.

—¿Por qué tengo que ponerme enfermo para que seas buena conmigo? —preguntó él.

—Porque cuando más te quiero es cuando te puedo cuidar. Entonces es cuando te vuelves manso.

Cuando llegaron las facturas médicas, Frida hubo de constatar que no había dinero. Y todavía no habían pagado las últimas adquisiciones para la colección de arte de Diego, que este compraba por todo el país. A eso había que añadir los gastos de las reformas en la Casa Azul, donde Diego quería incorporar una suerte de pirámide al jardín para albergar sus preciadas figuras. Y además tenía planes para erigir un museo en toda regla a las afueras de la ciudad. Frida no tenía la más mínima idea de cómo iban a pagar todo eso. Registró las cosas de Diego en busca de cartas sin abrir que pudieran contener cheques, pero esta vez, por desgracia, no encontró ninguno.

Además, Frida estaba muy preocupada por Anita. Hacía mucho que no sabía nada de ella, y las noticias que recibían de España no eran buenas. La guerra civil cada día era más sangrienta y daba la impresión de que los republicanos españoles iban a perder contra el general Franco. A México llegaban miles de refugiados españoles, sobre todo niños a los que la contienda había convertido en huérfanos. Frida y Diego salieron a la calle en defensa de la República española, y ella escribió infinidad de cartas pidiendo a sus amigos de Estados Unidos que recaudaran dinero para esta. Cuando Frida caminaba junto a Diego a la cabeza de una manifestación gritando consignas, a veces lo tomaba de la mano y se la apretaba con fuerza, y Diego hacía otro tanto. Los objetivos políticos que compartían volvieron a acercarlos.

21

Frida cruzó deprisa la pequeña pasarela que conectaba su casa con la de Diego, congelada con su blusa sin mangas, ya que soplaba un viento vespertino frío. Caramba, se le había olvidado el rebozo. Dio media vuelta y bajó la escalera para ir a buscarlo. Tras pararse a pensar un momento, cayó en la cuenta de que lo había dejado en la cama cuando, en el último momento, había decidido ponerse una blusa distinta. Era amarillo mostaza y verde, y antes había sacado el rebozo verde hierba y rosa. Ahí estaba, en efecto. Lo tomó y se lo echó por los hombros con un movimiento fluido. El dolor le recorrió la espalda. No podría evitar someterse a otra operación. ¿Cuál sería? ¿La vigésima o la trigésima ya? No quería pensar en eso. Subió de nuevo a buen paso y entró en casa de Diego. Abajo ya se oía el ruido de los invitados. Se detuvo a mirarlos.

Más de una veintena de personas se había dado cita en el estudio de Diego. La idea de la velada había sido de Frida. Era septiembre, un mes que se hallaba a medio camino entre su cumpleaños y el de Diego. Ambos volvían a gozar de buena salud, si es que se podía decir algo así en el caso de Frida, y esta quería celebrarlo. Para entonces ya era una anfitriona casi legendaria en la ciudad. La mayoría de las veces las visitas acudían a mediodía, se quedaban una o dos horas, comían y se iban, pero ese día la invitación era nocturna. Miranda y ella habían estado atareadas el día entero con los preparativos. La mesa grande estaba decorada suntuosamente con fuentes de barro de Oaxaca y con flores, de ello se había encargado Frida antes. En el centro destacaba un recipiente enorme de mole negro al estilo de Oaxaca que había preparado Frida. Alrededor había dispuesto cuencos más pequeños con arroz, pollo asado troceado y papas en salsa verde, la especialidad de Miranda, que en ese preciso instante estaba colocando platos de pan dulce, cocol con sabor a anís.

Frida miró a Cristina, que daba la vuelta a la mesa para comprobar que todo estaba como Dios mandaba. Qué suerte que se hubieran reconciliado. No pudo evitar sonreír. En ese entonces Cristina tenía un amante, abogado. Aunque estaba casado, se ocupaba de ella y de los niños y le había alquilado un departamento, que también Frida utilizaba a veces de nidito de amor.

Frida se concedió un instante más para observar a los invitados, a la mayoría de los cuales conocía. La comunidad artística de México no era muy grande, todos se conocían, sus caminos se cruzaban constantemente. Ahí estaba Manuel Álvarez Bravo, el fotógrafo que había tomado la foto de su boda. Como siempre, iba con su cámara. Su mujer, Lola, a todas luces había llevado a una amiga, una mujer bellísima de cabello rubio claro. Vio a la actriz María Félix. Frida contempló la esbelta figura de María y cerró un instante los ojos. Sabía cómo era María bajo el vestido. Habían pasado una noche juntas, rebosante de ternura. Después de haber vuelto con Diego, Frida se permitía el derecho de tener amantes, en ocasiones del sexo femenino. Había dos parejas a las que no conocía; estadounidenses, a juzgar por su ropa. Las mujeres, con vestido de coctel de colores chillones, rondaban a Diego y le hacían ojitos.

«Ay, Diego, el amor de mi vida. Hace mucho que me resigné a que necesites la admiración de otras mujeres. Tal vez sea así cuando uno se encuentra en los umbrales de la vejez. A veces he deseado que pudiera dejarte, pero no tengo fuerzas para separarme de ti definitivamente. Aún no se ha cerrado la herida que me hiciste cuando te enredaste con Cristina. A ella la he perdonado, a ti no del todo. No sé en qué fase se halla ahora mismo nuestra relación. No estamos en guerra, pero tampoco en paz. Quizá sea una suerte de alto el fuego.» Lanzó un suspiro; tendría que servirle de consuelo esa idea. Después levantó el mentón, esbozó una sonrisa radiante que incluso a ella misma le parecía en ocasiones una máscara y empezó a bajar.

En ese momento los dos estadounidenses estaban delante de los cuadros de Diego, probablemente apoquinando el dinero de los cuadros que en realidad querían sus mujeres. Frida resopló. Sin embargo, dentro de unos minutos sería amable con ellos, ya que era importante que esos gringos compraran los cuadros de Diego, para que ellos al menos pudieran pagar unas facturas.

Siguió observando a los invitados. Se quedó sin aliento al ver a una mujer con el pelo oscuro, a la altura de la barbilla. ¿Tina? Pero al mirar bien se dio cuenta de que no era Tina Modotti, sino la actriz Dolores del Río, que se parecía. También era una buena amiga, pero Frida seguía echando de menos a Tina, y le dolía. Tras el asesinato de su amante Antonio Mella y del atentado contra el entonces presidente, Pascual Ortiz Rubio, con el que se le había relacionado, la habían expulsado de México. Frida había oído que había ido a Moscú a trabajar para el servicio secreto de Stalin. Por aquel entonces al parecer estaba en España, luchando por la República, como Anita. A Frida le habría gustado volver a ver a la mujer a la que tantas cosas debía, pero era muy probable que Tina ni le dirigiese la palabra después de que Diego se hubiera unido a los trotskistas. Para Stalin, Trotski era peor que el demonio. Frida negó con la cabeza. ¿Cómo podía trabajar Tina para la banda de asesinos de Stalin?

Mientras bajaba la escalera despacio, la pesada tela de la falda y las abundantes joyas que lucía sonaban y los cascabeles de los zapatos tintineaban con cada paso que daba. Con semejante concierto nadie se percataría de que cojeaba. Frida ya había vivido esa situación a menudo, y había perfeccionado su aparición. La primera que la vio fue Dolores, que avisó a María y señaló en dirección a Frida. Poco a poco fueron enmudeciendo las conversaciones y todos miraron hacia arriba.

—Como una divinidad azteca —oyó Frida musitar a alguien.

Los estadounidenses clavaron la vista en ella, y Frida vio en sus ojos que estaba arrebatadora, bella, exótica, como una reina. Incluso las dos mujeres que estaban con Diego apartaron la vista de él. Diego le dedicó una sonrisa de admiración. «Tú eres México, eres mi vida, mi amor», leyó ella en sus labios.

Dolores del Río empezó a aplaudir.

—Frida, ¡por fin!

Los demás se sumaron al aplauso, y Frida bajó la cabeza

y se rio. Todas las dudas que la asaltaron hacía un instante, toda la tristeza y la preocupación por su salud desaparecieron tras esa amplia sonrisa. Fue consciente de la atención que le dispensaban los allí presentes, pero sus ojos eran únicamente para Diego. No dejó de contemplarlo mientras terminaba de bajar la escalera, con parsimonia. Fue un momento lleno de magia. «Me quiere tanto como yo a él.» Con un gesto casi imperceptible respondió a la mirada de Diego, sin dejar de clavar la vista en él.

—¡Que empiece la fiesta! —exclamó con alegría—. ¡Viva la vida!

Dolores se acercó a ella en compañía de un hombre.

—Le presento a Frida Kahlo —le dijo. Y a Frida—: Este es John...

—John Miller —se apresuró a completar el hombre, tendiéndole la mano para saludarla—. Soy del *San Francisco Chronicle* y me gustaría formularle unas preguntas.

—¿A mí? ¿No a mi marido? —preguntó Frida con una sugerente caída de ojos.

—A usted. No lo recordará, pero en su día publiqué un artículo sobre usted. Por aquel entonces se encontraba con Diego Rivera en San Francisco y me la presentaron como su encantadora esposa de ojos oscuros que también era artista. Si me permite que se lo diga, está usted más bella aún. —Hizo una pequeña reverencia.

—¿Es una constatación profesional?

Él sonrió.

—No. Una constatación profesional sería que le dijese que está usted a punto de desbancar a su marido en las simpatías de nuestros lectores. ¿Podría ver sus últimas obras?

Frida miró a su alrededor. Las personas se arremolinaban para saludarla.

—Este no es el momento adecuado, vuelva mañana por la tarde. Pero no se vaya, quédese a cenar con nosotros. ¿Baila usted?

El buen humor de Frida no decayó en toda la noche. Bailó y cantó. Era una lástima que no hubiese ido Concha Michel. Su voz rebosante de sentimiento y fuerza habría hecho que la velada fuese perfecta.

Frida acababa de acompañar a la puerta a los estadounidenses. Los hombres no se querían ir y se comían con los ojos a Frida más de lo que era conveniente, pero sus mujeres se terminaron hartando y los instaron a marcharse. Cuando regresó al estudio de Diego, Cristina se acercó a ella.

—Me alegro de que se hayan ido —afirmó—, pero estoy segura de que pondrán por las nubes tu hospitalidad. No conozco a nadie aparte de ti que pueda hablar con diez personas a la vez, tanto si le caen bien como si no, y que cada una de las diez tenga la sensación de que solo tienes ojos para ella. ¡Me quito el sombrero! —Levantó su copa y brindó con ella.

—Ven a bailar conmigo —le propuso Frida.

A la mañana siguiente Frida tenía un fuerte dolor de cabeza. En sus oídos resonaron las palabras de advertencia que el doctor Eloesser le repetía sin cesar, con la voz teñida de preocupación: «Debe reducir el consumo de alcohol, no tiene la constitución adecuada».

La propia Frida era consciente de que el consumo excesivo de alcohol no le sentaba bien, pero la noche anterior estaba de muy buen humor, disfrutando de los cumplidos de sus invitados. Cada uno de los estadounidenses compró un cuadro, y Diego acabó dando a entender a sus emperifolladas esposas que le aburrían. Las dejó plantadas y el resto de la velada la pasó bailando solo con Frida, completamente ensimismado.

—Ay, doctorcito —musitó—, concédame este trago y le prometo que en mi entierro estaré sobria.

Miró el otro lado de la cama, donde Diego seguía durmiendo. Apenas le había quitado los ojos de encima durante la velada, y cuando se hubieron marchado todos los invitados, fue con ella y la amó, una y otra vez, rebosante de ternura. Frida le pasó la mano por el pelo con dulzura. El recuerdo de esa noche le dio fuerzas. A pesar de eso, sintió flojera en las piernas cuando se levantó para tomarse un café cargado.

Seguía sentada a la mesa de la cocina cuando entró Miranda con un telegrama. Frida vaciló: los telegramas nunca auguraban nada bueno.

Era de Anita Brenner, desde Nueva York, donde estaba viviendo de nuevo. Escribía que León Trotski y su esposa debían encontrar urgentemente otro país que les concediera asilo, porque los noruegos no querían tenerlos más en el suyo. Él temía por su vida. ¿Podía hacer algo Diego? A fin de cuentas, hacía unos meses había ingresado en la Cuarta Internacional, organización trotskista, un paso que Frida no había querido dar con él.

Frida dejó el telegrama en la mesa. De haber llegado la víspera, habrían podido preguntárselo al presidente Cárdenas en persona, pues había sido uno de los invitados.

Se sirvió otra taza de café y fue a la habitación a despertar a Diego.

Cuando Frida lo puso al corriente, Diego se espabiló de inmediato, si bien se tomó su tiempo para besar a Frida tranquilamente antes de decir:

—Iré a ver a Cárdenas para preguntarle si estaría dispuesto a conceder asilo a León y a Natalia.

—Voy contigo —decidió Frida.

Sus esperanzas eran fundadas. El presidente Lázaro Cárdenas, izquierdista, ya había acogido a refugiados españoles. Con la condición de que Trotski no interviniera en la política mexicana, permitió que fuese a México.

—Usted será responsable de él —le advirtió a Diego al despedirse.

Natalia y León Trotski tenían previsto llegar el 9 de enero. Diego no pudo ir a Tampico, donde atracaría el barco noruego al bordo del cual iban los Trotski. No se había curado de los riñones como era debido, por lo que se encontraba en el hospital y le habían prohibido tajantemente viajar, de manera que Frida se puso en camino para ir al puerto a buscarlos. Resultó ser toda una suerte, ya que Natalia se negó a desembarcar hasta que no viera a alguien a quien conociese y en quien confiara. Tenía miedo de sufrir otro atentado. Solo cuando vio a Frida en el muelle se mostró dispuesta a abandonar el barco.

Dando rodeos y fingiendo paradas, los Trotski llegaron sanos y salvos a la Casa Azul, donde vivirían. Durante el trayecto a Coyoacán, Frida no sabía muy bien cómo tratar al serio matrimonio. A fin de cuentas, Trotski era uno de los hombres más importantes del mundo, la intimidaba. Y no podía hablar del tiempo con él. Por eso se alegró cuando los dos se fueron directos a su habitación para descansar tras el agotador viaje.

Sin embargo, al día siguiente, cuando lo sorprendió inspeccionando el jardín y dando de comer a las gallinas como si fuese un campesino o un jubilado, León se ganó sus simpatías. Lo admiró por el hecho de que, pese a la enorme carga de trabajo que tenía, lograba tener tiempo para dedicarse a quehaceres tan profanos y no se le caían los anillos por ello.

Trotski escribía a un ritmo frenético una biografía de Lenin, además de un extenso alegato para desmentir las recriminaciones que se le habían hecho en los procesos de Moscú. En Coyoacán estaba previsto que se celebrase una suerte de juicio con juristas internacionales para investigar dichas recriminaciones.

León trabajaba hasta la extenuación, y sin embargo era sumamente amable y tenía un encanto irresistible. En ese sentido a Frida le recordaba a Diego. Pero por encima de todo lo demás, admiraba sus vastos conocimientos en lo tocante a teorías políticas y a los acontecimientos que se habían producido a partir de la Revolución de Octubre en Rusia. Se quedó perpleja al darse cuenta de que, de un modo bastante burdo, el revolucionario empezaba a tratar de ganarse su favor. En un principio se sentía tan solo halagada, pero unos días después, cuando llegó a casa y se lo encontró charlando en confianza sobre la cría de conejos con su padre, que vivía en su propio mundo, León Trotski conquistó definitivamente su corazón.

En abril se reunió la comisión de investigación. Juristas de distintos países, periodistas e invitados se congregaron en la Casa Azul, que se convirtió en una suerte de sala de audiencia para deliberar sobre la acusación. En el fondo se trataba de la recriminación de Stalin de que Trotski había traicionado la revolución, algo que Trotski, a su vez, reprochaba a Stalin, su antiguo camarada y entonces enemigo.

El hombre menudo con barba de chivo tuvo su momento estelar: sin manuscrito y sirviéndose de su gran conocimiento hasta de los detalles más nimios se defendió con palabras certeras. Sus pruebas eran sólidas a más no poder, iba amontonando pliegos de descargo en su sitio sin cesar, parte de los cuales citaba de memoria. Acabó convenciendo con facilidad a la comisión de su inocencia en todos los puntos.

Frida no se perdió un solo minuto. No paraba de mirar a Natalia, que estaba pendiente de su marido. Pero también Frida estuvo atenta a Trotski durante todo el tiempo, rebosante de admiración. Como todos los demás, Natalia y Frida sabían que en los procesos de Moscú la cosa era distinta. Allí torturaban a los acusados para obligarlos a prestar declaraciones falsas. También sabían que Stalin y su servicio secreto no respetarían ese juicio y que, igual que antes, la vida de Trotski corría peligro. Por ese motivo alrededor de la Casa Azul se levantó un muro y Diego compró sin vacilar el terreno contiguo, ya que desde él se podía ver perfectamente el jardín.

Pese a todo, Trotski no se sentía seguro, aunque a diferencia de Natalia se lo tomaba con más tranquilidad. León había salido fortalecido del desenlace del proceso. Continuaba trabajando como un loco, pero se concedía algún descanso y acudía a los pícnics y a las excursiones a los que lo invitaban.

Iban a menudo cerca de Cuernavaca, donde un militante trotskista había puesto a su disposición una casa de campo. Frida se quedó boquiabierta al ver cómo Trotski se subía a lomos de un caballo y salía a galope como un loco. Una faceta más de él que ella no conocía. Ciertamente aquel hombre era una caja de sorpresas. Se rio a carcajada limpia cuando sus guardaespaldas salieron tras él echando pestes. Diego también montó a caballo para seguir al grupo. Frida, que debido a su espalda no podía cabalgar, se quedó con Natalia en la terraza de la casa. A Frida le caía bien Natalia, aunque ambas eran polos opuestos. Natalia era una mujer ya entrada en años, a la que la vida había marcado a fuego, mientras que Frida, que apenas tenía treinta, se hallaba en el apogeo de su belleza. Frida era como un pájaro de colores, con su vestimenta y sus abundantes joyas, mientras que Natalia vestía unos trajes grises en los que casi desaparecía. Frida rebosaba de vitalidad, mientras que Natalia era reflexiva y asustadiza.

Todo el mundo veía lo distintas que eran ambas mujeres, incluidos León Trotski y Diego.

Los hombres volvieron al cabo de dos horas, llenos de polvo y sudor. Frida nunca había visto así a León, parecía un gaucho, increíblemente masculino. «Mantente alejada de él, esto no puede salir bien», pensó.

Al anochecer, cuando estaban sentados a la mesa, Frida notó de repente que algo le rozaba la rodilla. A sus labios asomó una sonrisa minúscula. Al alzar la vista miró a León a los ojos. Esa noche León fue a hurtadillas a su cuarto y Frida lo dejó entrar.

A lo largo de las semanas que siguieron, Trotski le escribió encendidas cartas de amor, que metía en libros que después le pasaba a Frida delante de todos con expresión inocente.

Ese hombre inteligente con barbita de chivo hacía que el corazón le latiera más deprisa. No era capaz de dejar de verlo a escondidas, aunque también le remordía la conciencia por Natalia. Intuía que la mujer de León lo sabía todo, pero Frida no quería terminar la relación.

—Esto no puede continuar —la regañó Ella Wolfe—. Trotski es un revolucionario con una misión política, y tú lo estás convirtiendo en un bobo enamorado. —Estaba junto a Frida en el sofá, leyéndole la cartilla—. Por favor, si tiene aún más años que Diego.

—Lo sé —suspiró Frida—. Le he dicho que debemos ponerle fin a lo nuestro, no por él, sino por Natalia. Me siento mal. Además, tengo miedo de que Diego se entere. —Se sacó una abultada carta del bolsillo—. Me la ha escrito él.

—¿Trotski?

Frida asintió.

Ella miró por encima las hojas.

—Escribe como si fuera un adolescente de diecisiete años —dijo al cabo—. Frida, ¿qué le has hecho? Déjalo en paz antes de que se produzca un desastre. —La miró fijamente—. No creo que lo quieras de verdad. Solo te halaga que un hombre de su talla se haya enamorado de ti. Si al menos pudieras darle celos a Diego con él...

—¡Pero qué dices! —exclamó Frida.

297

—Lo que oyes. No hay ningún motivo para que sigas con esta relación.

—Tienes razón, lo sé. Pero le pintaré un cuadro.

—Haz lo que te dé la gana, pero a partir de ahora sean amigos, nada más.

—Dice la mujer que me ha traído el lápiz labial más bonito del mundo. —Frida hizo girar el lápiz labial rojo en la barra de latón y se pintó la boca con movimientos diestros. Después le estampó a Ella un beso en la mejilla.

22

Diego-mi amigo. Diego-mi madre. Diego-mi padre. Diego-mi hijo. Diego-yo. Diego-universo.

Frida se detuvo, en la mano el bolígrafo con el que había escrito esas palabras. «¿Por qué ese "mi"? —pensó—. A fin de cuentas, nunca ha sido solo mío y nunca lo será. Él solo se pertenece a sí mismo.»

Hojeó sus notas y leyó las entradas otra vez. «Lo quiero tanto que no puedo ser una observadora de su vida, sino una parte de ella. Aun cuando a veces ceda a la tentación, eso no cambia en nada mi relación con él. Lo echo de menos aunque solo esté en la casa de al lado. Y me encanta escribir de él, escribirle...» Se dio unos golpecitos con el bolígrafo en la nariz mientras cavilaba.

«Ahora que lo pienso, ¿por qué no he pintado nunca un cuadro de Diego? Porque era alguien demasiado cercano a mí. Porque hasta ahora no podía ver todas las facetas —se le ocurrió a continuación—. Pero ahora lo intentaré.»

A lo largo de las semanas que siguieron trabajó en su busto cuando estaba en el apogeo de su vida, con el cabello oscuro, abundante. Diego llevaba una camisa de obrero azul, como casi siempre. Su mirada era pensativa, bondadosa, también un poco melancólica. Frida conocía esa mirada, se la dirigía después de amarla. «Ese es mi Diego», reflexionó.

Trotski recibía constantemente invitados y delegaciones políticas del mundo entero, algo que no siempre estaba exento de complicaciones, ya que todas las visitas debían someterse a los estrictos controles de seguridad y a una revisión por parte de sus guardaespaldas.

Tras largas idas y venidas, Frida había puesto fin a su relación amorosa con León, porque no quería hacer daño ni a Natalia ni a Diego. Sin embargo, aquello no facilitó las cosas, porque Trotski seguía enamorado de ella y se negaba a aceptar su decisión. Se produjeron algunas escenas desagradables entre ellos. Cuando André Breton anunció una visita a Trotski con su mujer, Jacqueline Lamba, que también era pintora, Frida confió en que la situación en la Casa Azul se relajara.

Frida se encargó de ir al aeropuerto a buscar a los franceses para llevarlos a la Casa Azul, donde se quedarían. Después se ocupó de su padre, que cada vez reaccionaba con más desconcierto al ver a tantos desconocidos en su hogar. Cuando por fin llegó a casa, Frida estaba agotada, demasiado cansada para pintar.

—¿Y bien? ¿Cómo son? —quiso saber Diego, que había estado trabajando sin problemas en su estudio todo el día.

Frida sintió cierto resquemor. Diego sencillamente se arrogaba el derecho de pintar. A él asuntos como las obligaciones impuestas por los amigos o los compromisos le daban lo mismo. Por lo general, esas cosas le tocaban a ella, y después él le reprochaba que no pintaba con la suficiente seriedad.

—Jacqueline es encantadora. Creo que podría enamorarme de ella.

Diego prorrumpió en una carcajada estruendosa. Aceptaba con indiferencia las amantes de Frida; al parecer no eran competencia para él.

—Sin embargo, el tal Breton me cansa. Nada más subirse al coche empezó a hablar por los codos del surrealismo y cosas por el estilo. Quería decirme cómo tengo que pintar mis cuadros, en serio. Te lo vas a pasar bomba con él.

Breton, máximo representante de los surrealistas franceses, quería hablar con ella constantemente de las dimensiones teóricas del surrealismo, en particular después de ver los trabajos preparatorios del cuadro de la tina y el autorretrato que Frida le había regalado a León. No paraba de decir frases extrañas que para Frida no tenían ningún sentido. «Su arte es una cinta de color que envuelve una bomba», afirmó, pagado de sí mismo. Frida no supo si era un cumplido. Más tarde, cuando se lo comentó a Diego, este soltó una risotada.

—Signifique lo que signifique, creo que tiene razón.

—Quiere que vaya a París a exponer mis cuadros.

—¡Frida, eso sería estupendo! ¿Cuándo?

Ella se encogió de hombros.

—Por lo pronto solo es una idea. Se ve que tiene muchas. Pero, no sé por qué, no me fío de él. Creo que habla mucho y hace poco. ¿Irías conmigo? Sería bonito estar en París contigo. Al fin y al cabo, tú viviste allí años.

—¡Pues claro!

Su cuerpo la dejaba cada vez más a menudo en la estacada. Pese a que le habían amputado los dedos, tenía el pie derecho azul, lo que apuntaba a una septicemia. ¿Y si le tenían que cortar también el pie y posiblemente la pierna? Tras someterse a una operación en la columna vertebral, la herida no quería cerrarse. Todo eso le producía un estado de agotamiento crónico. Comía demasiado poco y estaba adelgazando. Sabía que se debía en parte al alcohol, pero sin él no podía soportar los dolores que sufría. Algunos días le costaba hallar la fuerza necesaria para levantarse.

Cuando se encontraba mejor, conseguía tener tiempo para pintar. Delante del lienzo, trabajaba más deprisa que antes y no se permitía descansos. Ahora creaba más cuadros que en los años anteriores. «León y tú me inspiran», le decía a Diego.

Pero había otro motivo por el que pintaba tanto. En los momentos más sombríos, la asaltaba el miedo de que quizá no le quedase mucho tiempo.

Sin embargo, tampoco permitió que eso le arrebatara sus aventurillas. La sensación de ser amada y deseada cada vez cobraba más importancia en su vida y le daba fuerzas para soportar lo demás.

Acababa de llegar a casa de su hermana. Isolda y Antonio no estaban, y Cristina se iría de un momento a otro para dejarle el departamento a Frida.

—Ay, Cristina, qué haría yo sin ti.

—Encontrarías a otro que te dejara el departamento para tus aventuras —repuso su hermana.

—Ya sabes lo que quiero decir.

Cristina movió la cabeza con un gesto afirmativo. De un tiempo para acá, su hermana y ella estaban muy unidas. Para entonces Frida incluso podía entender en cierto modo por qué Cristina se había comportado como lo había hecho. Las cosas no le iban muy bien, el abogado la había abandonado, tenía poco dinero y debía ocuparse ella sola de sí misma y de los niños. «Y no cuenta con algo como la pintura como es mi caso», pensó Frida. Cristina había confiado en encontrar un poco de felicidad con Diego y dio un paso que lamentaba profundamente. «Y siempre está conmigo cuando tengo que volver al hospital. Siempre puedo contar con ella. ¿Puede ella contar conmigo cuando me necesita?»

—Quizá deberías dejar a Diego. —Cristina no lo decía en serio, Frida lo vio en la expresión risueña de su hermana. Una vida sin Diego no era una vida.

Frida le siguió la corriente.

—Me encantaría hacerlo, pero sabes que sin mí está perdido. Siempre está buscando algo y me culpa a mí de haberlo tomado. Las llaves, por ejemplo. Se enfada y me pide que se las dé, y luego las encuentra en el bolsillo del saco. Cada dos semanas tengo que llevarle el reloj al relojero. No sé cómo lo hace. Las estilográficas se le secan siempre porque no las cierra. Se queda dormido en la tina y después se queja de que el agua está fría. Persigue por la casa a *Fulang-Chan* y va tirando muebles o se da en la espinilla y se pone de mal humor. Hace poco quiso pegarle a *Kaganóvich* por orinar en uno de sus cuadros.

Ahora fue Cristina la que soltó una carcajada.

—Nunca entenderé por qué le dan a sus mascotas nombres de miembros del Politburó ruso, ¡siendo Diego trotskista!

—Por eso se abalanza hacia ellas de vez en cuando. Y todo porque el perro se echó a dormir en su silla. Diego lo tiró al suelo y probablemente por eso *Kaganóvich* se ofendiera y se hizo pis en el cuadro. Después salió corriendo detrás de él y el perro se escondió debajo de la mesa. Diego lo persiguió por la habitación llamándolo «ignorante», y con los otros perros detrás, ladrando como locos. Acabó agotado y resoplando como una morsa. Y luego todo le pareció tan gracioso que le dio un ataque de risa. Me pidió disculpas y dijo que a fin de cuentas el perro tenía razón, porque el cuadro era malo con avaricia. —Frida se rio al recordar la escena.

—Bueno, así le da la razón al Politburó de Stalin, para variar —se burló Cristina—. Deberías inmortalizar a tus animales en tus cuadros.

—Ya lo hago. ¿No has visto el cuadro en el que tengo a *Fulang-Chan* en el hombro?

Cristina negó con la cabeza.

—Da lo mismo. Ahora estoy pintando a mi nodriza y a mí misma. Creo que será un cuadro importante.

—Todos tus cuadros son importantes. ¿Sabes lo que veo yo en ellos?

Frida la miró con cara de interrogación.

—En el desgarro que pintas, en las columnas rotas, las mujeres que no saben si son estadounidenses o mexicanas, en todos tus cuadros veo indicios de que reflejas en tu persona el desgarro de México, que sigue presente incluso después de la guerra civil. ¿Lo entiendes? Eres México en pequeño, en una persona. Tu cuerpo desgarrado es una metáfora de la división de nuestro país.

Frida se quedó mirándola un rato y después fue hacia ella y la abrazó.

—Gracias por unas palabras tan bonitas. Puede que tengas razón. En mis cuadros está México. Creo que las dos cosas más importantes para mí son estas: mi vida como mujer y mis raíces mexicanas. Pero mis cuadros solo son relevantes para mí. Solo me gustan a mí. Los demás los consideran algo demencial. Porque ¿quién quiere ver escenas tan cotidianas?

—Estoy segura de que eso cambiará pronto. Hasta entonces sigue pintando. De lo contrario, te volverás loca con ese hombre.

Frida asintió.

—Diego dice que debería contribuir con unos cuadros a una exposición que se celebrará en la universidad. El tal Breton dice que soy surrealista.

—Sí, sí, por lo del lazo que envuelve la bomba y demás...

—La cinta de color —la corrigió Frida poniendo voz de maestra, y tiró del lazo que se había puesto en las trenzas.

—¿Aguantará el peinado a tu amante? —preguntó Cristina, sonriendo con descaro—. ¿Quién es?

—No te lo pienso decir. Y ahora vete, que está a punto de llegar.

A la mañana siguiente Frida se sentía bien y rebosante de energía y estaba impaciente por ponerse delante del caballete. Ni siquiera se tomó su tiempo para desayunar. Solo entró un momento en la cocina para darle los buenos días a Diego e informar a Miranda de que no necesitaba nada.

—Ven a comer algo, Frida, estás muy delgada —advirtió Diego, que tenía ante él un desayuno opíparo.

—Déjame que dé unas pinceladas. Me he pasado toda la noche pensando en el cuadro...

—¿Toda la noche? ¿No saliste ayer?

—Volví pronto. Y tengo una idea que quiero probar cuanto antes.

—De acuerdo, pero al menos llévate un chocolate caliente —le sugirió. Se levantó pesadamente y fue a la cocina para deshacer en leche el chocolate que había traído de Oaxaca, uno de los mejores del país, y añadirle cardamomo y azúcar. Mientras lo removía en el cacito de latón, Frida se situó detrás de él y lo rodeó con sus brazos. Permanecieron así un instante y después él preguntó—: ¿Dónde estabas ayer por la tarde?

—En casa de Cristina. Estuve hablando con ella del cuadro mucho tiempo. Ya sabes que mi madre me puso una nodriza porque se quedó embarazada de Cristina poco después de tenerme a mí.

—¿Y eso te ha servido de inspiración?

—Sí. —No le dijo que había quedado con una cantante que estaba enamorada de ella, aunque Diego le hacía la vista gorda a sus amoríos con mujeres. «Las mujeres no le suponen ninguna amenaza», pensó Frida. Pese a ello se lo calló. ¿Para qué hacerle daño? Justo en ese momento que se mostraba tan considerado... Le acarició la espalda.

Diego vertió la densa bebida, cuyo embriagador aroma casi mareó a Frida, en su taza preferida y se la ofreció.

—Ahora vete a pintar —dijo con gran ternura, y le dio un beso en la frente—. Pero que no se te olvide tomarte el chocolate.

Subió la escalera con la taza en la mano y se plantó de nuevo delante del cuadro. Dio un sorbo al chocolate caliente, que le supo divino, y después colocó la taza en una de las mesas y se olvidó de ella durante un rato.

Dejándose llevar por la inspiración, pintó sobre el rostro de la nodriza una máscara guerrera con los ojos muertos y la boca abierta como para lanzar un grito. La nodriza, que en realidad regalaba vida en forma de leche, tenía algo amenazador. Por su parte Frida, un bebé en brazos de la nodriza, succionaba de su pecho. Sin embargo, no tenía la expresión infantil de un niño pequeño que mama ensimismado, hace ruiditos y agarra el pecho con las manitas. Su rostro era adulto, con los ojos muy abiertos y la mirada pensativa o incluso perdida en un gesto amenazador. Frida volvió a meter el pincel en la pintura y pintó gotas de leche. Después añadió gotas similares en el fondo, que era un cielo argénteo. Retrocedió y se preguntó si esas gotas eran estrellas, leche o quizá incluso esperma...

Llamaron a la puerta, pero antes de que pudiera ir a abrir oyó la voz de Diego abajo:

—Ahora no puede, está trabajando.

«Gracias, Diego», pensó, y se centró de nuevo en el cuadro.

Estaba bien que él la animara a pintar. A Frida le recordó al tiempo que pasaron en Cuernavaca, poco después de casarse. Madre mía, ¿hacía ya diez años? Por aquel entonces también pintaba, bajo la mirada de Luis Cardoza. Por aquel entonces trabajar la había ayudado a superar su primer aborto. Y el descubrimiento de que Diego la engañaba con su asistente. Rio con amargura. Esa asistente fue la primera de toda una larga lista, pero le hizo más daño que el resto, precisamente por ser la primera.

Después siempre había habido fases largas en las que no pintaba. ¿Por qué se dejaba distraer sin cesar? ¿Por qué todo lo demás era más importante que su arte? En ese momento lamentaba con amargura el tiempo que había perdido.

Frida añadió unos cuantos puntos blancuzcos en el lienzo mientras se preguntaba, atemorizada, si no sería demasiado tarde. ¿Se había mantenido apartada de su trabajo demasiado tiempo? Pintar le exigía a su cuerpo tanta energía que le entró miedo de no tener bastante tiempo para todos los cuadros que esperaban ver la luz. «En el fondo pintar es mi salvación —reflexionó—. Pintar es, junto con Diego, mi vida.» Eso era algo que había pensado a menudo, pero esa vez la frase le llegó a lo más hondo. «Sin mis cuadros probablemente ya me habría vuelto loca. Me han ayudado a superar mi pena, mis dolores, mi sufrimiento. Cuando pinto, todos mis hijos muertos, las infidelidades de Diego, los dolores de espalda se me olvidan de forma momentánea. En mis cuadros, en el sinfín de autorretratos que he pintado, me he reencontrado a mí misma cuando ya no sabía quién era en realidad. Mis cuadros me proporcionan independencia de las adversidades de la vida», pensó, y acto seguido trazó bajo los dedos del pie derecho de la Frida niña una fina línea que aludía a la amputación sufrida. A quien no lo supiera, no se lo desvelaría, pero era importante para ella. «Si quiero pintar cómo me siento y quién soy, esta línea es necesaria», caviló.

Se quedó rumiando la palabra «independencia». «También me gustaría ser independiente económicamente de Diego —reflexionó—. Él nunca me dejaría en la estacada, pero me sentiría mejor si pudiera vivir sin su dinero.»

Si eran tantas las personas que opinaban que sus cuadros eran arte, quizá le pagaran dinero por ellos.

—En el futuro pintaré con más empeño aún e intentaré acercar mis cuadros a la gente —dijo en alto, y se asustó al oír su propia voz.

Se separó del lienzo para observarlo y sintió una profunda satisfacción. Casi una suerte de dicha. Miró el reloj: se le había pasado la hora de la comida, pero había aprovechado mucho el día. Bajó a la cocina de buen humor. Al fin tenía hambre.

Diego le había insistido en que expusiera sus cuadros en la galería de la universidad, y Frida despertó una gran atención entre el público. Fue algunas veces, porque seguía sin terminar de creerse que sus cuadros estuvieran a la vista de todos. En una ocasión llevó a Guillermo para darle una alegría. Esa tarde su padre estaba bastante activo y también despierto mentalmente, como si supiera lo importante que era su presencia para ella.

—Tus cuadros son los más bonitos —le aseguró, apretándole la mano.

Volvió a casa relajada y feliz como hacía tiempo que no se sentía. Allí le estaba esperando una carta del galerista estadounidense Julien Levy. Había oído hablar de la exposición y quería exponer sus cuadros en su galería, en la Calle 57 de Nueva York.

Frida estaba como loca de contenta. ¿Sus obras en Nueva York? Fue a ver a Diego al estudio, donde, yendo de un lado a otro, le leía la carta de Levy por tercera vez. Hasta que él se cansó. Agarró a Frida del codo y la obligó a quedarse quieta.

—Frida, siéntate un momento y escúchame bien. Tus cuadros son buenos. Son algo muy especial, llevo años diciéndotelo. Solo tienes que seguir trabajando de manera continuada. Salta a la vista que estás mejorando.

—Pero solo son cuadritos con marcos coloridos en los que aparecen monos, hojas y yo misma.

Diego se enfadó de verdad.

—¡Basta! Eres una pintora excepcional, y ya va siendo hora de que el mundo se entere de una vez por todas.

Diego lo decía en serio. Unas semanas después llegó a México el actor estadounidense Edward G. Robinson con su mujer. Robinson era judío y había huido de Rumania con su familia. Había crecido en el Lower East Side neoyorquino y se había especializado en películas de gánsteres. Donaba grandes sumas de dinero y luchaba contra el fascismo, y eso fue lo que le granjeó las simpatías de Frida y Diego antes incluso de que lo conocieran en persona. Además, coleccionaba arte y, cómo no, visitó el estudio de Diego en San Ángel. Frida le enseñó la casa a la mujer de Robinson y la llevó a la azotea para que disfrutara de la vista. Cuando volvieron con sus maridos, Diego le estaba enseñando al actor los cuadros de Frida, que ponía por las nubes.

—Pero... —empezó Frida.

Diego le pasó un brazo por los hombros, un gesto para que no siguiera hablando.

—También le he enseñado al señor Robinson tus últimos cuadros, claro está.

—Y estoy entusiasmado —aseguró el actor—. Mira, Gladys. —Le señaló *Allá cuelga mi vestido*, que mostraba su vestido mexicano ante los rascacielos de Nueva York, y su pequeño autorretrato con el collar precolombino de jade—. Mira la expresión que tienen los ojos. Es fantástico. ¿Cuánto pide por ellos?

—No lo sé —contestó Frida, mirando la línea continua de sus cejas, que en ese cuadro había acentuado especialmente. Para entonces incluso utilizaba un producto francés que en un principio se había creado para tratar las quemaduras de los soldados, pero que también estimulaba el crecimiento del pelo.

—Doscientos dólares cada uno —respondió Diego—. No es negociable.

Robinson aceptó.

«¡Tanto dinero!», pensó Frida. Era una pequeña fortuna. Dio un paso hacia delante.

—¿Prestaría usted los cuadros para una exposición en Nueva York? —le preguntó con una sonrisa.

El señor Robinson asintió.

—¿Puedo llevármelos ya mismo?

Frida tomó los cuadros y los apretó contra el pecho.

—En un segundo se los doy. Primero tengo que despedirme de ellos.

—Hazlo, Frida —afirmó Diego—. Mientras tanto, ¿quieren beber algo? —preguntó a los Robinson.

Mientras buscaba papel y cinta, Frida volvió a sentir la

profunda conexión que la unía a los cuadritos. Notó una ligera punzada en el corazón al pensar que tenía que desprenderse de ellos. Sobre todo del retrato con el collar de jade. Le recordaba a Cuernavaca, al día que se dio cuenta de repente de lo importante que eran su origen y la mexicanidad para su trabajo. Ese cuadro había supuesto un paso decisivo. Y el otro, donde su vestido mexicano colgaba de un tendedero entre rascacielos, mostraba la tremenda soledad que había sentido en Estados Unidos. Observar los cuadros era como viajar en el tiempo. Formaban parte de su memoria, algo así como un diario pintado. ¿Cómo sería dejar de tenerlos, no poder contemplarlos cuando quisiera? «Eso ya se verá —pensó—. A fin de cuentas, siempre he querido que alguien comprase mis cuadros. Y para colmo ahora lo hace un actor famoso. Se los enseñará a otros, que esperemos que también quieran comprar alguno.»

Envolvió deprisa los pequeños cuadros en grueso papel de embalar y los anudó con unas cintas de colores que solía llevar en el pelo. Después regresó con el resto. Con suma gravedad y haciendo una pequeña reverencia les entregó el paquete.

—Dentro va también el amor que les tengo a esos cuadros —le indicó al señor Robinson.

—Yo también los querré —contestó él, y a cambio le dio un abultado fajo de dólares.

Cuando volvieron a estar solos, Diego intentó consolarla al ver lo abatida que estaba.

—Piensa en lo que dijiste la primera vez que me fuiste a

ver a la Secretaría de Educación. Me preguntaste si podrías ganar dinero con tus cuadros, porque si no era así, dejarías la pintura. Te contesté que debías seguir pintando. Tus cuadros son buenos, Frida. Eres una gran artista, pintas con el corazón. Quizá pintes mejor que yo; debes continuar. Y, si quieres que el mundo ame tus cuadros y los contemple, tendrás que venderlos. Aunque te duela.

—Mis cuadros son como los hijos que no puedo tener —musitó ella.

—Los hijos también acaban abandonando el nido —adujo Diego.

—Te agradezco que me quieras consolar. —Se apoyó en él—. Pensaré en lo que has dicho.

Por la noche, sola en su habitación, Frida tomó el fajo de billetes y le pasó el pulgar.

«Este dinero me hará libre. Viajaré, pintaré y haré lo que quiera sin tener que pedir dinero a Diego.»

En un arrebato de alegría, lanzó los billetes al aire y dejó que le llovieran encima.

Resultó tener razón: a su regreso a Estados Unidos, Robinson contó que había comprado cuadros de Frida Kahlo y los colgó en su casa para que todos pudieran verlos. El actor era un coleccionista de arte reconocido, que por lo general compraba obras impresionistas francesas. Si veía a Frida Kahlo como una artista prometedora y colgaba sus cuadros junto a sus Degas y Gauguin, por algo sería.

23

—¿Me serás fiel en Estados Unidos? —preguntó Diego.

No paraba de revolotear alrededor de Frida mientras esta metía las últimas cosas en la maleta. Ya había llenado hasta los topes y cerrado otra; él estaba a los pies de la cama y Frida tenía que rodearlo. Sus faldas de numerosas capas ocupaban mucho espacio, y además no sabía cuánto se quedaría en Nueva York. Era principios de octubre, la exposición se inauguraría el 1 de noviembre. Frida se volvió, porque quería ir al armario, pero Diego estaba en medio. Y eso que debía darse prisa si quería llegar a tiempo al aeropuerto. Se habían levantado tarde, ya que por la noche habían celebrado una fiesta de despedida por todo lo alto. Diego había dormido con ella, la había abrazado toda la noche. Ambos tenían miedo de una separación que no sabían cuánto tiempo duraría. Como mínimo unas semanas. Frida sacó de la maleta una falda de seda bordada, ya que había decidido llevarse el abrigo tejido de Guatemala. Suspiró cuando intentó cerrar la maleta. Por suerte, al menos ya habían enviado los cuadros.

—¿Que si te seré fiel? —repitió ella.

La pregunta le hizo gracia: era Diego el que siempre andaba con otras mujeres. Desde que había vuelto de Nueva York, Frida se había prohibido cualquier manifestación de celos: al fin y al cabo, no llevaban a ninguna parte. Y mientras ella fuese para Diego la mujer más importante en su vida todo saldría bien. Los celos que él sentía por sus amantes, en cambio, la hacían enfadar. ¿Por qué a ella no le estaba permitido hacer lo mismo que él? ¿Por qué tenía más derechos que ella? Menos aún entendía que no sintiera celos cuando Frida se enamoraba de una mujer. Si supiera lo tiernas que podían ser las mujeres entre sí, la gran complicidad que había entre ellas... Frida suspiró. Había escrito a Nick para decirle que iría, pero no quería que Diego se enterara.

—¿Qué pasa? —inquirió él.

—Nada —contestó Frida. No tenía sentido decirle lo que pensaba. Él no la comprendía, ya lo había intentado algunas veces—. Si no te fías de mí, ven conmigo —sentenció, y sacó un huipil más del armario, lo dobló y lo colocó sobre el abrigo. Después bajó la tapa.

Diego dejó caer su peso sobre la maleta y los cierres encajaron.

—Sabes que es imposible —afirmó él—. No me puedo mover de aquí, tengo mucho trabajo. Necesitamos dinero. Y además están León y Natalia.

Frida se plantó delante, le tomó el rostro entre las manos y lo besó en la boca.

—Si no estás conmigo, puedo echarte de menos. —Pretendía ser un comentario gracioso, pero en el fondo lo decía en serio. Iba a pasar por delante, pero Diego la retuvo y la abrazó.

—Ay, Frida. Para que me cuides tengo que enfermar. Y para que me eches de menos tienes que abandonarme.

«Probablemente sea así», pensó Frida, estrechándolo con fuerza.

Cuando el avión aterrizó en Nueva York, había fotógrafos para constatar la llegada de Frida. Esta los vio por la ventanita, allí abajo, en la pista. Primero imaginó que habían ido por otra persona, pero la azafata la sacó de dudas.

En la fotografía que se publicó en el periódico al día siguiente Frida aparecía con el abundante cabello en un recogido alto y un traje tradicional mexicano. Tenía el rebozo echado por los hombros de forma que los brazos le quedaran libres. Unos aretes enormes le llegaban casi hasta los hombros, docenas de cadenas le caían cual cascadas por el pecho, hasta la cadera. El estrecho torso acentuado por las numerosas capas de tela de la falda, larga hasta los pies. Con la mano derecha se agarraba al barandal, en el brazo izquierdo llevaba un bolso y dos libros gruesos.

«Parezco una estrella de Hollywood», pensó asombrada. La foto expresaba bastante bien cómo se sentía. Como alguien muy especial. ¡Tenía una exposición propia en Nueva York! Algunos de sus colegas darían cualquier cosa por eso. Y llevaba en el bolsillo el dinero de los cuadros que había vendido a Edward G. Robinson. Todavía no terminaba de creérselo.

Julien Levy, su galerista, la estaba esperando en el aeropuerto. Frida no lo conocía en persona y se alegró al ver que era un hombre absolutamente encantador. Lucía un traje marrón con el saco cruzado y tenía muy buena traza. Levy, por su parte, se quedó prendado de ella desde el primer segundo, Frida lo supo por la atención un tanto nerviosa que le dispensaba y por las miradas furtivas que le dirigía. Tras pasar un momento por el hotel, Frida quiso ir directo a la galería para ver los espacios. Cuando llegó, vio que sus cuadros ya estaban allí, apoyados en las paredes, aún embalados y atados con las cintas de colores.

—Los préstamos de los coleccionistas llegarán a lo largo de los próximos días —aclaró Julien al percatarse de que Frida contaba los cuadros.

—Confío en usted —contestó ella.

Los siguientes días transcurrieron inmersos en los preparativos de la exposición. Frida y Julien se pasaban el día entero desembalando cuadros y viendo dónde quedarían mejor. Frida propuso pintar una de las paredes de otro color para que los cuadros resaltaran más. Después habría que elaborar la lista de invitados, que recibirían una invitación escrita a mano. Diego le había anotado el nombre de personas importantes y de posibles compradores y ella pidió ir a ver a cada uno de ellos. Se pararon a pensar en los periodistas a los que debían convidar y concibieron un catálogo provisional. Cuando Julien le preguntó por los precios que quería pedir por sus cuadros, Frida se dio por vencida.

—No sabía la cantidad de trabajo que da montar una exposición así, ¡y eso que ni siquiera ha empezado! —se lamentó.

Julien la miró sintiéndose un tanto culpable.

—Tiene razón. Vayamos a tomar algo.

Le hizo un recorrido por sus bares y locales de baile preferidos. Fue una tarde de lo más alegre y amistosa. Julien era un conversador encantador, la hacía reír y bailaba muy bien. Congeniaron desde el primer momento y Frida, que se sentía atraída por él, desplegó toda su vitalidad y su encanto. Cuando bailaban una rumba lenta se miraron fijamente a los ojos. Cada vez era más tarde y se hizo patente que Julien no quería separarse de ella.

—Vamos a otro bar. Solo está a dos manzanas. Y sirven el mejor tequila de todo Nueva York.

—Tengo que ir al hotel, a dormir —objetó Frida—. El día ha sido largo y me duelen los pies de tanto bailar; no puedo dar un paso más.

Julien transigió, un tanto decepcionado. Le tomó la mano con los numerosos y grandes anillos y le besó la punta de los dedos.

De vuelta, en el taxi, Frida estuvo distraída. De pronto se moría de ganas de llegar a su habitación. Frente al hotel se despidió atropelladamente de Julien y subió en ascensor hasta su piso.

Enfiló a buen paso el largo pasillo hasta su habitación. Confiaba en que Nick ya estuviera allí. Había estado en un *shooting* en Los Ángeles, pero le había mandado un telegrama diciendo que haría lo posible para regresar esa misma noche. Habían pasado dos años desde la última vez que se habían visto. Ese parecía ser su destino. Frida se preguntó cómo sería el reencuentro. ¿Serían amigos o algo más? Cuando abrió la puerta sin hacer ruido, lo vio sentado en un sillón; se había quedado dormido. Lo miró en silencio y volvió a sentir lo que sentía por él. La intimidad que los unía. Nick despertó y ella vio el deseo reflejado en sus ojos.

—Frida, por fin. —Se levantó y fue hacia ella despacio, sin dejar de mirarla. Después la abrazó. La pasión entre ellos se prendió de nuevo en el acto, como si se hubiesen separado el día anterior.

A la mañana siguiente Frida volvió a la galería, donde Julien la estaba esperando con impaciencia.

—Frida, no he pegado ojo en toda la noche. Ayer me enamoré de ti.

—Lo sé —contestó ella con una sonrisa.

A lo largo de las semanas que siguieron, Frida se esforzó por satisfacer las expectativas que habían depositado en ella. Acudió a fiestas y comidas con personas importantes, no pronunció frases provocativas ni palabras malsonantes y habló con periodistas. Lo que opinaba de algunos de los neoyorquinos ricos en cuyas mesas pasaba las veladas se lo contaba con elocuencia a sus amigas Anita, Lucienne y Mary. En cuanto tenía un rato libre se reunía con Nick. El amor inquebrantable que le profesaba la colmaba y le daba fuerzas.

Nick le hacía retratos. La vistosa ropa de Frida era perfecta para un fotógrafo como él, uno de los primeros en trabajar con películas en color. No se cansaba de fotografiarla y la mostraba en su colorido exótico como un ícono y en la plenitud de su belleza. Una vez subieron a la azotea de un rascacielos y él la fotografió con una falda azul clara y un huipil amarillo y rojo, sentada en una silla. En el pelo se había puesto lazos de seda azules almidonados. En la mano sostenía un cigarro sin filtro y su mirada era pensativa, casi reservada. Las fotografías de Nick despertaban la atención. Las vendía a la revista *Vogue* y a *The New York Times*.

—¿Dejarás a Diego? —le susurró al oído.

—Sí —contestó ella, porque no quería hacerle daño. Pero, para su sorpresa, en ese instante no estaba del todo segura de que no lo dijese en serio. De vez en cuando hacían planes de futuro, al menos para los meses próximos. Incluso se plantearon que él la acompañase a París si André Breton de verdad llevaba a la práctica sus planes de celebrar una exposición. Ay, ahora no quería pensar en eso. Solo quería disfrutar su dicha todo lo posible.

Incluso empezó a coquetear seriamente con Julien. También él quería sacarle fotos, y Frida accedió sin vacilar. Tenía que ser interesante comprobar cómo la veía Julien de fotógrafo.

Si Nick la fotografiaba como un ícono o una reina, con cada detalle cuidado al máximo, Julien la retrataba en situaciones cotidianas.

—Suéltate el pelo —le pidió.

Sin apartar los ojos de él, Frida se desvistió hasta quedar con el torso desnudo. Después se fue quitando una por una las horquillas hasta que el pelo y las cintas que llevaba intercaladas en él le cayeron hasta la cintura. Detrás de Julien, en la pared, había un espejo, en el que se veía. Su rostro hermoso, serio, con los labios carnosos y los ojos que querían devorar a Julien. Su perfecto torso, con los pequeños pechos. Veía la parte bella de su cuerpo. La espalda dañada, con las cicatrices que le habían ido dejando las operaciones, y la pierna desfigurada quedaban fuera de su vista, casi podía olvidarlas.

Cuando Julien se terminó el rollo, su mirada cambió. Tenía la vista clavada en ella. Frida fue despacio hacia él y lo abrazó.

La conciencia le remordía si pensaba que se acostaba con Julien y con Nick. Y que Diego la esperaba en México. Pero cuando estaba cerca de Nick, sencillamente no podía resistirse. Estaba enamorada de él, sin lugar a dudas. Y justo eso era lo que lo complicaba todo. Nick no era un hombre al que pudiera dejar sin más.

«¿Y por qué no puedo disfrutar de lo bueno de la vida? —se preguntaba—. Me gusta que me admiren y me toquen. Estoy hecha para el amor. Nunca me ha importado mucho lo que diga o piense la gente. La vida es corta y yo ya he perdido años de mi vida por culpa de mi enfermedad. Quién sabe cuánto más me permitirá el cuerpo entregarme al amor físico. ¿Por qué prohibirme un poco de dicha? Solo debo tener cuidado para no hacer daño a Nick ni a Julien ni a Diego.» Con ese último argumento consiguió despojarse de los sentimientos de culpa.

Cuando llevaba unas dos semanas en Nueva York, Ella fue a verla al hotel fuera de sí.

—¿Te enteraste? Dorothy ha muerto.

La actriz de cine Dorothy Hale se había tirado por la ventana de un rascacielos después de celebrar una rutilante fiesta de despedida. Su marido había fallecido unos años antes, estaba endeudada y nadie quería darle ya papeles en el cine. Le decían que era demasiado mayor. Presa de la desesperación, no supo encontrar una salida y se quitó la vida.

Frida no pudo evitar pensar mucho en Dorothy, a la que había conocido fugazmente. Cuando una amiga de la actriz le pidió que pintara un cuadro de la difunta, Frida accedió sin dudarlo. A ella también se le había ocurrido esa idea. Mientras pintaba el cuadro en la habitación de su hotel, la asaltaron pensamientos incómodos. ¿Qué les pasaba a las mujeres que no tenían marido, dinero ni perspectivas de encontrar trabajo? Reflexionar acerca de la suerte que corrían la horrorizó profundamente. ¡Pobre mujer! Sin embargo, la muerte de Dorothy también le demostró que hacía bien en disfrutar de la vida, aunque se pasara un poco de la raya al hacerlo.

Después llegó el gran día, el que tanto ansiaba: el 1 de noviembre se inauguró la exposición, tal y como estaba previsto. Frida apareció con un traje mexicano y un mantón espléndido. Sin embargo, tuvo que esconder las manos bajo unos mitones de encaje, ya que en el dorso se le habían inflamado. La velada fue una sensación. Frida apenas se dio cuenta de lo que estaba pasando cuando vio a tanta gente en la galería de la Calle 57. Le hicieron sitio con respeto y la aplaudieron. Se alegró sobre todo cuando hablaron de ella como Frida Kahlo, no como la mujer de Diego. Quizá se debiera al prólogo del catálogo, que había escrito ni más ni menos que André Breton.

«Tengo que darle las gracias por ello», pensó Frida mientras pasaba con parsimonia por delante de los veinticinco cuadros que colgaban en las paredes. Allí también estaban los lienzos que había comprado Edward G. Robinson y el retrato que le había regalado a León Trotski. Los saludó como si fuesen viejos amigos. Se detuvo frente al de la tina para darles a los fotógrafos allí presentes la oportunidad de retratarla para sus periódicos. Para entonces ya sabía a la perfección cómo posar, cómo mirar. Después se vio obligada a conversar con los invitados, responder a un sinfín de preguntas y recibir felicitaciones.

Cuando el asedio se relajó un poco, fue en busca de Nick. Con tantas personas desconocidas, ansiaba tenerlo a su lado. Lo descubrió en un rincón, solo. Fue con él.

—Vámonos —le dijo.

A lo largo de los días siguientes Frida apareció en los periódicos. En *Vogue* se pudieron ver tres cuadros, entre ellos el retrato que le había regalado a León, bajo el título de *El ascenso de otro Rivera*. Se hablaba de una exposición emocionante. Solo el crítico del *New York Times* objetó que los temas de sus cuadros parecían más bien salidos del campo de la ginecología.

—Es un hombre, no es capaz de entenderlo —afirmó Julien, que le llevó los periódicos—. He hablado con muchas mujeres que estuvieron presentes y lo ven de forma muy distinta.

—Dime, ¿he llegado a vender algún cuadro? —quiso saber Frida.

—¡Pues claro! Has despertado un gran interés. Doy por sentado que podremos vender la mitad de los cuadros. —Fue enumerando a quién le interesaba qué cuadro—. Goodyear, el director del MoMA, quiere comprar tu autorretrato con el mono.

—Imposible, se lo he prometido a Mary Schapiro —contestó Frida—. Pero dile al tal Goodyear que le pintaré uno mientras estoy aquí.

Julien asintió y siguió contando. El cuadro con sus

abuelos y sus padres iría a parar a las manos de un psiquiatra.

—Y Nick Muray ha comprado el de la tina. Vi que ayer por la noche se iban juntos.

—Le interesan mis cuadros —replicó ella, pero los ojos de Julien le revelaron que no le creía.

Otro de los malditos inviernos neoyorquinos. Cómo odiaba ese frío húmedo, contra el que la ropa no valía, por gruesa que fuera. Siempre estaba helada, y le dolían la espalda y la pierna por lo frías que estaban. A todo eso había que añadir el nerviosismo y las numerosas obligaciones que conllevaba la exposición. No paraba de ir de un lado a otro en coches congelados, y los dolores empeoraban. Le costaba sujetar el pincel, pero aun así pidió que le llevaran un caballete a la habitación. Quería pintar el cuadro para el señor Goodyear y terminar el retrato de Dorothy Hale. El éxito de la exposición dio alas a su fantasía y, además, por primera vez en su vida, tenía dos encargos por los que recibiría mucho dinero.

Estaba delante del caballete, trabajando en los pliegues del vestido de terciopelo negro que llevaba Dorothy cuando se tiró por la ventana. La suerte que había corrido seguía afectando mucho a Frida. Se preguntaba hasta qué punto debía de estar desesperada una mujer para dar ese último paso. Pintó a Dorothy tendida en la calle, delante de un rascacielos. Tenía los ojos abiertos y le salía sangre de la nariz y las orejas, incluso caía sobre el marco de madera pintado. Frida había planteado el cuadro como uno de los retablos que tanto le gustaban de joven. La caída y sus consecuencias se distinguían con toda su crudeza. No cabía duda de que no era un cuadro agradable, pero mostraba la verdad.

Llamaron a la puerta.

—Adelante —respondió Frida de mala gana.

Era el director del hotel, que se aclaró la garganta con ceremonia y recalcó lo orgulloso que estaba de que la artista mexicana se alojase en su hotel. Solo que, por desgracia, la camarera de la habitación le había llamado la atención sobre las manchas de pintura que había alrededor del caballete.

Frida echó un vistazo.

—Tiene razón —admitió—, no me había percatado. Añádalo a la cuenta. —Después se volvió hacia el cuadro e hizo como si el hombre no estuviera.

Poco después llegó Nick. Había ido a buscarla para recorrer con ella algunos bares.

—No puedo. Tengo que trabajar —adujo, y limpió el pincel en un trapo antes de ponerse a mezclar nuevos colores.

Siguió pintando hasta que apenas se pudo tener en pie. Un dolor punzante le recorría la espalda. Antes no le había dicho a Nick toda la verdad: no podía ir a bares porque la espalda y la pierna no le respondían.

Aunque tenía miedo de saber los resultados, fue a visitar a distintos médicos. A ese respecto David Glusker, el marido de Anita Brenner, le brindó un gran apoyo. La examinó pacientemente y pidió que le contara todos los detalles de su historial médico. También consultó a colegas: neurólogos, traumatólogos y dermatólogos. Le hicieron nuevas radiografías, que pusieron de manifiesto la deformación adicional de la columna vertebral. Pero, para gran decepción de Frida, nadie sabía cómo acabar con los dolores.

—Mi compañero sugiere que te sometas a una operación de envergadura —le comentó David esa tarde—. Operaríamos la columna y para sustentarla insertaríamos...

—¡No! —lo cortó Frida—. Me da miedo.

—Ciertamente la intervención no estaría exenta de riesgo.

—Prefiero que me sigas tratando las úlceras para que pueda dejar de ponerme de una vez los malditos guantes.

David la ayudó con electroterapia y pomadas que preparaba él mismo y actuaban como sistema de contención de las úlceras abiertas. Y, en efecto, estas se atrofiaron. En cambio, bajo el pie izquierdo se le formaron importantes callosidades que le dificultaban el caminar.

—¿Es que esto no va a parar nunca? —le preguntó a David.

Él vaciló al ver su desaliento.

—Dímelo —lo instó—. Podré aguantarlo.

—Deberíamos hacer una prueba de sífilis. —No se atrevía a mirarla a la cara.

Frida se asustó. ¿Sífilis? ¿Y si Diego también la tenía? ¿Y si había contagiado a Nick o a Julien?

—Hazla. Cuanto antes.

Su alivio fue infinito cuando el resultado dio negativo.

El hecho de que Breton llevara adelante su propuesta de montar una exposición en París volvió a darle empuje. Había encontrado una galería, según le escribió. La exposición se celebraría en febrero, a más tardar en marzo. «Venga directo de Nueva York a Francia», le propuso.

Frida dudaba. ¿Y Diego? Tendría que dejarlo solo aún más tiempo, y ya lo echaba de menos.

Sin embargo, Diego le pidió encarecidamente en una larga carta que acudiera, que no fuese tonta y desaprovechase esa oportunidad única de exponer en París. ¡En París! Que tomara todo lo que la vida le ofreciese.

A finales de año se subió a un barco rumbo a Cherburgo.

24

Frida necesitó unos días para acostumbrarse a la calma y la soledad durante los diez días que duró la travesía por el Atlántico. Se acabaron las noches en compañía de amigos, los periodistas que querían entrevistarla. Cuando se resignó a ello, empezó a disfrutar del momento. Solo salía del camarote para tomar las comidas. En esa época, a principios de enero, hacía demasiado frío para pasear por cubierta, y además las piernas no le respondían.

En el camarote fumaba sus queridos Chesterfield, leía, pensaba y dormía mucho. En Europa necesitaría fuerzas. No conocía el lugar, no hablaba francés, ya sabía lo que significaba preparar una exposición, y con Breton quizá la cosa fuese más complicada que con Julien. Echaba de menos a Nick y su pasión cuando se veía sola por la noche en la gran cama. Lo añoraba cien veces al día. Extrañaba ver su bello rostro, el hombro en el que solía apoyarse en busca de consuelo. Cuando Cristina le había enviado un periódico mexicano que hacía eco de una nueva aventura de Diego, Frida se había desahogado llorando con Nick, que le había enjugado las lágrimas a besos y la había hecho reír al preguntarle cómo calificaría ella su relación. En el muelle él la abrazó y Frida lo besó una última vez.

—Volveré a tu lado —le prometió.

Llamaron a la puerta y el camarero le llevó un telegrama de Diego. No había escrito muchas palabras, pero las que había la conmovieron: «Te quiero. ¡Conquista París y vuelve conmigo!». Frida las pronunció en voz alta y rompió a llorar de repente. ¡Qué ciega había estado! Le había dicho a Nick que volvería con él, pero ¿qué pasaba con Diego? La sola idea de abandonarlo hacía que el corazón se le encogiera dolorosamente. A fin de cuentas, Diego la había acogido destrozada y la había devuelto entera. Diego era nombre de amor. Diego era amor, su amor. ¿Cómo había podido pensar que tendría la fuerza necesaria para hacerle daño y vivir sin él?

¿Y Nick? A él también lo necesitaba. Nick encarnaba su parte romántica, la conmovía como mujer. Como hacía Diego al principio, hasta que se enredó con Cristina. Para aquel entonces quería a Diego de un modo distinto, más serio, pero a quien seguía deseando era a Nick.

Se levantó con el telegrama de Diego aún en la mano y se puso a caminar de un lado a otro, con nerviosismo. ¿Qué decisión tomar?

Por suerte en ese momento iba camino a París, lejos de todo. Pasaría allí unos meses. Quizá las cosas se resolvieran solas con el tiempo. La idea le resultó tranquilizadora. «A su tiempo maduran las uvas», pensó.

Esa tarde fue al comedor para distraerse. En las mesas las conversaciones siempre giraban en torno al miedo de que en Europa volviese a estallar una guerra. La guerra civil en España se había perdido, miles de refugiados habían huido a Francia cruzando los Pirineos o estaban en campos de concentración en Argelés. A muchos los mandaban de vuelta, incluidos mujeres y niños, aunque se decía que Franco cortaba por lo sano con sus adversarios. Frida se asustó al oír que París estaba lleno de emigrantes alemanes y que vivían en un temor constante de que se declarara otra guerra. El ambiente era más bien contrario a los numerosos extranjeros. Frida simpatizaba con esas personas y recordaba a los niños españoles, para los que había recaudado dinero. Durante un breve instante la asaltó el pavor de lo que pasaría si estallaba la guerra mientras ella se encontraba en París. ¿Formaría ella misma parte muy pronto de la enorme oleada de refugiados? ¿Y tendrían tiempo para el arte los parisinos siendo la situación política tan delicada?

Cuando desembarcó en Cherburgo, la cabeza le daba vueltas de tanto pensar.

«Ya basta —se dijo cuando se subió al tren rumbo a París—. Ahora me concentraré en la exposición. Todo lo demás vendrá después.» Cuando llegó a la estación Saint-Lazare, vio que no había ido nadie a buscarla. Como no quería malgastar el dinero, tomó su equipaje y fue al metro, pero tras pasarse un rato yendo de un sitio a otro sin rumbo, se dio por vencida. No hablaba ni una palabra de francés y no sabía dónde estaba. Paró un taxi y le dio al conductor la dirección de Breton. Mientras el vehículo recorría la ciudad, oscurecida por la lluvia que caía, la asaltó la angustia.

«Se quedará con nosotros, como es natural», le había dicho en su día Breton, y Frida se había despreocupado; al fin y al cabo, en México ella también tenía invitados siempre. En cambio, en ese momento, completamente agotada de cargar con el equipaje, cuando llegó a la casa de André y Jacqueline le entraron ganas de dar media vuelta. El departamento era minúsculo y, mucho peor aún, estaba muy sucio. En la cocina se amontonaban platos sin lavar y cacerolas quemadas. Al ver aquello, Frida no se atrevió a preguntar por el baño. Y para colmo tenía que dormir en la habitación de la hija pequeña, en una cama plegable. Cuando le vio el pie dañado, la niña se echó a llorar.

Frida pasó la noche en vela, maldiciendo a Diego y a ella misma por la idea de ir a París. A la mañana siguiente se recompuso y le dijo a Breton que quería ver sus cuadros. Él soltó una carcajada desagradable y repuso que seguían en la aduana.

—Pero no es más que una formalidad —se apresuró a añadir.

—¿Puedo al menos visitar la galería, para hacerme una idea de los espacios? —inquirió Frida.

Breton se anduvo con rodeos y fue Jacqueline la que le comunicó que aún estaban en negociaciones con algunos galeristas. Frida la miró sin dar crédito.

—¡Pero si se supone que la exposición se inaugura dentro de una semana!

Breton intentó tranquilizarla diciéndole que todo se arreglaría, que él conocía a mucha gente y que, al fin y al cabo, Frida estaba en París, la ciudad más bella del mundo, y debía disfrutar de su estancia y confiar en él.

Pero ¿cómo se iba a ocupar de algo Breton si a partir del mediodía no paraban de llamar a la puerta? Cada vez llegaba más gente, trotskistas y surrealistas que utilizaban el departamento como sala de reuniones. Breton se sentaba con ellos a parlotear. Frida ni siquiera podía retirarse a su propia habitación, ya que no la tenía. No conocía la tranquilidad, y a los tres días habría podido matar a alguien.

De México llegó una carta de Trotski. En el curso de una discusión, Diego había renegado de él y hecho público su abandono de la Cuarta Internacional. Trotski le pedía a Frida que mediase. «No lo haré —pensó ella—, ahora mismo no tengo fuerzas.» Breton se enteró de la aventura que habían vivido y no le hizo gracia. Eso los llevó a enzarzarse en discusiones durante horas que la agotaron mortalmente.

Breton ni siquiera podía dejar el tema en los cafés de Saint Germain, con sus amigos delante. La primera vez que acudió, a Frida le habían encantado el ambiente elegante y estimulante y los buenos cocteles de Les Deux Magots o del Café de Flore, donde se reunían Breton y sus amigos. Le gustaban las mesitas, los visillos de las ventanas, las bellas lámparas y, sobre todo, los baños enormes y lujosos. Conoció a Max Ernst, con sus ojos azul cielo y su perfil noble, y le contó que uno de sus cuadros le había servido de inspiración para el de la tina. También le cayó bien el callado poeta Paul Éluard. Sin embargo, la velada terminó mal: en un abrir y cerrar de ojos el ambiente en las mesas pasó a ser casi hostil. Los hombres y las mujeres hablaban al mismo tiempo discutiendo de política y de nuevos manifiestos, y la mayoría de las veces se mostraban maliciosos y hacían gala de un desprecio cortante con todos los que no compartían su opinión, ya estuviesen sentados a la mesa o no. En medio de nubes de humo se acaloraban y gesticulaban como locos, de forma que en más de una ocasión se rompió algún vaso. Breton era uno de los que peor se comportaban. Se levantaba de un salto y se ponía furioso, echaba pestes y se gustaba en el papel de inquisidor. Frida no se enteraba de todo, aunque siempre había alguien dispuesto a traducirle al inglés lo que se decía, aunque no tardó en no querer saber por qué discutían tan encarnizadamente esos presuntuosos. «Está claro que así no salvarán el mundo», pensaba enfadada.

Seguía furiosa cuando estaba en la cama plegable de la diminuta habitación de la hija de Breton. ¿Qué se creía esa gente? ¿Y qué se le había perdido a ella en ese sitio? Como no podía dormir, escribió a Nick a la luz de una lamparita para desahogarse burlándose con mordacidad de ellos. Criticaba la existencia miserable que constituía su día a día. En más de una ocasión había tenido que presenciar que al día siguiente no había nada de comer en casa. Claro que cómo iba a haberlo, si nadie trabajaba. Le escribió:

Preferiría sentarme a vender tortillas en el suelo del mercado, en lugar de asociarme con estos despreciables artistas parisienses. Viven como parásitos, a costa del montón de perras ricas que admiran la genialidad de los artistas: mierda y solo mierda, eso es lo que son.

Estaba tan enfadada que hizo agujeros en el papel de apretar con tanta fuerza.

Al día siguiente, una vez más, no hubo novedades en lo relativo a su exposición. Frida solo fue al café porque Breton había asegurado que se iba a reunir con alguien que tenía una galería, pero, por desgracia, el hombre no se presentó. Cuando tocó pagar, armaron un escándalo por ver a quién le tocaba. A Frida le resultó tan embarazoso que asumió la cuenta, pero se juró no volver a ir a ningún sitio con Breton. Se disponía a marcharse cuando una mujer de piel oscura se sentó a su lado. Era la bailarina estadounidense Joséphine Baker, que estaba cosechando un gran éxito en París. Sonrió.

—Esos hombres se alborotan como gallos con la esperanza de que se los tome en serio, y usted está sentada aquí tranquilamente y es la verdadera reina —le dijo al oído la bailarina—. Admita que le resulta tan aburrido como a mí.

—Aburrido se queda corto, a mí me dan auténtico asco —espetó Frida.

—En ese caso vayamos a otro sitio donde la gente sea más civilizada. Conozco un local discreto no muy lejos de aquí.

Frida vio en los ojos de Joséphine que también ella sabía lo bello que podía ser el amor entre dos mujeres.

—¿En ese sitio también es más efusivo el ambiente que aquí? —inquirió, con una coqueta caída de ojos.

Joséphine la levantó de la silla y tiró de ella.

Breton y el resto las miraron boquiabiertos cuando salieron del café.

Frida no volvió al departamento de los Breton hasta la mañana siguiente, a propósito. Sonriendo para sus adentros, tenía ganas de ver la reacción de André. Y no se equivocaba: estaba hecho una fiera.

—¿Se puede saber dónde se ha metido? Se fue sin despedirse, dejándome allí plantado como un idiota.

Virgen santa, con su estrechez de miras ese hombre la sacaba de quicio.

—Joséphine y yo nos aburríamos y nos fuimos a otro sitio. —Y antes de que André se pudiera enfadar, añadió—: La voy a volver a ver esta noche. Me ha invitado a asistir a su actuación.

Ahora, además, Breton estaba ofendido personalmente. El ambiente en el departamento era insoportable. Frida solo quería marcharse. Se buscaría un hotel. Y, sin embargo, debía seguir trabajando con André para poder exponer de una vez sus cuadros. Para entonces, al menos sus cuadros ya no estaban en la aduana. A ese respecto le había sido de ayuda el pintor Marcel Duchamp, que vivía con la estadounidense Mary Reynolds. Los encuentros con Mary eran los únicos rayos de esperanza. Pero Frida estaba abatida y se sentía débil y febril. Ojalá Nick pudiera estar con ella. Se consolaba escribiéndole cartas de amor. Y cuando le llegaba una carta suya, le alegraba el día. Lágrimas de felicidad le corrían por las mejillas.

Estoy contando los días que faltan para mi regreso. ¡Un mes más! Entonces estaremos juntos de nuevo.

Finalmente, la galería Renou et Colle, en la distinguida rue Faubourg Saint-Honoré, se mostró dispuesta a acoger la exposición. «Menos mal», pensó Frida, aliviada. Pero entonces Breton llegó con nuevas exigencias.

—No expondremos únicamente sus cuadros, sino también otros del siglo XIX, además de artesanía de México.

—¿Se refiere a esas cosas feas y mal hechas que ha comprado en los mercados? ¿O a los retablos que ha robado de las paredes de las iglesias? —La ira que sentía hizo que Frida casi soltara un gallo.

Breton la miró con ese aire de superioridad que era lo que Frida más odiaba en él.

—Lo cierto es que el galerista se resiste a exponer más de dos cuadros suyos. Los encuentra repulsivos.

A Frida le habría gustado volver a casa en ese mismo instante, pero se dio cuenta de que habría sido una estupidez. De manera que puso al mal tiempo buena cara y aguantó. Hizo excursiones a los castillos de los alrededores; lo que fuera con tal de salir de esa ciudad y alejarse de esa gente. Por suerte, dejó de llover de una vez y la primavera llegó. París en primavera era espléndido. Y cuando Mary la llevó al gran mercadillo que se celebraba en Porte de Clignancourt, Frida casi se enamoró de la ciudad. Compró dos muñecas que, aunque estaban llenas de mugre y la cabeza se les caía un poco, le recordaron a las que tenía de pequeña. También adquirió un sinfín de baratijas, láminas con muguetes, nomeolvides, pececillos y campanitas bordados, encajes y preciosos botones de madera con los que elaboraba *collages* que incluía en las cartas que enviaba a Nick. Sin embargo, también vio los titulares de los periódicos, en los que se advertía de una inminente contienda con la Alemania de Hitler; se mencionaba en muchas ocasiones la ciudad de Danzig, que estaba en Polonia, pero que Hitler reclamaba. Por la mirada perdida de sus rostros reconoció a los refugiados españoles y alemanes, que no sabían adónde ir, porque ningún país del mundo los quería acoger.

El 10 de marzo se inauguró la exposición. Frida seguía enfadada por el revoltijo que Breton había sumado a sus cuadros, y ni siquiera las buenas críticas que publicaron los periódicos lograron apaciguarla. Se pasó casi la tarde entera sentada en un rincón de la galería, porque todos hablaban en francés a una velocidad de vértigo y ella apenas entendía palabra. Aun así, se alegró cuando famosos colegas fueron a felicitarla. Kandinsky se acercó a ella y la levantó sin más. Se le soltaron lágrimas de la emoción.

Al día siguiente fue a visitarla la diseñadora de moda Elsa Schiaparelli.

—¿Me permitiría ver sus vestidos? —pidió.

Frida le enseñó de buena gana su ropa, y Elsa Schiaparelli se mostró entusiasmada.

—No conozco a nadie que mezcle colores y estampados de un modo tan poco convencional —comentó mientras acariciaba telas, bordados y joyas.

—Lo importante es lo que significan los motivos —explicó Frida—. En México cada pueblo tiene el suyo. Las mujeres solteras llevan cosas distintas de las casadas, hay telas y vestimentas que solo se pueden lucir en determinadas ocasiones. Alguien debería escribir un libro al respecto.

—Y usted...

Frida se rio.

—Yo no sigo esas tradiciones. Me pongo sencillamente lo que me gusta. Muchas cosas me las hago yo misma.

—Me gustaría diseñar un vestido con el estilo de madame Rivera —dijo la creadora—. ¿Sabe usted que Greta Garbo y Gloria Swanson llevan mis vestidos?

—En ese caso dele mi nombre al vestido, pero que sea el vestido Frida Kahlo. Me apellido Kahlo, no Rivera.

Elsa la miró sorprendida y después asintió.

—Tanto mejor —aseguró.

Los días que siguieron hasta su ansiado regreso, Frida apenas conoció el descanso. La exposición causó sensación. Siempre que pasaba por la galería había mucha gente. El teléfono no paraba de sonar. Llamaban periodistas que querían entrevistarla. Un fotógrafo de *Vogue* fue a tomarle fotos. La instantánea de sus manos con la multitud de anillos de gran tamaño aparecería en la portada. Picasso le regaló unos aretes de carey y oro con forma de mano.

Frida disfrutó mucho de la gran atención que recibía, y cuando paseaba por la ciudad acabó pensando alguna que otra vez que echaría de menos París, sobre todo la plaza de los Vosgos. Los soportales que rodeaban la antigua plaza con el parque en medio le recordaban a los patios mexicanos. Solía sentarse allí a menudo en un café. Sin embargo, tenía muchas ganas de volver a casa. Cuando Peggy Guggenheim la invitó a exponer sus cuadros a continuación en su galería de Londres, se rehusó. No quería pasar de nuevo por una experiencia así. Quería regresar. El peligro de que estallara una guerra era cada vez mayor, y además, pese a los numerosos elogios recibidos, en París prácticamente no había vendido ningún cuadro. Claro que ¿quién iba a comprar arte si tenían miedo de que se desencadenara una guerra? El Louvre adquirió un retrato, pero eso solo satisfizo a su ambición artística, no a su bolsillo. No, quería ir a casa.

En cuanto los cuadros estuvieron bien embalados y

embarcados, se subió en El Havre en un barco que la llevaría a Nueva York.

Estaba en cubierta cuando el barco zarpó, absorta en sus pensamientos. ¿Qué le había aportado Europa? Las circunstancias no siempre habían sido favorables, pero había logrado imponerse. No había tirado la toalla. Estaba muy agradecida con los parisinos, ya que ahora era una artista reconocida, famosa en el mundo entero. ¡Tenía un cuadro en el Louvre! Picasso y Kandinsky encomiaban su obra. Por fin había dejado de estar a la sombra de Diego, y eso la llenaba de orgullo.

Sin embargo, en el ámbito personal seguía tan desconcertada como cuando inició el viaje. ¿Qué haría con Nick y Diego? Dentro de unos días vería a Nick de nuevo, y eso la colmaba de alegría. Y en cambio algo empañaba esa dicha. Cuando pensaba en Nick, no tenía la sensación de volver a casa. Porque su casa estaba en México, con Diego.

25

Frida estaba muy nerviosa e ilusionada. Llevaba puesto su nuevo lápiz labial de Guerlain, que se había comprado en París expresamente para Nick. Se llevó las manos a las mejillas y acercó mucho el rostro al espejo: sí, ese tono nuevo iba a la perfección con el pintaúñas. Unió de nuevo los labios para distribuir bien el color y se puso el abrigo: ya estaba lista. El barco había atracado, había llegado el momento de desembarcar. Echó mano del bastón, cuya empuñadura era una calavera de marfil, su pequeña manera de vengarse de las circunstancias. Si tenía que utilizar un bastón para descargar la espalda al caminar, que al menos quedara con su humor. Había comprado el bastón en una tienda de ropa de caballero en París, y a veces incluso pensaba que le sentaba bien. Buscó a Nick con impaciencia entre la multitud que se agolpaba en el muelle. ¡Ahí estaba, sí! Lo saludó con la mano y lo llamó. Él la atisbó y sonrió, pero parecía reservado, no radiante de alegría por verla de nuevo, como ella. «¿Qué pasará?», se preguntó intranquila.

Nada más terminar de bajar la pasarela, se arrojó a sus brazos.

—Nick —dijo en voz baja, pegándose a él—. Me alegro

tanto de volver a verte... Tengo muchas cosas que contarte. —Fue a besarlo, pero él la apartó con suavidad.

—¿Qué ocurre? —quiso saber ella.

—Vayamos a mi casa. Tengo que hablar contigo.

En el taxi estuvo inusitadamente callado y se sentó lo más lejos posible de ella.

Frida lo observaba. Nick miraba por la ventanilla, y ella veía la tensión reflejada en su rostro. Conocía ese comportamiento y supo que no auguraba nada bueno.

—Me vas a dejar, ¿verdad? —le preguntó nada más cerrar la puerta de su casa. Frida había reparado en el acto en que su foto ya no estaba sobre la chimenea.

Él se volvió hacia ella.

—No, Frida, no soy yo quien te deja a ti, has sido tú la que me has abandonado. Eso si alguna vez has estado conmigo.

Aunque ya se lo temía, sus palabras fueron como recibir un puñetazo en la boca del estómago. Tenía frío y calor al mismo tiempo. «Lo cierto es que siempre lo he sabido —se le pasó por la cabeza—. Nick siempre me ha insistido en que me decidiera por él y dejase a Diego. Y yo me he negado a hacerlo una y otra vez. Y ahora es demasiado tarde, lo he perdido. Todos los sueños que tenía durante la travesía se acaban de desvanecer.»

—¿Por qué ahora, después de tantos años? ¿Nick? —Fue a tomarle la mano, pero él se zafó y fue al otro lado de la habitación, junto a la ventana, para alejarse de ella.

—Justo por eso, Frida. Por todos los años que te he estado esperando. Siempre confié en que al final te decidieras por mí y no por Diego. Las últimas semanas y las cartas que me has enviado desde París me han demostrado amar-

341

gamente que eso no pasará. —Fue hasta su mesa, donde, como de costumbre, reinaba un enorme caos de papeles, copias de fotos y libros. Con movimientos que dejaban traslucir la ira que sentía, tomó un montón de cartas y se las ofreció. Por los coloridos dibujos, Frida supo que eran las que ella le había escrito en París—. ¡Ni siquiera eres capaz de olvidarlo cuando me declaras tu amor! —exclamó. Fue mirando las hojas hasta dar con unas frases que le leyó en voz alta—. Aquí: «Te adoro, mi amor, créeme; nunca he querido a nadie de este modo, jamás, solo Diego está tan cerca de mi corazón como tú». —Su voz rebosaba burla—. ¿Cómo me puedes exigir tanto? ¿Es que crees que no tengo sentimientos? —Arrugó la carta y la tiró al suelo—. ¿Quieres que te lea más frases por el estilo? Las has escrito tú.

Frida negó con la cabeza entristecida.

—Siempre hemos sido tres, pero solo existía una relación entre ustedes dos. ¿Sabes lo duro que era para mí ver tus lágrimas cuando hablabas por teléfono con Diego?

—Yo nunca... —Quería decirle que nunca había querido hacerle daño, que lo amaba. Pero no pudo, sus palabras habrían sonado hueras, pese a ser verdad.

—Te doy las gracias por haberme regalado la mitad de ti. Durante un tiempo fui feliz con ella, pero ya no puedo más.

—Pero estos últimos años todo ha estado bien entre nosotros. Pasamos un tiempo maravilloso e íntimo antes de que me fuera a París. ¿Por qué eso ya no cuenta? —Notaba que se le estrechaba la garganta, creyó ahogarse—. Nick —suplicó. Pero no sabía cómo apaciguarlo. Al fin y al cabo, él tenía razón. Por mucho que lo amara, a él o a otro hombre, siempre antepondría a Diego. En ese instante odió a Diego por el poder que ejercía sobre ella. Cuando llamaba, solía tocarle la fibra de tal modo a Frida que se le saltaban las lágrimas. Y entonces todo a su alrededor era secundario. Él la obligaba a ser así de cruel con un hombre al que, sin embargo, amaba—. ¿Qué harás ahora? —le preguntó.

—¿Acaso importa? —Nick pareció cansado al decirlo—. Creo que será mejor que te vayas.

Frida se acercó a él con cautela.

—Solo una última vez —musitó, arrimándose a él—. A modo de despedida.

De pronto, Nick la estrechó con fuerza entre sus brazos. Durante un largo rato permanecieron así, abrazados en silencio. Después Frida se separó con suma delicadeza y se fue. De camino al hotel se preguntó si volvería a verlo.

Los siguientes días fueron espantosos. Sin Nick, Nueva York era aburrida y hostil. A Frida le habría gustado partir de inmediato, pero no pudo cambiar la fecha del vuelo, razón por la cual se tuvo que quedar allí casi una semana.

La vista a Central Park desde su ventana en el Barbizon Plaza le resultaban insoportables. Cuántas veces había paseado de noche por ese parque con Nick, tomados del brazo y rebosantes de ilusión porque a la vuelta se amarían durante el resto de la noche. Pero entonces, cuando veía el parque, lo único que pensaba era que nunca volvería a vivir esa dicha. Frida tenía frío. Apoyada pesadamente en el bastón, daba pequeños paseos por las frías calles, pero ni siquiera visitar los baratillos de Chinatown lograba alegrarla. Ninguna de sus amigas estaba en ese momento en la ciudad, de manera que pasaba las tardes sola en el hotel y tenía todo el tiempo del mundo para devanarse los sesos y preguntarse hasta qué punto tenía la culpa de que Nick la hubiera abandonado.

Su único consuelo residía en hablar por teléfono con Diego e imaginar cómo sería su reencuentro. Cuando fue consciente de que así traicionaba a Nick, se echó a llorar.

No obstante, nada más regresar presintió que en San Ángel había cambiado algo. Había estado fuera casi medio año y tuvo que constatar que las cosas se habían desplazado, sin que pudiera decir con exactitud hacia dónde. Diego se puso como loco de alegría cuando se reencontraron. Frida vio el amor reflejado en sus ojos. Y, sin embargo, percibió su reserva. ¿Se habría enterado de alguna manera de lo de Nick? ¿Notaba que Frida estaba sufriendo por la separación porque estaba triste a menudo? ¿O quizá se había dado cuenta de que era mucho más fácil vivir sin ella, sin las constantes visitas a los médicos, las preocupaciones por su salud, las peleas y los problemas de dinero? Seguía habiendo esos preciados momentos en los que Frida se hallaba acurrucada entre sus brazos, envuelta en su olor. En esos instantes sabía que estar con él era lo adecuado, y todo lo demás carecía de importancia, e incluso el dolor que le causaba la pérdida de Nick se calmaba. Pero no tardó en percatarse de que por dentro él se alejaba de ella. El ambiente entre ambos estaba más enrarecido y era más frío que de costumbre. Frida notaba su impaciencia, y Diego se levantaba antes de lo habitual con cualquier pretexto y la dejaba sola.

Una noche, Frida vio salir de casa de Diego a Paulette Goddard. La famosa actriz de Hollywood se hospedaba en el San Ángel Inn y él la estaba pintando. Decían que su matrimonio con Charles Chaplin se dirigía al fracaso. Frida exhaló un hondo suspiro cuando vio a Paulette cruzar la calle a buen paso. La atracción que ejercía Diego en las mujeres no se había agotado, aunque para entonces ya pasaba de los cincuenta.

Una vez abajo, Paulette se volvió y saludó con la mano. Probablemente Diego estuviera asomado a la ventana, contemplándola. Frida estaba inquieta. Pensó de nuevo que Diego se comportaba con ella de manera distinta. A menudo estaba ausente. La miraba de una forma rara, como si ya no la conociese. Sentía que Diego se le escapaba. Algo no iba bien.

Supo que no podría dormir, así que fue a su estudio. Tal vez pudiera conjurar ante el lienzo los miedos que sentía.

Al día siguiente estaba sentada al sol en el jardín con *Xólotl*, su xoloitzcuintle, en el regazo. «Xochitl», así solía llamarla Nick con cariño...

Diego se dirigió hacia ella con los pesados zapatos de faena. Frida levantó la vista. Algo en su gesto la alarmó.

—¿Qué estás haciendo aquí? ¿No tienes que trabajar? —le preguntó.

Él echó al perro del regazo de Frida y se sentó a su lado.

—Frida, tenemos que hablar de un asunto. Ya llevo algún tiempo pensando en ello.

«Conque tenía razón», pensó ella, recordando lo que

había pensado la noche anterior. ¿Y si se equivocaba? Quiso llamar a *Xólotl*, pero Diego se enfadó.

—Déjalo, Frida —espetó, agarrándole el brazo con fuerza. Ella lo miró fijo y él dijo—: Deberíamos separarnos con el fin de mejorar tu posición legal. Esto no cambiará en nada nuestra relación.

Frida estuvo a punto de soltar una carcajada, ya que pensó que era una broma. Sin embargo, sus ojos le revelaron que lo decía en serio.

—¿Que quieres... qué?

—Quiero separarme de ti.

Ella lo observó sin dar crédito. Había acabado transigiendo con sus amantes. Se había hecho a la idea de que su matrimonio ya no era romántico. Pero nunca había dejado de querer a Diego, y seguían estando casados. ¿Y ahora también quería quitarle eso? La asaltó el pánico, notó que el corazón le latía más deprisa. Para calmarse se encendió un cigarro e inhaló hondo antes de decir:

—¿Y a quién le toca en esta ocasión? Todas esas mujeres son indignas de ti. Me ofende que trates con esas bobas desecadas pudiendo tenerme a mí. ¿O es Paulette? ¿Te ha engatusado con su fama? —Frida alzaba la voz cada vez más—. ¿O al final es mi hermana de nuevo? ¿Es que ya no te basto como mujer? ¿Es eso, Diego Rivera?

Diego la escuchó sin interrumpirla. Cuando hubo terminado, contestó:

—Frida, el motivo no es otra mujer.

—¿Y quieres que te crea?

Él le quitó el cigarro de la mano y lo tiró. Después le tomó ambas manos con fuerza.

—Es mejor para los dos, sobre todo para ti, que no estemos casados. Vas camino de ser una artista famosa, y eso es lo único que debería contar para ti. Yo solo soy un estorbo. La gente ve en ti a mi esposa, no a una artista por derecho propio. Y tú te centras demasiado en mí en lugar de en tu trabajo. Por favor, párate a pensarlo.

Ella se levantó de un salto.

—¿Que lo piense? ¿Acaso tengo elección?

Diego negó con la cabeza.

—No. —Suspiró hondo y también se levantó.

—Entonces ¿por qué quieres que lo piense? ¿Para que llegue a la conclusión de que tienes razón? ¿Para que te vuelvas a salir con la tuya?

Diego esbozó una sonrisa triste y entró de nuevo en casa.

En un arrebato de ira, Frida agarró una de las macetas y se la lanzó. En lugar de dar a Diego, se estrelló contra la pared de la casa y se hizo añicos. *Xólotl*, asustado, dio un salto y salió corriendo aullando.

No podía hablar con nadie del dolor que sentía. No iba a ninguna parte, ya que siempre se topaba con los amigos comunes, que estaban al corriente de lo sucedido. La noticia de su inminente separación había llegado incluso a los artículos de sociedad de los periódicos. Diego le había contado a un periodista que vivían separados desde hacía cinco meses y repitió la observación de que el divorcio era lo mejor para el desarrollo artístico de Frida. Esta arrugó la página hecha una fiera. Vaya mentira era esa. Como si la separación fuese solo por su bien y él sufriese con ella. Como si fuera Frida la que la había impulsado. ¿Y qué era eso de que vivían separados? ¿Acaso no habitaban la misma casa?

—¡¿Por mi bien?! —exclamó. ¿Desde cuándo era bueno para una mujer que la abandonase su marido, al que seguía amando?

Llamaron a la puerta. Era un reportero del periódico local, que quería hacerle unas preguntas sobre la separación.

—Escriba lo que les ha dicho Diego, que llevamos cinco meses separados porque cuando volví de Nueva York y de París surgieron problemas y no nos llevamos bien.

Con esas palabras, le dio al hombre con la puerta en las narices.

26

Frida dio una gran fumada al cigarro y miró con aire pensativo el humo, que se rizaba y se mezclaba con las minúsculas partículas de polvo que bailoteaban a la luz en su estudio. Era media tarde y el sol entraba por la ventana, bañando las cosas que la rodeaban de un filtro dorado. Había pasado las últimas horas allí, completamente sola y sumida en sus pensamientos. Había ordenado los botecitos de pintura y los había colocado en el viejo banco de carpintero que le había regalado Diego. Había lavado los pinceles y guardado el centenar de pinturas de cera en las pesadas cajas de madera. Había tirado las flores marchitas y las había remplazado por otras que había cortado del jardín, y se había pasado un buen rato estudiando las distintas flores. Uno de sus corsés de yeso desechados y pintados con vistosos colores estaba contra la pared. Profirió un bufido involuntario al reparar en él. ¿Qué número hacía? ¿El duodécimo o el vigésimo? ¿Y cuántos más vendrían? Por el momento llevaba uno de cuero, que resultaba menos molesto que los corsés de yeso. Pero cuando hacía calor, incluso ese era una tortura. Suspiró al pensar que esas cosas ortopédicas formaban parte de su vida. Como la pintura, como Diego, como México. Un rayo de sol iluminó uno de sus primeros autorretratos, para el que aún no había encontrado comprador. Como tantas otras veces, en él lucía llamativos collares de jade. Mientras contemplaba el cuadro, se llevó la mano a la garganta de forma inconsciente. En ella descansaba una perla alargada de la misma longitud que sus dedos. Frida se miró en el espejo y de pronto esa perla le recordó al cierre de las cadenas que llevaban los esclavos en su día. Apartó la mano asustada, pero la idea se le quedó grabada. Repasó mentalmente los numerosos autorretratos en los que lucía pesadas joyas aztecas. Ahora le parecían más bien una soga al cuello, un collar con puntiagudos picos o de alambre de espinas que le impedía respirar. Agarró una de las largas trenzas y se la puso alrededor del cuello para experimentar mejor la sensación de ahogo. Entonces, de repente, supo lo que la había retenido allí esas últimas horas. Tenía la idea para un nuevo cuadro. Un autorretrato con un collar de espinas que le hacía cortes en el cuello y en el que se había enredado un colibrí con las alas extendidas. El cuadro expresaría lo que sentía después de que primero Nick y luego Diego la hubieran abandonado.

Deprisa, antes de que la imagen mental desapareciera, tomó una hoja, se paró a pensar un instante y echó mano del carboncillo para plasmar en el papel los bocetos antes de que la inspiración se fuese.

A la mañana siguiente, lo primero que hizo fue volver al estudio. Por el camino entrelazó los dedos y estiró la espalda levantando los brazos para desentumecer el cuerpo y las manos. Cuando entró en la habitación, el caballete la estaba esperando como una promesa. Lo colocó de forma que la luz le diera de la manera adecuada para después, con unos movimientos de mano ejercitados mil veces, mezclar los colores y pasar al lienzo los bocetos que había hecho el día anterior. Con cada pincelada notaba cómo iba recobrando las fuerzas. De pronto respiraba con más facilidad. Sin darse cuenta, profirió un suspiro liberador. Llevaba pintando una o dos horas cuando un leve ruido llamó su atención. Era uno de sus gatos, que se paseó por el estudio con la cola erecta y se acomodó en una silla al sol, desde donde se quedó mirándola con sus grandes ojos.

—Has venido atraído por la frivolidad que reina en este sitio, ¿eh? —preguntó Frida al gato.

El animal la observó fijamente.

—No te muevas —pidió Frida. Y agarró otro pincel. Se le había ocurrido pintar al gato en el cuadro. Estaría sentado en su hombro izquierdo y miraría al colibrí negro que tenía en el pecho, como si fuera a abalanzarse sobre él de un momento a otro.

En el otro hombro Frida pintó a uno de sus monos, que jugaba con uno de los zarcillos espinosos que se enroscaban en su cuello.

Sí, le gustaba. Le gustaba que sus animales estuvieran a su alrededor, y por eso solía incluirlos en sus cuadros. Comenzó a tararear por lo bajo.

Ya no había ningún motivo para escurrir el bulto de la parte más difícil del cuadro desde el punto de vista emocional. Frida se paró a pensar y después tomó una aguja de coser y se pinchó en un dedo. Vio cómo salían las gotas de sangre y le corrían por la piel. Se miró de nuevo atentamente y añadió unas gotas de sangre al cuadro. Eran de las espinas, que le arañaban el cuello. Pero solo constituían una metáfora del dolor que sentía. En el lienzo los cortes no dolían tanto como en la vida, y la ayudaban a soportar las verdaderas heridas. Su herida se llamaba, como en tantas otras ocasiones, Diego. ¿Qué cambiaría cuando estuviesen divorciados? ¿Lo vería al menos de vez en cuando? ¿Podría hablar con él, como siempre que habían estado separados?

Aunque trabajar concentrada durante horas la dejó agotada, Frida lamentó que cayera la noche y estuviese demasiado oscuro para pintar. Por otro lado, ese día frente al caballete también la había fortalecido. Le gustó lo que había hecho esa jornada.

Estaba a punto de lavar los pinceles cuando oyó que Diego se acercaba.

Se apresuró a cubrir el caballete con una tela. No habría soportado hablar en ese momento del cuadro y su significado.

Diego no preguntó en qué estaba trabajando, y eso la entristeció.

—Esta noche voy a un concierto. ¿No quieres venir? —le propuso.

Para su propia sorpresa, Frida dijo que sí.

—Estarán Paulette y Lupe —apuntó con cautela.

—Entiendo, ¿y? —repuso ella—. Ve yendo, yo aún tengo que cambiarme. —Se miró la ropa de faena que llevaba, embadurnada de pintura.

Llegó, a propósito, cuando el concierto ya había empezado, y no se esforzó en no hacer ruido cuando entró en el palco de Diego. Cambió de sitio varias veces, con los cascabeles y las joyas sonando y tintineando. Solo cuando en lugar de mirar al escenario todo el mundo la miraba a ella tomó asiento y adoptó la expresión de una reina inaccesible. Que nadie pensara que estaba sufriendo.

Sin embargo, cuando se dirigió a Diego con aire triunfal se quedó helada: en sus ojos vio ira. ¿O acaso era compasión? Antes sus provocaciones siempre le divertían, pero en ese momento parecía enervado. No le dirigió la palabra en toda la velada, sino que coqueteó sin reparos con Paulette. Frida estaba enfadada cuando volvió a casa. Se observó en el espejo y se preguntó dónde había quedado la mirada aterciopelada que cautivaba a todo el mundo. Dónde estaba la frescura inocente con la que había conquistado a Diego.

«Soy una mujer de treinta y dos años a la que han abandonado. Tengo el cuerpo destrozado, lleno de cicatrices de operaciones, me faltan los dedos de un pie, me veo obligada a llevar un corsé en el torso. ¿Cómo va a enamorarse alguien de este cuerpo cansado?»

La certeza le cortó la respiración. ¿Era demasiado tarde en su vida para encontrar el amor? El amor que ella tanto había anhelado, noches llenas de ternura y pasión, llenas de palabras susurradas y voluptuosidad. ¿Había terminado para siempre todo eso? Sintió que se le saltaban las lágrimas.

Tenía que hablar con alguien que la conociera de otra forma y la hubiese amado. Marcó el número de Nick en Nueva York. Este solo respondió después de que el teléfono estuviera sonando un buen rato.

—Frida, es plena noche. —Parecía disgustado, y ella supo que había cometido un error.

—Te he pintado un cuadro en el que llevo un collar de espinas. ¿Lo comprarás? —le preguntó con voz plúmbea.

—¿Con un collar de espinas? No suena muy alegre, Frida.

—Es que no me siento muy alegre.

—¿Has bebido?

Ella percibió el ligero tono de enfado en su voz. No le gustaba que bebiera en exceso.

—Solo un par de tragos en el intermedio del concierto. ¿Qué tiene eso que ver?

—Vamos, Frida —replicó él, desvalido—. ¿Qué quieres que haga yo?

—Devuélveme el cojincito que te bordé. No quiero que otra mujer lo use. Y no dejes mis cartas tiradas por ahí. —Guardó silencio y añadió en voz queda—: Quiéreme, Nick.

Su voz sonó tierna cuando repuso:

—Te quiero, Frida, como no he querido a ninguna otra mujer. Pero me voy a casar.

Frida asintió. En el fondo sabía que pasaría algo así. Otro golpe en la cara. Otra esperanza que tenía que abandonar.

—Felicidades —se limitó a decir—. Y perdona por llamar. No lo volveré a hacer. —Colgó. El suave clic resonó un buen rato en sus oídos.

En la mesa estaba la botella de coñac que había traído de París, un regalo para Diego, en realidad. Al pensar en él se enfureció. Agarró la botella. ¿Dónde había dejado la copa? Daba lo mismo. Ni se molestó en buscarla.

—Salud, Frida —dijo.

El alcohol le abrasó el estómago. Dio otro trago y el agradable calorcillo la hizo sentir mejor. Se tambaleó ligeramente y se dejó caer en la silla del tocador.

¿Qué había pasado para que su vida hubiese descarrilado de ese modo? De pronto la invadió un agotamiento tal que incluso le costó soltarse el cabello. Al levantar los brazos los notó tan pesados como si cargara con un elefante. Se soltó las trenzas y las deshizo. Cuando hubo terminado, se quitó con un movimiento cansado el lápiz labial y el colorete. «Como si me despojase de una máscara que llevo todo el día», pensó mientras se colocaba el cabello ya suelto detrás de las orejas y acercaba el rostro al espejo. A la viva luz se miró con atención las arruguitas de los ojos y la boca, marcadas por los omnipresentes dolores y la amarga decepción que había sufrido las últimas semanas. Vio su mirada intensa, que revelaba su vulnerabilidad; las mejillas, algo hundidas. Ese rostro no era para los demás. Al día siguiente lo volvería a ocultar tras la máscara y distraería la atención de él con un peinado laborioso y vestimenta colorida. Que la gente se parara en la calle y la contemplase con cara de sorpresa sí, pero que no viese cómo era por dentro.

Pegó una vez más la cara al espejo. Se quedó sin aliento, profirió un pequeño grito. ¿Quién era la mujer que la observaba con esos ojos oscuros que lo devoraban todo? Esa mujer había amado a Diego, y ahora él ya no la amaba. ¿Quién sería si Diego no estaba a su lado?

Sin pensarlo, echó mano de las grandes tijeras con las que cortaba las telas y se cortó un mechón de cabello grueso. Y después otro. Las tijeras hacían un ruido curioso al cortar el pelo, una y otra vez. Como si cortaran tela. Experimentó una sensación extraña cuando más y más largos mechones fueron cayendo al suelo, enroscándose a sus pies. Se sintió ligera, podía levantar mejor la cabeza, sintió un frescor en la nuca, que antes calentaba el abundante cabello. Y al mismo tiempo fue como si se despojara de su antiguo yo. La mujer que había querido a Diego, que vestía con ropa india de colores y cautivaba a todos los que la rodeaban con su energía y su alegría había dejado de existir. Con movimientos vigorosos, agarró los últimos mechones largos que le quedaban y los cortó también.

Después la ropa. Prácticamente se arrancó la blusa y la falda del cuerpo. El encaje se desgarró, un botón se saltó, le dio lo mismo. Metió ambas cosas en el armario, abajo de todo, y después sacó uno de los enormes trajes de Diego, que seguían colgados allí y parecían burlarse de ella. La idea la hizo reír con amargura. Se puso el traje. El pantalón le quedaba enorme, así que se lo ciñó con un cinturón. Las mangas del saco casi le tapaban la mano.

Así, ya no se le veía el cuerpo, que se había vuelto duro y anguloso. Las suaves redondeces de los codos y los antebrazos habían desaparecido hacía meses, porque comía demasiado poco. La curva osada que antes tenían sus cejas solo era un trazo negro que dividía su rostro de manera poco favorecedora, y los labios otrora seductores estaban secos y abiertos.

Se volvió a mirar en el espejo y descubrió a una mujer infeliz. No, ya ni siquiera parecía una mujer. Todos los atributos de la feminidad se habían borrado.

¿Qué le quedaría? En el espejo, detrás de ella, vio sus últimos cuadros, los que había traído de París. Y entonces observó de nuevo a la mujer que tenía delante, con el traje que le quedaba grande, las tijeras en la mano, sentada en una silla pintada de un amarillo intenso, y en el suelo, a su alrededor, el pelo cortado. Miró los lienzos y después la imagen que le devolvía el espejo, y en ese instante lo supo: le quedarían sus cuadros, serían su vida. A través de ellos recuperaría su autoestima.

A la mañana siguiente se pintaría como era entonces: una mujer con el pelo corto.

—Dios mío, Frida, ¿qué has hecho? —La voz de Diego dejó traslucir su espanto cuando, dos días después, él fue a ver cómo estaba.

Frida se llevó la mano a la cabeza, donde no hacía mucho tenía las trenzas. En los ojos de Diego vio que entendía la razón de ese cambio. Ya no se oiría el prometedor crujido de las faldas cuando ella se acercase. Ya no tendría un peinado elaborado que despertara en un hombre el deseo de soltarle el cabello. Ya no utilizaría un lápiz labial rojo intenso que avivara las ganas de besarla.

Diego subió despacio la escalera que llevaba al estudio de Frida. Ella lo siguió. En el caballete estaba el cuadro con el pelo corto aún sin terminar. Sin embargo, ya se distinguía el tema. Esa mañana había escrito unas palabras en la parte superior, unas líneas de una canción popular: «Mira que si te quise, fue por el pelo. Ahora que estás pelona, ya no te quiero».

—Si ya no me quieres, no quiero volver a parecer una mujer —afirmó Frida en voz queda.

—Ay, Frida —respondió Diego. Se arrodilló delante de ella y apoyó la cabeza en su regazo. Después se sacó unas hojas del bolsillo del pantalón y las desdobló—. Tienes que firmar aquí. Son los papeles del divorcio.

27

Cuando Diego se fue, Frida no podía parar de mirarse la mano derecha. ¿De verdad acababa de firmar los papeles del divorcio, haciendo de ese modo que la cosa fuera definitiva? Se pasó la mano por el pelo, pero allí ya no había nada que pudiera poner en orden. Dejó caer la mano. «¿Y ahora qué?» Con pasos pesados se acercó al caballete, pero no tomó el pincel. Se abandonó a sus sombríos pensamientos.

—Ya no hay ningún motivo para que siga aquí —declaró, y su voz sonó dura y ajena.

Metió algunas cosas en una maleta. El resto pediría que se lo enviaran. Después tomó un taxi y se fue a la Casa Azul.

Nada más cruzar la puerta y ver la que fuera su habitación se sintió mejor. Y a la mañana siguiente, cuando al despertar oyó los familiares sonidos del jardín, a su rostro asomó una sonrisa. Se levantó y salió al jardín, dejó que la ligera brisa que soplaba le diese en el rostro y reunió las fuerzas necesarias para afrontar el día. Ya no era la esposa de Diego, y esa era una herida que le dolería siempre. Pero conservaba el recuerdo del tiempo que habían vivido juntos y tenía su arte, que había nacido de su vida en común.

Sobre esas bases erigiría su existencia. Las últimas semanas que había vivido con Diego en San Ángel no habían sido buenas. Las continuas peleas, sus historias de faldas... Diego no la dejaba en paz. Cuando salía, podía suceder que Diego se presentara donde se encontraba ella para exigirle que volviera a casa. Le pedía su opinión constantemente y quería hablarlo todo con ella, como si aún estuvieran casados. Para Frida esas semanas fueron agotadoras y confusas. En lugar de pintar, pensaba en Diego y en sus posibles intenciones. Pero ella había logrado poner punto final a aquello. Había conseguido separarse de Diego e independizarse de él. Sin su presencia continua, su vida sería más tranquila desde el punto de vista emocional, y tendría más tiempo para pintar. Contra todo pronóstico, así se sentía bien. Recuperó la alegría e incluso el apetito.

—Amelda, ¿hay algo para desayunar? —preguntó.

Después se quedó esperando al mensajero que le llevaría el caballete. En su nueva vida quería trabajar mucho y con regularidad.

En lugar del mensajero llegó Diego, que colocó el caballete con ceremonia.

—Me alegro de que vuelvas a vivir aquí —dijo cuando hubo terminado.

—Ya no soy tu mujer. Tenía la sensación de que te molestaba.

—Pero estabas allí. —Parecía preocupado.

Frida frunció el ceño con expresión inquisitiva. ¿Qué quería decir con eso? ¿Había llegado el momento de que entrase de nuevo en escena el mecanismo de la cinta elástica?

—¿Es que lamentas ya la decisión que tomaste? Y no

me mires así, por favor. No voy a regresar. —«Aunque te siga queriendo», pensó, si bien no lo dijo en voz alta—. Para separarme de ti he tenido que emplear todas mis fuerzas. Pero ¿sabes qué? Que ahora ya no me puedes hacer nada. Empiezo a sentirme bien. —Alzó el mentón y le dirigió una mirada desafiante con sus ojos oscuros.

Él guardó silencio, afectado.

—Nunca quise hacerte daño —aseguró al cabo. Acto seguido lanzó un suspiro, se levantó y dio media vuelta para marcharse—. ¿Te puedo visitar de vez en cuando?

No había quien entendiera a ese hombre. Frida se daba por vencida. Desde que se había ido de su casa, Diego se pasaba casi a diario para charlar con ella. Fingía tener que hablar con ella de algo, le preguntaba dónde podía encontrar lo que fuese o sencillamente le interesaba saber cómo estaba. Unas veces Frida lo dejaba pasar; otras, cuando no tenía ganas y estaba trabajando, lo despachaba. Pero después le daba pena. Cuando él se quedaba, se sentaban en el patio a charlar.

En esos momentos Frida disfrutaba de las horas con él. Le enseñaba lo que había pintado ese día. Se le había ocurrido la idea de un retrato doble, en el que ella aparecía como mexicana y como europea.

—Frida, creo que es tu cuadro más importante hasta el momento —aseguró él.

«Sí —pensó ella con cierta amargura—, y solo lo puedo pintar porque me repudiaste. Ayer, cuando trabajaba en *Las dos Fridas*, llegó el mensajero con el acta de divorcio. Pero esas son cosas de las que tú no tienes ni idea.»

Se miró el reloj y Diego entendió la indirecta y se despidió. Al hacerlo, Frida se apoyó en él. Supuso que iría a ver a otra mujer, pero ya no sentía celos. Tan solo un ligero pesar por el hecho de que no hubieran sido capaces de seguir casados.

Pero a cambio tenía otras cosas. Se echó el rebozo por los hombros, porque había refrescado un poco. Después dio unos pasos en el jardín, olió las flores del naranjo, que llevaba ya tanto tiempo en ese sitio, y echó unas migajas de pan al estanque para contemplar a los peces. Uno de los monos se unió a ella, intentando atrapar algún pez, en vano, y asombrándose de su imagen reflejada en el agua. De camino a su habitación pasó por delante de su padre, que estaba sentado en su sitio preferido, bajo una exuberante buganvilla. Aunque Guillermo estaba enfermo y a veces tan confuso que no se podía mantener una conversación en condiciones con él, le hacía bien sentarse sin más al sol a su lado y agarrarle la mano.

—Hola, papá —le dijo en voz queda.

Él le sonrió y señaló con la cabeza el asiento de al lado. Frida se acomodó y ambos permanecieron así, sentados en silencio. De todas formas, ella no tenía ganas ni de hablar ni de compañía. Se levantaba tarde, pintaba y el resto del día lo pasaba en el jardín, extendía las faldas sobre las tibias baldosas de barro y se apoyaba en la cálida pared de la casa.

Su nueva vida encarrilada le sentaba bien. Ya no bebía tanto alcohol y comía más.

Frida se despertó en plena noche porque en la calle había un ruido inusitado. Poco después oyó sirenas de policía.

Los coches se detuvieron a unas calles de distancia. Allí vivía Trotski. «¡Un atentado! —pensó en el acto—. Esta vez lo han conseguido.» Se vistió y salió corriendo a la calle, pero los agentes de policía no la dejaron pasar. Así y todo, sus temores se vieron confirmados: habían intentado asesinar a León y a Natalia. Alguien había abierto fuego con una ametralladora por la ventana del dormitorio; ellos se arrojaron al suelo y sobrevivieron. Aliviada pero también alarmada, Frida volvió a su casa.

Esa misma noche Diego fue a verla, presa del pánico.

—Siqueiros está detrás de esto. Y ahora están deteniendo a todos los comunistas. Paulette vio que la policía rodeaba mi casa y salió a mi encuentro. Ya no puedo regresar a casa. Debo salir de México ahora mismo. ¿Te ocupas de mi colección de arte? No sé cuándo volveré.

La abrazó y la mantuvo un instante estrechada contra él. Después se subió al coche, que Paulette había estacionado delante de la casa. Diego se tumbó en el suelo del vehículo y Frida le puso cuadros encima.

—Cuídelo —le pidió Frida a Paulette—. Cuide de mi amor.

A la mañana siguiente, temprano, Frida fue a San Ángel y empezó a embalar la colección de arte de Diego, las divinidades y las figuras, las máscaras y los mosaicos, las joyas precolombinas y las demás cosas. Unos días después había llegado a la milésima pieza de su lista. En total embaló cincuenta y siete cajas, así como documentos y cuadros importantes, que se llevó a la Casa Azul. ¿Sabía el propio Diego el tesoro que había reunido? En ocasiones tenía la terrorífica sensación de estar sacando las cosas de una casa cuyo propietario había muerto.

De Diego no sabía nada. ¿Adónde había ido en coche aquella noche? Paulette tampoco estaba ya. No había nadie a quien pudiera preguntar. Cada día esperaba que él diera señales de vida, pero no llegaba ninguna noticia. Nadie sabía dónde estaba. ¿Se hallaba escondido en México o había salido de país? ¿Seguía vivo? La primera vez que se le ocurrió esa idea, Frida se tapó la boca con las manos, horrorizada. Por su cabeza desfilaron las peores imágenes. No quería vivir en un mundo en el que Diego no estuviera. De pronto, él la llamó desde San Francisco. Le habló de un nuevo encargo, estaba como unas pascuas. Frida se quedó con el auricular en la mano, sin fuerzas. A la memoria le vinieron las últimas semanas, el miedo que había sentido, todo lo que había trabajado para poner a salvo su colección mientras él estaba en San Francisco, pintando. ¿Desde hacía cuánto? ¿Por qué no había llamado antes?

—Tengo que colgar —dijo con voz apagada.

Se quedó mirando el juego de luces que creaban el sol y las sombras en el gran naranjo y prorrumpió en sollozos; de alivio, puesto que Diego estaba sano y salvo, pero sobre todo porque su insensibilidad le resultaba desconcertante. Lo había perdido para siempre. Nunca antes había tenido la sensación de que entre ambos existiera una distancia así. ¿Dónde estaba el Diego que las últimas semanas buscaba cada vez más a menudo su cercanía? ¿Dónde estaba la atracción que con frecuencia había maldecido, pero de la que jamás habría pensado que dejaría de existir para siempre?

La cinta elástica de la que tiraban se había roto definitivamente.

Al día siguiente no se pudo levantar, al igual que los días y semanas que siguieron. Estaba como anestesiada la mayor parte del tiempo y pedía analgésicos sin cesar. Casi no comía ni dormía.

—Diego —musitaba para sí—. Diego.

El cuerpo le dolía más que nunca y estaba débil, pero su verdadera enfermedad era Diego.

Al final Cristina acabó llamando a Diego a San Francisco, que prometió hablar de inmediato con el doctor Eloesser.

Ese mismo día sonó el teléfono en la Casa Azul.

—Déjalo que suene —le pidió Frida a su hermana. Estaba en la cama, dando las últimas pinceladas al retrato doble en el que ella encarnaba a una mujer moderna y a la Frida india.

Sin embargo, Cristina lo cogió.

—Es Diego —anunció, pasándole el teléfono.

—Diego... —repitió ella en voz baja, para entonces su nombre era como un mantra.

—Frida, ven a San Francisco. He hablado con el doctor Eloesser y ha dicho que te puede ayudar. Se opone firmemente a que te sometas a más operaciones, propone otra terapia. Ven conmigo...

—¿A San Francisco? ¿Contigo?

De repente ahí estaban de nuevo: la atracción, el anhelo. Lo percibía con claridad en la voz de Diego, él volvía a sentirlos. ¿Y ella?

¿Qué quería ella? Lo único que había deseado siempre era vivir con Diego. ¿Y si se atrevía a abandonarse a sus sentimientos? ¿Y si empezaba todo otra vez de cero? Por su cabeza pasaron las últimas semanas. El dolor y el vacío. Si volvía a estar cerca de Diego, todo iría bien. ¿O comenzaría todo desde el principio? ¿Qué debía hacer?

Miró a las dos Fridas que tenía delante. ¿Cuál de las dos quería ser?

Diego y Leo Eloesser la fueron a buscar al aeropuerto. Frida hizo un esfuerzo por caminar recta y parecer fuerte. Volvía a lucir un alegre vestido tehuano y por primera vez desde hacía semanas se había trenzado una cinta en el pelo, que ya le había crecido unos centímetros. Sin embargo, la mirada asustada de Diego le reveló que no había conseguido su propósito. Dejó las maletas en el suelo, se apoyó en él y cerró los ojos. «Ahora todo estará bien», pensó.

Diego vivía en un hotel y no le preguntó si quería irse con él. Fue Leo Eloesser quien la invitó a ir a su casa. La ayudó mucho saberse bajo la protección de su viejo amigo. Eloesser siempre estaba cerca de ella, le administraba una electroterapia suave y se encargaba de que comiera y durmiera bien y, sobre todo, de que no bebiera nada de alcohol. Diego se pasaba a verla por la tarde, le cogía la mano y le hablaba de su trabajo. Dejaban a un lado el futuro, pero ella lo oía hablar con Leo antes de irse.

A los pocos días de su llegada, Frida empezó a sentirse mejor. Sentado junto a su cama, Leo esperó con paciencia a que terminara de comer: incluso le había preparado comida mexicana. Ahora carraspeó.

—Frida, me gustaría hablar con usted de su futuro con Diego.

Ella lo miró por encima de la cuchara con cara de interrogación.

—Estamos divorciados, y permítame que le recuerde que fue Diego quien lo quiso. ¿Lo manda él? ¿Han estado hablando de esto cuando ha venido?

Él asintió.

—Diego la quiere mucho, y sé que usted también lo quiere a él. Pero nunca ha sido monógamo ni lo será jamás... Sin embargo, se necesitan mutuamente, no pueden estar el uno sin el otro. Las últimas semanas son la prueba de ello. Usted no es la única que ha sufrido, Diego también, créame. Esta separación ha mermado las fuerzas de ambos, y esto es algo que sobre todo usted, Frida, no se puede permitir. Es demasiado para su cuerpo, y además necesita las fuerzas para poder pintar. Se lo ruego, párese a pensar cómo podría ser un futuro para ambos, un futuro que no acabe con usted. Por el bien de su arte.

—¿Qué quiere decir con eso, Leo?

—Si cree que puede aceptar los hechos tal y como son, vivir con él en estas condiciones, someter sus celos naturales a la entrega del trabajo, la pintura o lo que le sirva para vivir más o menos pacíficamente y le ocupe tanto que se acueste agotada todas las noches y recobre la salud...

Frida iba a decir algo, pero él le puso un dedo en los labios con suavidad para impedir que hablara.

—No diga nada ahora, piénselo. Es todo lo que le pido. Y créame cuando le digo que si le hago esta propuesta es solo por un motivo: el cariño que le profeso, Frida. Deseo que sea usted feliz. Y que esté lo bastante sana para pintar, ya que es lo que mejor sabe hacer. No quiero que desaproveche el gran talento que tiene. Debe hacer todo lo posible para crear las condiciones necesarias para conseguir tal cosa.

Cuando se fue, Frida se quedó en la cama intentando imaginar su futuro. Pintar, lo único que había querido siempre había sido pintar. Sin pintar no podía vivir. Para ella era algo como comer o respirar. Pero para poder trabajar, para ser creativa, necesitaba cierto equilibrio espiritual, necesitaba fuerza. Y eso solo lo tenía al lado de Diego. Separarse definitivamente de Diego le costaría toda la energía que le quedaba. En ese momento lo supo, aunque lo había intuido siempre. Y Leo se lo acababa de decir también. ¡Cómo la conocía! Sí, debía permitir que Diego volviera a entrar en su vida, debía cambiar su actitud hacia él. Vivir junto a Diego, además, proporcionaría a su vida la tensión necesaria para sacar de ella los temas para sus cuadros. Cuanto más lo pensaba, tanto más tentadora y adecuada le parecía la idea. Y cuando no pintara, podría quedar con Diego como lo haría con un amigo, como hacían antes de que él huyera a San Francisco.

Cerró un momento los ojos para imaginarlo. Lo decisivo para que ese arreglo funcionase era cómo llevaría ella las historias de faldas de Diego. ¿Encontraría la firmeza necesaria para aceptarlas sin amargura y, sobre todo, sin que ello entorpeciese su creatividad? «Sí —pensó—, seré capaz de lograrlo. Igual que he sido capaz a lo largo de los últimos años.» Pero entonces lo recordó abrazado a Cristina. ¿Y si volvía a suceder algo así? ¿Sería lo bastante fuerte para poder con ello? Dominar sus celos había agotado sus reservas. ¿De dónde sacaría la energía precisa para continuar? Su enfermedad avanzaba, Frida tenía la sensación de que no le quedaba mucho tiempo. Dejó caer los hombros y pensó: «No, no lo aguantaré, no puedo más».

A lo largo de los días que siguieron, Frida no paró de darle vueltas a la propuesta de Leo. Unas veces le parecía plausible, pero otras le daba miedo de nuevo su propio coraje.

Solo estaba por completo segura de una cosa: no podía abandonarse. El comportamiento de Diego no podía volver a inducirla nunca más a renunciar a sí misma. Pensó horrorizada en cuando se separaron y se cortó el pelo. Algo así no debía pasar de nuevo, ya que de lo contrario se dejaría llevar. Pero lo conseguiría, su arte era la mejor protección contra las heridas que él le infligía. Tenía que pintar. Estar con Diego significaba regresar a la vida, pero pintar significaba seguir viva.

Diego fue a verla. Llamó a su puerta con cautela, casi temeroso. Estaba abatido, Frida se dio cuenta nada más verlo. Tenía el rostro gris, caminaba con lentitud.

—Tienes mejor aspecto que hace unos días. Cuando llegaste, me preocupé.

—Leo me cuida bien.

—¿Ha hablado contigo? —La miró con ojos vacilantes antes de añadir—: Frida, no me sienta bien vivir sin ti. Divorciarnos fue un error. No solo porque sufres por ello y yo no soporto ser el culpable. —Enterró la cabeza en las manos—. Yo también sufro. Lo indecible, si quieres que te diga la verdad. Te necesito tanto como tú a mí. Nuestra separación no nos ha servido de nada a ninguno de los dos.

Frida lo observó.

—Ay, Diego, puede que no me guste mucho pelearme contigo, pero siempre seré tu amiga. Nunca te haría daño, aunque mi vida dependiera de ello.

Diego tomó sus manos en las de él.

—Frida, ¿quieres ser mi esposa? Casémonos de nuevo. Enmendemos nuestro error. Te quiero. Nunca he dejado de quererte.

Al oír sus palabras, a Frida se le ocurrió una idea: se pondría de nuevo con el cuadro del collar de espinas. Había algo mal: el pelo cortado. Volvería a trenzar el largo cabello, que había conservado, y lo añadiría al peinado como si fuese un postizo. Porque era una mujer, porque volvía a estar entera.

—Frida, ¿por qué no dices nada?

—Estaba pensando en un cuadro —repuso. Le apretó las manos.

EPÍLOGO

Abril, 1953

> *Con amistad y cariño nacido del corazón tengo el gusto de invitarte a mi humilde exposición...*

A Frida le temblaba ligeramente la mano cuando añadió su nombre debajo del texto. Llevaba ya horas escribiendo esa invitación personal en tarjetitas de colores, que después ató con coloridos hilos de lana para que pareciesen un cuadernito. Se sacudió la mano y se inclinó de nuevo sobre el papel para ocuparse de la siguiente invitación. El bolígrafo se le resbaló y se extendió una mancha de tinta. Profiriendo un bufido de enfado, arrugó el papel y tomó otro del montón.

Hacía unas semanas su amiga Lola Álvarez Bravo había ido a verla. Primero se estuvieron riendo del tiempo que habían pasado juntas en la preparatoria y se deleitaron con los recuerdos de las fiestas que daba Tina Modotti. En el curso de la conversación Lola propuso exponer los cuadros de Frida en su galería.

—Al fin y al cabo, tienes un cuadro en el Louvre y has expuesto en Nueva York; ya va siendo hora de que puedan ver tu obra los mexicanos.

Frida estaba tan feliz que casi no se atrevía a imaginarlo. Los cuadros de su vida, de los primeros retratos a los últimos cuadros, casi todos bodegones, pasando por las obras más importantes, en las que abordaba las grandes heridas de su vida, todos reunidos en una exposición en su propio país.

—¿De verdad quieres hacer eso por mí? —preguntó.

Era evidente que Lola se debatió consigo misma antes de contestar con voz ahogada:

—Frida, siempre hemos sido sinceras la una con la otra y hemos llamado las cosas por su nombre. Me gustaría organizar esta exposición porque creo que lo correcto es rendirte en vida el honor que te corresponde en lugar de esperar hasta que sea demasiado tarde.

De pronto volvía a estar ahí, el miedo de que todo pudiera acabar pronto. En los últimos años su salud había ido de mal en peor. La habían examinado multitud de médicos, se había sometido a operaciones que en más de una ocasión habían empeorado las cosas, se le habían inflamado las cicatrices, una infección la había tenido postrada en cama un año entero... Para entonces lo único que calmaba sus dolores eran cantidades cada vez mayores de morfina. Frida permaneció un instante en silencio y después se echó a reír. ¡Mientras pudiera pintar estaría viva!

—Tienes razón. ¿De qué me sirve que se celebre una exposición si no puedo estar presente?

Apenas se hubo ido Lola, Frida fue al estudio de Diego, que seguía en San Ángel, aunque su cama volvía a encontrarse en la Casa Azul. Se moría de ganas de contarle la buena noticia. Debía compartirla con Diego, como todo cuanto era importante y le tocaba la fibra sensible.

—Ay, Frida —dijo él, abrazándola después de que ella le contara entusiasmada lo de la exposición—, por fin vas a recibir la atención que mereces. Tus cuadros son México. Ya es hora de que los vean tus compatriotas.

Ella echó la cabeza atrás y lo miró rebosante de amor. Desde que habían vuelto a casarse habían pasado más de diez años, y Frida no se había arrepentido de esa decisión ni un solo minuto. Había sido fiel a sí misma en todo momento y, lo más importante, había pintado. Lo único que no mantenía siempre era su propósito de no volver a acostarse con Diego, pero no pasaba nada. La idea la hizo sonreír para sus adentros. Desde entonces su vida era menos turbulenta y más apacible. Les había hecho bien a los dos estar juntos de nuevo.

Frida tomó otro papelito del montón. Tres más y listo.

Dedicó una amplia sonrisa al esqueleto de papel maché, al que había puesto una de sus faldas y un huipil y que estaba sentado en una silla junto a su cama.

—Hola —le dijo, y acto seguido tomó la última invitación y la dirigió en el sobre a «la pelona»—. Sabes que no te tengo miedo. Al fin y al cabo, la muerte forma parte de la vida. Pero mientras siga viva, me quiero divertir.

Dos días antes de que se inaugurara la exposición, Frida se encontraba mal. Le costaba respirar, el doctor Calderón temía que fuese una neumonía.

—No se levante de la cama, se lo prohíbo. Debe guardar reposo absoluto.

Frida explotó de ira en cuanto se hubo ido.

—¡A mí eso no me lo prohíbe nadie, aunque sea lo último que haga! —exclamó, y acto seguido la acometió un ataque de tos.

Llamó a Chucho, su criado, que ya llevaba casi veinte años en casa.

—Tienes que ayudarme —le pidió—. El doctor ha dicho que no me levante, pero no ha dicho que no pueda asistir a mi propia exposición. Así que iré sin moverme de la cama.

El día de la exposición Cristina fue para ayudarla a vestirse y peinarse. Después transportaron a la galería la cama con el dosel, las fotos y los dibujos en el pie, el espejo y todo lo demás. Cuando Chucho propuso desmontar el dosel y dejarlo en casa, Frida se negó. Y el esqueleto y algunas de sus muñecas preferidas también debían ir.

—Se han pasado toda la vida conmigo, también estarán a mi lado esta tarde. Y a la pelona la he invitado en persona.

—Chucho, ya lo has oído. Nos lo llevamos todo. Si es necesario, ve por más hombres —dijo Diego, que había entrado en la habitación, y se inclinó sobre Frida para darle un beso.

Ella le regaló una mirada de agradecimiento.

Cuando llegó el momento de ir a la galería, Diego la tomó en brazos con cuidado. Frida le rodeó el cuello con sus manos y se acurrucó contra él. Aspiró con fuerza su olor. Después de todos esos años, ese seguía siendo el sitio en el que se sentía a salvo. Le metió una mano bajo la camisa y le acarició con dulzura el pecho.

—Diego —musitó—, mi Diego. Me acogiste cuando estaba destrozada y me devolviste entera. —Él intentó hacerla callar para que no hiciera esfuerzos, pero Frida continuó—: Nada es comparable a tus manos y nada es igual al oro-verde de tus ojos. Mi cuerpo se llena de ti. El hueco de tus axilas es mi refugio. Mis yemas tocan tu sangre. Toda mi alegría es sentir brotar vida de tu fuente-flor que la mía guarda para llenar... —Lo dijo en voz muy baja, pero Diego la oyó y la besó con delicadeza en la boca—. Todas las frutas había en el jugo de tus labios, la sangre de la granada y la piña acrisolada.

Diego la miró con lágrimas en los ojos. Cuando pasaron por delante de uno de los grandes espejos del pasillo, él se detuvo:

—Parecemos una sola persona —observó.

Por el camino mantuvo abrazada a Frida todo el tiempo. Al llegar a la galería la sacó del coche. Los primeros invitados se percataron de que habían llegado y transmitieron la noticia entre susurros al resto. Formaron un pasillo en silencio, sonriendo.

Frida vio a amigos y compañeros de camino, a los que dirigió un saludo mudo y una sonrisa.

Al final del pasillo, frente a la entrada, colgaba su cuadro de las dos Fridas. El cuadro que tanto decía de ella, en el que había plasmado las dos caras de su vida. Estaba en brazos de Diego y contemplaba ese cuadro. «Justo ahora, en este preciso instante, tengo ambas cosas —pensó—, el amor y la pintura. Las cosas que conforman mi vida, que la han enriquecido.» Y era más de lo que había esperado nunca.

Diego la depositó con suma delicadeza en la cama, que se hallaba en el centro de la galería. La besó de nuevo cuando su cabeza descansó en el cojincito bordado.

—Una entrada triunfal, mi sapo-rana —le susurró Frida al oído.

CONCLUSIÓN Y BIBLIOGRAFÍA

En 1988, cuando Frida Kahlo fue redescubierta después de décadas de olvido, unas amigas me regalaron por mi vigesimoséptimo cumpleaños la biografía de Hayden Herrera, que a día de hoy es la obra de referencia sobre la vida de la pintora. Este libro despertó mi entusiasmo por Frida y desde entonces no he parado de leerlo. En 1992 viajé por primera vez a México, y la visita a la Casa Azul fue uno de los puntos culminantes del viaje. Frida Kahlo aparecía continuamente en mi vida, y así fue como nació la idea de escribir una novela con ella como protagonista. Una vez más me volqué en ella, ahondé en su vida, en sus cuadros y en la historia de México. Averigüé muchas cosas que desconocía de ella, disfruté mucho con las aventuras de su vida y sufrí a su lado. Y así es como nació la novela que usted tiene entre sus manos.

En México se considera una bendición nacer y morir en la misma casa. Frida Kahlo murió un año después de que se celebrara la exposición, el 13 de julio de 1954, en la Casa Azul. Solo tenía cuarenta y siete años.

Tras su muerte, sus objetos personales se guardaron en

el baño de la Casa Azul. Diego Rivera decidió que se pusieran al alcance de todos quince años después de su fallecimiento. Sin embargo, el espacio no se abrió hasta abril de 2004, es decir, cincuenta años después. Vieron la luz tesoros como ropa, joyas, cosméticos, corsés, fotografías y cartas..., que para entonces se podían contemplar en algunas exposiciones.

Frida Kahlo narró su vida en sus cuadros. Se conservan unos ciento cincuenta, de los cuales los más conocidos son sus autorretratos. Se considera probable que pintara más, pero muchas obras han desaparecido.

Este libro es una novela. Me he atenido en la medida de lo posible a la biografía de Frida Kahlo. En algunos puntos he cambiado ligeramente la fecha de los acontecimientos porque de ese modo encajaban mejor con la dramática, además de que no todos los detalles biográficos se pueden explicar por completo.

Lo que ha leído usted aquí es una interpretación, mi interpretación, de las cosas. En ese sentido numerosas fuentes me han sido de gran utilidad, entre las cuales las más importantes son las siguientes.

La obra de referencia sobre Frida Kahlo es el libro anteriormente mencionado de Hayden Herrera: *Frida: Una biografía de Frida Kahlo*, Taurus Ediciones, S.A., 2019.

Una magnífica fuente de inspiración fue el libro de Jean-Marie Le Clézio *Diego y Frida* (Temas de Hoy, 1994). De un modo muy completo y poético se acerca a la pareja y aporta explicaciones e interpretaciones, síntesis e ideas que me han permitido asomarme a su vida.

Raquel Tibol fue amiga de Frida en los últimos años de su vida. Suyo es el libro *Frida Kahlo, una vida abierta* (Universidad Nacional Autónoma de México, 2003).

Entre las cosas que cincuenta años después se encontraron en el baño de Frida había seis mil quinientas fotografías. De amigos, de familiares, de la Casa Azul, fotos de suyas o que le habían enviado a ella, a menudo con dedicatorias. Una selección de estas se publicó en *Frida Kahlo. Sus fotos* (RM Verlag, 2010). En este libro se encuentran instantáneas inesperadas de la vida personal de Frida.

Frida Kahlo, Stilikone, Múnich, 2018, traducción de *Frida Kahlo: Making Her Self Up*; este es el título del catálogo y de la sensacional exposición que se celebró en el Victoria and Albert Museum. Supuso una gran ayuda para vislumbrar la vida cotidiana de Frida: su vestimenta, los corsés, las imágenes votivas, sus joyas y los medicamentos que tomaba.

Frida Kahlo und Diego Rivera. Gesehen von Gisèle Freund [Frida Kahlo y Diego Rivera: Las fotografías de Gisèle Freund], editado por Gérard de Cortanze, 2014. La fotógrafa Gisèle Freund visitó la Casa Azul en 1952 y su opinión sobre Frida me ayudó a entender a la pintora.

Otros libros son *Escrituras de Frida Kahlo*, Raquel Tibol, Plaza y Janés, 2005.

Querido doctorcito. Frida Kahlo y Leo Eloesser, correspondencia, DGE-Equilibrista, 2007.

Fridas Kleider [*La indumentaria de Frida*], del Museo Frida Kahlo, Ciudad de México, 2009.

Claudia Bauer, *Frida Kahlo*, Prestel, 2010.

Los libros de la editorial Taschen constituyen una buena introducción a la pintora: *Kahlo* (Taschen, 2015), de Andrea Kettmann, y *Rivera* (Taschen, 2007), asimismo de Andrea Kettmann.

María Hesse, *Frida Kahlo. Una biografía*, Lumen Gráfica, 2016.

Me gustaría dar las gracias muy en particular al Museo Frida Kahlo, en México. Ximena Jordán respondió a mis preguntas y compartió el entusiasmo que despierta en mí Frida en una larga conversación y en numerosos correos electrónicos. En una visita posterior al museo tuve la suerte de poder estar a solas en sus habitaciones, un momento en el que me sentí especialmente cerca de ella. Confío en haber sido capaz de transmitirle a usted, querido lector, esta impresión.